소를 생각한다

소를 생각한다

존 코널 지음 | 노승영 옮김

쌤앤파커스

메리, 믹, 존에게

고마운 사이먼에게

그리고 사랑하는 친구이자 스승

데이비드 멀루프에게

물 마시러 가는 소 떼의 길,

도랑 가장자리에 깔린 초록색 돌,

흔히 볼 수 있는, 세상이 손대지 않은

아름다움의 거룩한 얼굴.

패트릭 캐버노, 〈크리스마스 유년기A Christmas Childhood〉

———

매 계절을 지나가는 대로 살라.

공기를 들이마시고 물을 마시고 열매를 맛보고

이 모든 것에 자신을 내맡기라.

헨리 데이비드 소로, 1853년 8월 23일 일기

차례

일러두기

• 옮긴이 주는 해당 내용 옆에 방주 처리했으며, "옮긴이"라 표시했다.

1월

시작

•

나는 스물아홉 살이고 송아지를 직접 받아본 적은 한 번도 없다. 이제 그러지 않을 참이다. 지금 산도產道에 팔을 넣어 송아지의 발을 찾고 있으니까.

농사꾼 아들로 송아지가 태어나는 것을 많이 봐왔지만, 주로 어미소 꼬리를 들고 있거나 마지막 순간에 송아지를 끄집어내는 조수 노릇만 했다. 아버지는 25년간 송아지를 받았고, 형이 물려받았다가 이제 내 몫이 되었다.

그동안 외국에서 지내다가 소설을 써서 작가로 성공해보려고 고향 아일랜드의 시골에 돌아왔는데, 먹고 자는 대가로 농장일을 돕기로 했다. 지금 새끼를 받으면서 나는 많은 일을, 어미소가 하는 것보다 훨씬 많은 일을 해야 한다.

레드 어미소가 움찔하니 힘이 얼마나 센지 실감 난다. 서둘러야 하나. 송아지의 발에 분만용 밧줄을 둘러 비절(사람의 무릎에 해당하는 높이의 관절이지만 실제로는 발뒤꿈치. ─ 옮긴이) 위까지 끌어올린 뒤에 힘껏 잡아당겨야 한다. 양수에 손과 팔이 젖는다. 사람들이 해준 이야기가 기억난다. 조금 있으면 손이 젖고, 그러면 어미소의 자궁 수축이 힘을 받을 거라고. 송아지가 죽지 않게 하려면 몸을 잽싸게 놀려야 한다.

내가 혼자라서, 이 일을 직접 하고 있어서 다행이다. 물론 도움을 청할 수도 있지만, 그랬다가는 시험을 통과하지 못한다. 스스로 해낼 수 있음을 입증하지 못하는 것이다. 아무도 부르지 않겠다. 첫 번째 발을 움켜쥐고 비절 위까지 분만줄을 끌어올린다.

레드 어미소를 밤새 지켜보았기에 분만이 임박했음을 알아차릴 수 있었다. 어머니의 말마따나 어미소는 '입덧'을 했다. 우사를 서성이며 여물도 견과도 물도 입에 대지 않았다. 그러다 산도가 소시지처럼 삐져나온 것이 보였다.

아버지는 집에 없다. 데이비 삼촌이랑 양＊시장에 갔다. 둘은 나이를 먹으면서 다시 친해졌다. 이젠 매주 양을 팔러 나간다. 양은 새로 들인 가축이다. 기른 지 3년밖에 안 됐다. 삼촌 말마따나 어느덧 양 '떼'가 되었다. 삼촌과 아버지가 양을 사고파는 것은 취미이다. 함께할 수 있는 취미. 무엇보다 아버지가 행복해한다. 사람 만나는 걸 좋아하기 때문이다. 나도 아버지가 양시장 가는 것에 전혀 불만 없다. 당신에게 이로울 뿐 아니라 기분 전환이 된다는 걸 아니까. 양시장엘 갔다 오면 확실히 기분이 좋아진다. 이게 정말 중요한데, 소의 분만 시기엔 다투지 않으려고 애쓰고 있기 때문이다. 지금까지는 잘해왔다. 아버지와 사이가 좋아졌다고는 말할 수 없어도 예전에 없던 존경심이 생기긴 했다. 작고 연약하고 여전히 가냘픈 존경심이지만.

반대쪽 발을 잡았다. 문간에서 두 번째 분만줄을 가져다 송아지의 다리에 두른다. 분만줄이 미끄러져 떨어지자 욕이 터져 나온다. 이젠 정말로 도움이 필요하지만 너무 늦었다. 아버지를 기다리다 송아지가 죽으면 바보같이 혼자 시도했다는 비난을 듣고 말다툼을 벌이게 될 것이다. 그건 안 되지. 집중해야 한다. 어미소는 내가 진정시키려고 준 견과를 거의 다 먹었다. 견과가 떨어지면 고통을 기억해내고 몸부림치면서 발길질을 할 텐데, 그러면 훨씬 힘들어질 것이다.

몸을 낮게 숙여 분만줄을 잡고 다시 도전한다. 두 번째 발에 분만줄을 묶었다. 살살 잡아당기지만 송아지가 너무 크다. 이런 식으로는 안 된다. 분만기가 있어야겠다. 고정대를 어미소의 궁둥이에 대고 분만줄을 죔쇠에 걸어 감기 시작한다.

"정신 바짝 차려야 해." 혼잣말을 하지만 하도 많이 봐서 어떻게 하는지 안다. 분만기 손잡이를 당겨 새끼를 끄집어내야 한다. 가장 힘줘야 하는 부위는 머리이다. 머리만 나오면 나머지는 저절로 따라 나온다. 엉덩이가 속을 썩일 때도 있지만. 손잡이를 다섯 번 당기는데 스프로킷 휠 소리기 고요한 우사에 울려 퍼진나. 분만줄을 잡아당기는 동안 어미소가 낮게 웅얼거린다. 알아들을 수 없는, 고통과 낯섦의 소리.

"그렇지, 그렇지." 어미소를 달랜다. 분만줄을 늦췄다가 한 번 더 분만기 손잡이를 당긴다. 스프로킷 휠이 돌면서 래칫이 톱니를 잡아당겨 송아지를 끌어내는 것이 느껴진다. 이제 앞다리가 고스란히 보이지만 머리는 아직이다. 다시 손잡이를 당기니 주둥이가 보인다. 너무 납작하다. 머리가 눌렸나 보다. 어미소가 다시 신음 소리를 낸다. 발이 떨리는 게 느껴진다.

"주저앉으면 안 돼!" 외치며 한 번 더 분만줄을 늦춘다. 어미소가 다시 일어서자 아까 하던 일을 반복한다. 어미소가 자궁을 수축시켜 송아지를 밀어낼 수 있는 데까지 밀어내지만, 이젠 수축으로 안 된다. 송아지의 덩치가 너무 크다. 무를 수도 없다.

한 번 더 손잡이를 당기자 어미소가 울부짖는다. 잠귀가 밝은 어머니는 지금쯤 깼을 게 틀림없다. 송아지를 너무 일찍 꺼내면 안 되기에 아까 밤에 조언을 구했다. 어머니는 평생 소를 알았고 소에 대해서 나보다 똑똑하지만, 나는 다시 다짐한다. 지금 이건 내 일이야.

기도를 올린다. 적어도 생각은 그렇다. 송아지의 머리가 나온다. 하느님께 감사할 시간도 없다. 있는 힘껏 손잡이를 당겨 몸뚱이가 계속 빠져나오게 해야 한다. 어미소가 지쳐 포기하면 송아지는 죽을 수도 있다. 혀를 날름거리는 걸 보니 살아 있다는 걸 알겠다. 팔에서 점점 힘이 빠지지만 더 세게 잡아당긴다. 당기고 당기자 이제 나온다. 축축하고 튼튼하다. 어미처럼 붉은색이고 얼굴에 흰색 반점이 있다. 우리 씨소種牛의 새끼이다. 아비 얼굴을 닮은 것이 틀림없다.

새끼 엉덩이가 하도 커서 분만기 윈치를 끝까지 당겨야 했다. 어미소가 괴로워한다. 새끼를 비틀어 엉덩이를 빼내라던 아버지의 말대로, 그렇게 완전히 끄집어내어 녀석을 두 팔에 안는다. 아드레날린이 분출해서인지 하나도 안 무겁다. 녀석을 새로 깐 깔짚에 데려간다. 분만기며 분만줄이며 죄다 치운다. 잽싸게 움직여야 한다. 폐에 물이 차서 죽은 송아지가 여럿이기 때문이다.

귀에 물을 붓자 녀석이 머리를 흔들며 정신을 차린다. 나는 안도의 미소를 짓는다. 하지만 녀석이 기침을 하는데 가래 끓는 소리가 난다. 호흡 튜브가 달린 마스크를 주둥이에 씌운다. 펌프로 진공을 만들어 양수를 뽑아 올린다. 이론상으로는 기침으로 양수를 뱉어내야 한다. 그런데 세 번 했는데도 양수가 안 올라온다. 녀석이 쌕쌕거린다. 이대로 잃을 수 없어. 울부짖으며 녀석을 들어 올려 문간에 데려가 매단다.

전에 봤을 때는 언제나 두 사람이 들고 있었다. 지금은 혼자라 힘을 더 짜내야 한다. 녀석의 폐를 주무르고 손바닥으로 찰싹 때리자 점액이 비친다. 녀석이 고개를 든다. 이겨냈다. 마스크를 벗기고 팔에 안아 깔짚으로 다시 데려간다. 살아 있고 무사한 채로.

배꼽을 소독하고 한숨 돌리고는 농장 부일으로 향한다. 팔과 얼굴에 피가 묻었지만 이건 기분 좋은 피, 생명의 피다. 물통에서 손을 헹군다. 서리가 내려 물이 차다. 손이 아리다.

하지만 아직 할 일이 남아 있다. 새끼에게 젖을 먹여야 한다. 어미소가 분만하면 '초유'라는 특별한 젖이 나온다. 걸쭉하고 노란색의 초유를 송아지에게 곧장 먹여야 목숨이 유지되고 감염과 질병을 예방하는 항체가 생긴다. 송아지의 삶에서 처음 몇 시간이 가장 중요하다. 이때 할 일을 안 하면, 즉 초유를 먹이지 않거나 배꼽을 소독하지 않으면 무슨 일로 죽을지 모른다. 폐렴은 우리 농사꾼들에게는 역병이다. 수많은 송아지가 목숨을 잃었다. 설사도 치명적이다.

갓 태어난 송아지에게 젖을 먹일 때는 언제나 튜브를 쓴다. 온갖 검사는 나중으로 미루더라도 일단 젖을 확실히 먹일 수 있다. 경관經管은 플라스틱 튜브로, 주머니에 연결되어 있다. 경관을 송아지의 목에 밀어 넣으면 젖이 곧장 위장까지 간다. 그런데 이것은 위험한 일이다. 경관을 잘못 집어넣어 폐로 들어가면 젖이 흘러들자마자 목숨을 잃는다. 우선 젖을 짜야 한다. 손을 씻고 어미소의 젖꼭지를 손가락으로 쥔다. 주물럭주물럭하다 두세 번 잡아당기니 젖이 뿜어져 나온다. 아버지가 하던 대로 젖통을 주물러 자연스러운 리듬을 찾자 금세 들통에 가득 찬다. 초유는 커스터드처럼 걸쭉

하고 뜨끈하다. 어미소의 발길질을 피해 잽싸게 들통을 꺼낸다.

"진정하렴." 다독이고는 아무 말이나 다정하게 건넨다. 어미소는 힘든 일을 겪었으니 더는 괴롭히면 안 된다.

송아지가 깔짚에서 바스락 소리를 내자 어미소가 고개를 돌려 운다. 송아지는 "나 살아 있어요"라는 듯 작고 애처로운 울음소리를 낸다.

나는 마음을 가라앉히고 다음 젖꼭지를 주물러 젖을 짠다. 금세 들통 속으로 뿜어져 나오며 젖이 젖에 떨어지는 아주 오래된 소리가 난다. 농사꾼이라면 누구나 아는 소리. 내 어린 시절의 소리이자 부모님의 소리이자, 부모님의 부모의 소리. 내가 속한 이 집안이 아주 오랫동안 이 일을 했다는 것이 실감 난다. 우사에서 젖을 짜느라 보낸 숱한 불면의 밤. 할아버지 시절에는 허름한 집 안의 불가에서 짰을지도 모르지. 시대는 달라졌지만 소는 달라지지 않았다. 우리가 하는 일도 마찬가지이다.

들통이 넘칠 지경이라 경관 주머니에 붓는다. 들통을 하나 더 꺼낸다. 이 들통까지 가득 채우면 젖꼭지 네 개가 모두 뚫려서 송아지가 쉽게 빨 수 있을 것이다. 이 어미소는 젖꼭지가 별로 크지 않은데 잘된 일이다. 크고 길고 덜렁거리면 송아지가 입에 물고 있기가 힘들어서 곤란하다.

경관 주머니가 꽉 찼으니 송아지에게 먹일 차례다. 이 일도 내겐 처음이어서 긴장해야 한다. 녀석이 몸을 뒤치지 못하도록 등을 가

볍게 깔고 앉는다. 그런 다음 녀석의 머리를 들어 한 손으로 입을 비틀이 벌리고 다른 손으로 튜브를 쑤셔넣는다.

"됐어"라는 말이 흘러나온다. 송아지에게 하는 말인지 내게 하는 말인지 모르겠지만, 우린 함께 이 일을 하고 있다. 이제 경관이 천천히 목 안으로 들어간다. 폐는 피한 것 같아서 주머니를 들어 올려 초유가 튜브를 따라 녀석의 몸속으로 흘러드는 광경을 바라본다. 끝이 머지않았다.

남들이 그랬던 것처럼 "하느님 감사합니다"라고 말한다. 이 구절이 저절로 흘러나와 기쁘다. 이 순간 내가 할 수 있는 가장 진실한 말이니까.

송아지를 놓아주고 분만사分娩舍 회벽에 등을 기댄 채 앉아 쉰다. 그때 쪽문이 열린다. 아버지가 환하게 웃으며 서 있다.

"송아지를 낳았구나."

"방금 저기 데려다 놨어요."

"형을 불렀어야지."

"늘 사람들을 부를 순 없잖아요. 직접 해야 할 때도 있다고요."

"그래. 그럴 때도 있지." 아버지가 미소 짓는다.

나는 무언가가 일어났다는 것을 안다. 드디어 시험에 통과한 것이다. 뿌듯하다. 아버지가 쪽문을 열어젖히고 들어온다. 작업복 외투 차림이다. 시장 갈 때 입는 파란색 벨벳 코트이다. 데이비 삼촌과 사촌 동생 잭이 뒤따라 들어온다.

"여기가 돈이 벌리는 데로군." 삼촌이 말하자 우리가 웃음을 터뜨린다.

나는 이제 일어서 있다. 함께 송아지를 살펴본다. 근사한 꼬맹이 황소이다.

삼촌과 사촌 동생이 집으로 돌아가고 아버지와 나만 남았다.

"즐거운 시간 보내셨어요?"

"끝내줬지."

"양은요?"

"못 팔았어. 하지만 구경만 해도 좋더라."

나는 어미소를 풀어주어 새끼 곁에 있게 한다. 덩치에 걸맞지 않게 다정하고 부드럽게 새끼를 핥는다. 나머지는 자연이 알아서 할 것이다. 나는 스물아홉 살이다. 하지만 오늘 밤 훌쩍 나이를 먹은 것 같다.

지나간 여름들

·

아일랜드에서는 남자다운 게 중요하다. 농사를 지으면 남자다움의 의미를 깨닫고 스스로를 이해할 수 있다. 아버지는 남자다운 남자이다. 그래서 내가 늘 존경하기도 했고.

오래전 내가 소년이었을 때 지나간 여름들이 기억난다. 아버지는 믹 삼촌, 존 삼촌과 함께 건초 들이는 일을 하고 있었다. 우리는 위땅(농장의 북쪽 지대. - 옮긴이)에 있었고 날은 화창했다. 그들은 지금의 내 나이였다. 조립 라인에 선 노동자들처럼, 행군하는 병사들처럼 일사불란하게 사각형 건초 덩이를 날라 트레일러 꼭대기에 던져 싣는 광경은 경이로웠다.

농담하고 노래하고 수다를 떠는 사이에 작업은 금세 끝났다. 그때는 그들의 힘이 부러웠다.

그들은 들판의 시인처럼, 땅의 가인歌人처럼 일했다. 그들의 공통어는 음악의 언어였다. 내가 성년기에 닮고 싶어 했던.

20년이 지난 지금 건초를 던지는 것은 나이고 지켜보는 것은 그들이다. 비록 몸매는 달라졌지만.

아버지와 삼촌들, 내가 아는 최초의 위대한 농사꾼들.

농장

•

우리 목초지는 평평하며 울타리와 나무가 빽빽하다. 토질은 평범하지만 우리의 노고와 땀으로 개간했다. 부모님이 여기 살러 왔을 때는 온통 늪지와 잡초밭이었다. 아버지가 집을 지은 시기는 청년일 때였으며, 삶이 앞으로 나아가듯 느릿느릿 어머니와 함께 농장을 일궜다. 우리는 집 주위에 땅이 있는데, 길 건너편과 아래쪽의 에스커, 러스키네, 클론핀도 우리 땅이다. 집 옆으로 흐르는 개울은 들판 끝에 이르면 롱퍼드주에서 가장 큰 캠린강에 합류한다. 꼴간을 짓는데 철제 대들보를 올리려고 판 구멍에 물이 고여 그 속에서 개구리들이 헤엄치던 장면이 아직도 생각난다. 미국식 '헛간 올리기'를 하듯 많은 이웃들이 찾아와 꼴간 올리는 일을 도와줬다. 옛날 두렛일처럼 사람들이 모여 함께 일하는 것을 아일랜드에서는 '메힐meitheal'이라고 부른다.

우리가 이곳에서 가축을 키운 지도 30년이 다 되어간다. 처음의 소 세 마리는 이제 거대한 무리로 늘었다. 도시 사람이 세상을 떠난 반려견을 기억하듯 그 세 마리 소를 떠올리면 아직도 애틋하다.

지금은 한겨울이다. 역대 최고로 습한 1월이었으며 폭풍이 우리 헛간과 들판, 강을 휩쓸었다. 서부 지역에서는 사람들이 물에 잠겼다. 울부짖는 광경을 뉴스에서 봤다. 사료 매장에서 골웨이 출신 농업 담당 영업 사원을 만났는데, 보트를 저어 들판을 다니고 대문을 넘었다고 했다. 우리 땅이 그렇게 잠기는 건 상상도 못 하겠다.

우리 땅에는 이름이 있지만, 이상하다는 생각은 안 든다. 이웃들도 모두 자기네 땅에 이름을 붙였으니까. 그 이름은 대대로 전해 내려왔다. 10년 전 로빈 할아버지가 죽고 나서 아버지와 어머니가 러스키네 땅을 사들이고 처음 한 일은 이름을 찾아내는 것이었다. 땅의 이름은 '꽃사과밭Crab Apple field', '감자밭Potato field', '목초지Meadow'였다. 영어식 이름인 이유는 러스키네 땅을 한때 해밀턴 집

안에서 소유했기 때문이다. 그들은 엘리자베스 1세의 대농장 시절에 이곳에 정착했다. 아일랜드어 이름은 알 수 없다. 영영 잊혀버렸다. 한번은 라디오에서 케리 출신의 유명한 스포츠 해설가가 어린 시절 고향 땅 이야기를 하는 것을 들었다. 땅 이름은 아일랜드어였는데 발음이 아름다웠다.

이곳의 땅은 오래되었으며 우리 코널 집안은 처음에는 잉글랜드 지주의 소작인으로, 그다음에는 소유주로 땅과 인연을 맺었다. 우리는 땅의 언덕과 구석을 밟고 그곳에서 땀을 흘렸다. 이곳 소란 타운랜드(아일랜드의 토지 구획 명칭. ─옮긴이)에는 다른 집안과 혈통도 있었지만, 대부분 떠나거나 대가 끊겼다. 농사란 어깨에 죽음을 짊어지고 왼쪽에 질병을, 오른쪽에 정신을, 앞쪽에 새 생명에 대한 기쁨을 데리고서 생존과 함께 걷는 일이다. 학교에서 배운 켈트족의 '창조의 십자가'라고나 할까.

마당에는 헛간이 세 곳 있는데, 농장이 커지면서 제각각 다른 시기에 지었다. 한번은 오래 거래한 회계사가 관광지 아파트에 투자하라고 권유했지만 부모님이 거절했다. 우리가 아는 것은 땅뿐이라면서. 땅은 우리를 먹여 살리고 풍요롭게 한다. 땅은 우리의 생계 수단이다. 다른 생계 수단은 알지 못한다. 버치뷰가 이곳의 이름이다. 여기가 우리 집이다.

아침

•

어머니는 맨 먼저 일어난다. 그렇게 열심히 일하는 사람을 본 적이 없다. 어머니는 우리의 문지기이다. 분만이 없으면 새벽 3시부터 6시까지는 아무도 깨어 있지 않기 때문에 어머니의 6시 오전 순찰이 그날의 첫 순찰이다. 어머니는 그날 어떤 일이 일어날지를 우리에게 알려준다.

농장일은 어머니 일이 아니다. 어머니는 집 뒤쪽에서 몬테소리 학교와 어린이집을 운영하지만, 그럼에도 농장을 사랑한다.

아침에 나를 깨우는 어머니에게 역정을 낸 적도 있지만, 소나 양에게 필요한 것이나 문제가 생겼을 때 나 말고는 도와줄 사람이 없다는 것을 이내 깨닫는다. 어머니가 일깨워주니까.

나는 매일 아침 같은 시각에 일어나 커피와 오트밀을 먹고 농장으로 향한다. 가는 길에 여자 친구 비비언에게서 메시지가 왔는지 페이스북을 확인한다. 우리는 시간대가 다르다. 그녀는 호주에 있어서 내가 낮일 때 밤이기 때문이다. 아침마다 우리는 선박이 서로 지나치듯 온라인에서 만나 새로운 소식이 있는지, 내가 간밤에 어떻게 잤는지, 그녀가 하루를 어떻게 보냈는지 이야기한다.

아직 어둑어둑한 마당을 가로지른다. 서리는 내리지 않았지만 날이 싸늘해서 입김으로 손을 녹인다. 장갑은 안 낀다. 우리 농사꾼들은 장갑을 끼지 않는다. 나약해 보일까 봐 그런 것 같다.

이날의 첫 할 일은 개를 산책시키는 것이다.

이름은 비니, 아직 강아지이다. 몇 수째 훈련시키는 중이다. 개를 훈련시켜본 적이 없어서 뭘 해야 하는지 감이 없다. 그래도 지금은 내가 시키는 대로 한다. 녀석에게는 천만다행이다. 처음엔 구제 불능이었으니까.

내 탓이다. 내가 자초했다. 비니가 농장에 온 것은 양들이 몇 주째 새끼를 낳고 있을 때였다. 비니는 영리하고 어렸으며 밤에 가축들을 둘러볼 때 좋은 길동무였다. 세 번째인가 네 번째 분만 때였을 것이다. 무심결에 어미양의 태반을 녀석에게 던졌다. 녀석은 태반에 달려들더니 최상의 타르타르(스테이크의 일종.—옮긴이)라도 되는 듯 질겅질겅 씹었다. 이래도 되는 건지 잠깐 헷갈렸지만 녀석이 새끼양이나 어미양을 성가시게 하지는 않았으므로 괜찮아 보였다. 그렇게 해서 일이 시작되었다. 양을 분만시키고 태반을 비니에게 던지면 착한 비니는 날름 받아먹었다.

어머니가 나를 깨운 것은 새벽 6시였다.

울부짖는 목소리였다. "비니가 갓 태어난 새끼양을 잡아먹어!"

공격 장면을 보지는 못했지만, 나중에 살펴보니 새끼양은 귀가 씹혀 새빨갛게 피로 물들었으며 다리는 발톱에 할퀸 채였다. 혼비백산했지만 목숨은 붙어 있었다. 어머니가 둘을 간신히 떼어놓고 비니를 쫓아 보냈다. 나는 새끼양의 상처에 요오드를 바른 뒤에 어미에게 데려다주었다.

우리는 사태를 최대한 좋게 마무리했다. 새끼양은 전날 밤에 태어나 우리에서 달아났는데 양수도 마르지 않은 채였다. 비니는 새끼양이 태반인 줄, 새참인 줄 알았다. 새참이 움직여도 개의치 않았을 것이다. 녀석이 새끼양을 물어뜯은 것은 잔혹성의 발로가 아니라 식사 행위였으리라.

어머니가 말했다. "비니는 철이 없어."

내가 물었다. "알고 그랬다고 생각하세요?"

"그건 아니지만."

나는 비니를 야단쳤다. 새끼양의 귀 꼴을 보고서 부아가 치밀었기 때문이다.

아버지 역시 마당에 나오더니 비니를 야단치고는 목덜미를 잡아끌어 개집에 처넣었다. 녀석을 개집에 가둔 채 우리는 이 사태를 어떻게 처리할지 상의했다.

아버지는 개를 좋아하지 않기 때문에, 비니를 사와서 이름까지 지어준 것은 의아한 일이었다. 아버지는 며칠 고민하다가 비니를 지프에 싣고 20분쯤 떨어진 클론핀 언덕배기 농장의 이웃에게 가져다주었다. 나는 아무 말도 하지 않았다. 비겁함에는 여러 형태가 있는 것 같다. 어떤 때는 그저 침묵으로 나타나기도 한다.

우리는 결국 비니를 내쫓지 않기로 결정했다. 어머니와 나는 아버지에게 개를 다시 데려오라고 말했다. 믿음의 문제라고 생각했다. 개를 훈련시켜 못된 습관을 버리게 할 수 있다는 믿음. 농사꾼에게 못된 개보다 위험한 것은 없다. 양을 죽이고 소 떼를 미치게 하고 주인의 가슴을 미어지게 하기 때문이다.

그날 아버지는 본디오 빌라도처럼 당신은 비니에 대해 아무 책임도 지지 않겠다고 선언했다. 비니를 돌보는 일은 내 몫이 되었다. 그렇게 녀석은 우리 집에 남았다. 그 뒤로는 태반을 먹이지 않았다. 녀석을 시험에 들게 하고 싶지 않다. 때리고 싶지도 않다. 비니는 이제 회심했다. 짧았던 처벌을 똑똑히 기억한다. 농장에서는 무엇에서든 배울 것이 있다. 나도 나이가 들면서 그 사실을 점차 알아간다.

우사에 갈 때면 비니는 내 발뒤꿈치를 졸졸 따라다닌다. 소들은 나를 보면 띄운꼴 달라고 아우성친다. 띄운꼴은 풀을 여름에 수확하여 발효한 것이다(이 책에서는 'silage'를 문맥에 따라 '띄운꼴'이나 '사일리지'로 번역했다. ─옮긴이). 나는 수확 때 여기 있지 않았다. 이따금 아침에 들큼한 냄새가 나면 여름과 목초지가 머릿속에 떠오른다. 이날 아침은 아무 냄새도 안 난다. 소 먹이기는 대체로 아버지와 함께하지만, 나 혼자 할 때도 있다. 오늘은 아버지가 늦잠을 자고 있다. 잘된 일이다. 내 방식에 딴지를 걸지 못할 테니까. 수십 년째 이른 아침에 일어났으니 가끔 늦장을 부리게 해드리고 싶다.

소들은 아침마다 띄운꼴을 한 덩어리 먹고 저녁에 또 한 덩어리 먹는다. 예전에는 곤포(띄운꼴을 비닐로 포장한 덩어리. ─옮긴이)를 풀어 헤쳐 손잡이가 긴 쇠스랑인 '그레이프'로 갈라 소들에게 나눠

줬지만, 올겨울에 형이 아버지에게 자동식 급사기(사료를 공급하는 장치. – 옮긴이)를 선물했다. 이 기계는 원형 곤포를 굴리면서 집어삼켜 반듯하게 한 줄로 토해낸다. 내가 손으로 하는 것보다 더 반듯하다. 쓰레기도 줄고 시간도 절약된다. 소들은 계속 울다가 여물을 주면 먹고 씹기 시작한다. 소를 전부 먹이는 데는 아침마다 두 시간씩 걸린다. 한 마리도 빼놓지 않고 앞에 여물을 대령해야 울음소리가 그친다.

안채(저자의 농장에는 우사가 두 채 있는데, 집과 가까운 곳lower shed을 '안채', 먼 곳Big shed을 '바깥채'로 번역했다. – 옮긴이)에서는 젖 뗀 송아지를 살찌우고 있다. 몇 주 뒤면 도축장에 갈 것이기 때문에 여물이 떨어지지 않도록 한다. 저기 내가 좋아하는 어린 레드 황소가 있다. 강인하고 근육질인 데다 값도 두둑이 받을 수 있다. 하루는 우사를 청소하는 나를 죽일 뻔했지만 용서했다. 녀석도 내가 앙갚음으로 두들겨 팬 것을 용서했을 테지. 녀석이 나를 뿔로 들이받은 것은 그저 호기심 때문이었음을 안다. 소들은 성격이 저마다 다르다. 어떤 소는 착하고 어떤 소는 못됐고 어떤 소는 교활하고 어떤 소는 게을러터졌다. 기질도 다르고 기분도 변한다. 가장 순하던 녀석이 동료를 못살게 굴고 가장 다혈질이던 녀석이 송아지들이랑 놀아주기도 한다. 소의 세계에는 인종주의가 없으며 품종과 색깔이 달라도 서로 잘 지낸다.

소를 전부 먹인 뒤에 암탉들이 알을 낳았는지 살펴보고 모이와 물을 준다. 이번에는 알을 잘 낳았기에 칭찬해준다. 착한 동물에게는 칭찬을 아끼지 않는다. 어떤 아침에는 달걀이 아직 따뜻할 때가 있는데, 나중에 먹을 수란이나 삶은 달걀을 떠올리면 미소가 떠오른다. 근사한 별미가 될 테니까. 하지만 그 전에 할 일이 있다. 똥 치우기.

분만한 지 얼마 안 된 암소들은 단독 우사에 넣어 씻어주고 깔짚을 깔아줘야 한다. 소는 구석에서 볼일을 본다든지 똥을 묻거나 덮는다든지 하는 요령이 없으므로 날이 갈수록 우사가 더러워진다. 녀석들이 똥을 밟고 서 있는 꼴을 보기 싫어서 이틀에 한 번씩 우사를 청소한다.

트랙터 로더에 기계식 버킷을 장착하고 그레이프와 삽을 챙겨 우사로 간다. 우사 청소를 할 때는 라디오나 팟캐스트를 들을 때도 있고 작업에만 몰두할 때도 있다. 기묘하지만 소똥을 치우다 보면 선승과 모래 정원이 곧잘 생각난다. 모래를 갈퀴질에 또 갈퀴질하고 청소하고 불순물을 거르고 자신의 행위에 몰입하며 명상에 잠기는 선승. 나는 삽으로 똥을 푸면서도 명상을 할 수 있다고 생각한다. 트랙터 버킷이 가득 차면 커다란 두엄 무더기인 '던클'로 트랙터를 몰고 가 비운다. 던클은 봄에 거름으로 뿌린다. 농장에서는 모든 것에 목적과 미래의 쓰임새가 있으며 모든 행위가 순환의 일부이다. 겨울의 똥이 여름의 목초를 기른다.

우사를 전부 청소했으면 새 깔짚을 깔아준다. 소들은 기분이 더 좋아진 것 같다. 깨끗하고 뽀송뽀송한 깔짚에 머리를 비비고 BBC 자연 다큐멘터리에 나오는 물소처럼 나름의 모래 목욕을 한다. 나는 미소 지으며 작업 결과에 흡족해한다. 여느 동물처럼 소도 오물 속에서 살고 싶어 하지는 않는 것이다.

한 시간가량 걸려 청소를 마치면 오전 할 일은 거의 끝이다. 이제 달걀을 먹어도 된다. 오늘은 수란으로 해야지.

조상

·

소에 대해 이야기하는 것은 인류에 대해 이야기하는 것이다. 소는 1만 500년 가까이 인류의 동반자였기 때문이다. 유전학자들에 따르면 집소의 기원은 이란의 들소 한 무리로 거슬러 올라간다. 오록스auroch 또는 위르ure라 불리는 이 들소 품종은 현재 멸종했지만, 한때는 위풍당당했을 것이다. 프랑스의 라스코 동굴 벽화와 더 이전의 쇼베 동굴 벽화에 남아 있는 소 그림이 바로 오록스다.

선키가 2미터를 넘어 고대인과 현생종 소보다 훨씬 컸던 이 거우들은 인류의 조상들에게는 딴 세상의 존재로 보였을 것이다. 신으로서 경배의 대상이 되거나 악마로서 공포의 대상이 되었을지도 모른다. 강하고 용맹하기로는 따를 짐승이 없었다.

최초의 오록스 유해는 200만 년 전 인도로 거슬러 올라가지만

그 또한 모든 솟과의 조상 '보스 아쿠티프론스Bos acutifrons'의 후손이
다. 플라이오세에 기후가 냉각되면서 초원이 넓어져, 빙기에 이르
자 대형 초식 동물이 진화했다. 털코뿔소, 왕매머드, 검치호, 동굴
곰 같은 거대 동물이 포유류 왕국을 다스리던 시대였다. J. K. 롤링
의《신비한 동물 사전》에 나오는 동물들은 상상의 산물이지만, 자
연은 그 못지않게 신비한 피조물들을 늘 만들어냈다. 오록스는 인
도에서 퍼져 나가 동서로 이주하면서 솟과의 성공 스토리를 썼다.

오록스가 유럽에 도달한 것은 약 27만 년 전이므로 유럽은 인류
의 것이기 전에 오록스의 것이었다고 말할 수 있으리라. 유럽 대
륙은 오록스의 드넓은 목초지였다. 고대의 숲은 오록스에게 보금
자리를 선사했으며 탄생과 삶과 죽음의 순환을 지켜보았다.

오록스는 현생종 소와 사뭇 다르게 생겼다. 가는 다리, 다부진
몸통, 근육질의 어깨와 목은 아메리카들소의 사촌 격에 가깝다. 뿔
은 앞을 보고 있으며 30센티미터까지 자랄 수 있었다.

어릴 적에 낡아빠진 백과사전에서 오록스에 대해 읽고서 이 동
물이 내 삶에 부재한다는 사실에 큰 슬픔을 느꼈었다. 부모님에게
이 신비로운 짐승에 대해 말했더니 귀를 쫑긋 세우고 들으셨다.
아마도 그날 밤이었을 것이다. 마당으로 나가 우리 소들을 애처롭
게 쳐다보며 녀석들이 조금만 더 컸으면 하고 바랐던 것은.

그때는 몰랐지만, 이 피조물에 매혹된 것은 내가 처음이 아니었
다. 고대에 오록스는 경외의 대상이었으며, 심지어 위대한 카이사르

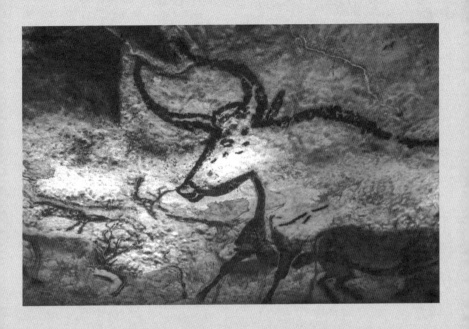

—

프랑스의 라스코 동굴 벽화.

조차《갈리아 원정기》제6권에서 오록스의 힘과 용맹을 찬미했다.

들소(오록스)는 코끼리보다 조금 작고, 겉모양과 색깔과 생
김새가 황소와 비슷하다. 들소는 힘이 세고 날래며, 사람이
든 동물이든 보이기만 하면 무조건 공격한다. 게르마니족은
들소를 조심스럽게 함정에 빠뜨린 다음 죽인다. 이런 종류
의 사냥을 통해 게르마니족 젊은이들은 강인해지고 단련된
다. 들소를 가장 많이 죽인 자는 그 증거로 그 뿔들을 공개
석상에서 보여줌으로써 큰 갈채를 받는다. 들소는 어려서
잡혀도 사람에게 적응하거나 길들여지지 않는다. 들소의 뿔
은 크기와 생김새와 겉모양이 우리가 기르는 황소의 뿔과는
아주 딴판이다. 게르마니족은 들소의 뿔을 높이 평가하여,
가장자리에 은테를 둘러서 큰 잔치 때 술잔으로 사용한다.

카이사르나 그의 휘하 장군들이었는지도 모르지만, 어쨌든 로
마인들은 갈리아에서 오록스 몇 마리를 데려와서는 사람과 맞붙
여 죽을 때까지 싸움을 시키는 유희를 벌였다. 누가 이겼는지는
기록으로 남아 있지 않다.

오록스의 거대한 뿔은 귀족들에게 술잔으로 애용되었으며 이는
틀림없이 오록스의 멸종을 앞당겼을 것이다. 실제로 1352년 케임
브리지 코퍼스크리스티 대학에 기증된 뿔잔이 오록스의 뿔로 만

들었으리라 믿어진다는 점도 눈여겨볼 만하다.

오록스 사냥은 당시에 본격적으로 시작되었으며 그 뒤로 수세기에 걸쳐 오록스 개체 수가 서서히 줄었다. 결국 오록스 사냥은 귀족의 전유물이 되었고 밀렵꾼은 사형에 처해졌다.

오록스 그림 중에서 가장 최근 것은 1556년 카르니올라(지금은 슬로베니아의 일부) 출신 외교관 지그문트 폰 헤르베르슈타인이 쓴 책에 실렸다. 오록스는 폰 헤르베르슈타인의 고국처럼 머지않아 지구상에서 사라졌다.

최후의 오록스는 1627년 폴란드의 약토루프 숲에서 자연사했다. 국왕은 녀석의 사냥을 거부했다. 녀석이 죽었다는 소식에 수세기 뒤의 나처럼 슬퍼했을 장면이 상상된다. 그곳에는 녀석을 기리는 푯돌이 세워져 있다. 최후의 오록스를.

송아지

•

매주 커다란 꼴간의 비워둔 자리에다 송아지를 위해 깔짚을 깐다. 이 자리를 '새끼방'(축산 용어로는 '독우사犢牛舍' 또는 '송아지 우사'라고 한다. ─옮긴이)이라고 부르는데, 사각형 곤포 세 개 넓이이며 둘레에 출입문이 있어서 어미가 있는 틈바닥 우사(격자식 틈새를 두고 바닥판을 깔아 분뇨가 아래로 떨어지게 한 구조물. ─옮긴이)로 가서 젖을

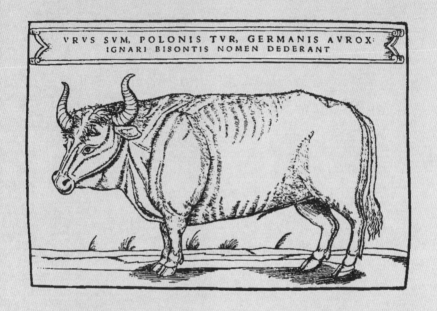

—

지그문트 폰 헤르베르슈타인이 그린 오록스

먹을 수 있다.

새끼방은 송아지만을 위한 공간이며 안전하다. 늦은 밤에 양을 점검하러 나가다 보면 송아지들이 옹기종기 모여 곤히 잠든 모습을 볼 수 있다. 녀석들은 대형견이나 새끼 사슴처럼 웅크린 채 함께 누워 온기를 나눈다.

송아지 깔짚을 보면 마음이 뿌듯하다. 깨끗하고 감염을 예방할 수 있다. 장난치고 뛰노는 걸 보니 송아지들도 좋아하는 듯하다. 이따금 싸우는 흉내를 내며 서로 들이받는데, 여름의 넓은 목초지에서 누릴 자유를 본능적으로 연습하는 모양이다.

곤포는 두 해 겨울 동안 꼴간에 있었다. 무겁지는 않지만 하나씩 등에 지고 나르노라면 풀을 키운 햇빛과 이 풀을 다발로 묶은 사람이 머릿속에 떠오른다. 그의 이름은 리처드 모니건. 경운농耕耘農이자 삯꾼으로, 2년 전에 세상을 떠났다. 이따금 저 곤포를 나를 때면 그에 대한 기억, 그의 농장에 추수하러 갔던 기억, 그와 함께 보낸 9월의 나날들을 생각한다. 다신 돌아갈 수 없는 시절.

암은 발병하자 급속히 퍼졌다. 그의 병세에 대해 잘은 모르지만, 더블린의 큰 병원에 가서 치료를 받고 의사가 하라는 대로 암과 싸웠다고 들었다. 결국에는 위안인지 희망인지 감사인지를 찾으려고 성모 발현지 루르드로 순례를 떠났다. 할머니의 말에 따르면 그곳에서 젊은이처럼 자전거를 탔다고 한다. 그는 집에 돌아온 이튿날 죽었다. 작별 인사를 할 수 있도록 죽기 직전에 상태가 호전

된다는 말이 있다. 그 며칠이 그에게는 축복이었으리라.

그가 만드는 곤포는 이제 얼마 남지 않았고 그의 초지는 다른 사람들이 경작한다. 이듬해에는 딴 데서 꼴을 사야 할 것이다.

"송아지들에겐 좋은 깔짚이 필요해. 깃에 푹 잠기게 하렴."

정오에 커피를 마시며 어머니가 말한다. 어머니는 학교일을 하다가, 나는 농장일을 하다가 쉬는 중이다.

"방금 끝냈어요."

"《농민 저널》에서 읽었단다."

나도 그 기사를 봤다. 《농민 저널》에 좋은 조언이 곧잘 실린다는 건 우리 둘 다 동의한다.

소들이 깨끗하면 어머니도 나만큼 좋아한다.

"관절증이 또 도는 건 바라지 않아요."

"그해는 끔찍했지."

여러 해 전 겨울, 큰 꼴간이 아직 새것이고 내가 학교에 다니고 있을 때 송아지들이 잇따라 저 악독한 병에 걸렸다. 깔짚을 깔고 청소와 소독을 했지만 어찌나 단단히 걸렸는지 아무 소용이 없었다.

병균이 배꼽을 통해 혈류에 침투하면 질병이 퍼져 관절을 공격한다. 최악의 경우 절름발이가 될 수도 있다. 안락사까지 시킬 필요는 없지만, 결코 정상적으로 자라지는 못할 것이다. 송아지들이 병에 걸린 채 걸어 다니는 모습을 보면 일찍 조치를 취하지 못한 것이 부끄러워진다. 병이 발발하는 것은 어쩔 수 없기에 늘 준비가 되어 있어야 한다.

내가 털어놓는다. "한두 마리가 약하게 설사를 해요."

송아지가 어떤 병균에 감염되면 설사를 하다 탈수가 일어나는데, 치료하지 않으면 결국 죽고 만다.

"그렇게 심각하진 않구나. 우리한테 약 있지?" 함께 쉬던 아버지가 묻는다.

내가 고개를 끄덕이고 말한다. "양 분만시키느라 깜박했어요."

우리는 커피를 마저 마시고는 일하려고 일어난다.

마당에서 아버지가 설사 걸린 송아지 이야기를 다시 꺼낸다.

"그 프랑스 약 있잖아, 프랑스 약을 줘."

"분홍색 섞어서 쓰는 거요?"

"그래, 그거."

양사羊舍에 작은 부엌이 있는데, 그곳에 응급 의약품을 보관한다. 가루약, 물약, 주삿바늘과 젤이 가득 들어 있는 작은 약국이다. 응급 상황과 분만 시에 필요한 것은 전부 갖춰놓았다. 못에 걸려 있는 것은 행운의 노끈이다. 저걸로 지금까지 양 50마리를 분만시켰는데 덕분에 많은 목숨을 구했다. 작업대 위에는 성 프란체스코의 목판화가 걸려 있다. 뉴멕시코 샌타페이에서 여기까지 날아온 물건이다. 예전 캐나다에서의 삶과 사랑 중에서 남은 것은 이것뿐이다. 성 프란체스코는 올겨울 우리를 굽어살피셨으며 이따금 밤에 깜깜한 어둠 속에서 양을 분만시킬 때면, 나는 그의 앞에서 성호를 긋는다. 이것은 우리의 비밀이다. 그와 나만 알고 있는. 성 프란체스코는 모든 동물의 수호성인이다. 그를 태우고 다니던 당나귀는 그가 죽었을 때 울었다고 전해진다.

옥시토신과 비타민 B 사이에서 프랑스 약을 찾아낸다. 프랑스어식 이름이 붙은 초록색 액체다. 정확한 양을 뽑아낸다. 프랑스약을 깨끗한 빈 맥주병에 주입한 뒤에 의약품들을 뒤져 분홍색 약을 꺼낸다. 분홍색 약은 수의사가 준 거라 이름이 없지만, 설사를 멎게 한다. 두 성분을 함께 쓰면 병균을 죽일 수 있다.

액체를 흔들어 섞고 주전자 물이 끓을 때까지 기다린다. 라디오에서는 시리아 소식이 흘러나온다. 그리스 섬들에 마지막으로 도착한 사람들 이야기이다. 아일랜드도 유럽이기는 하지만, 먼 곳의전혀 동떨어진 얘기처럼 들린다. 그렇게 많은 사람들이 밀려든다는 게 상상이 안 된다. 이곳은 아주 고요하고 이제는 주민도 거의없으니까. 한때 시리아 난민 같은 사람들을 위해 인권 운동을 했다. 몇 해 전 기자로 일할 때 만난 타밀 난민들이 생각난다. 지금은어디에 있을까. 나와 여러 사람의 노력으로 전 세계 수용소에서타밀 난민들이 풀려났다. 이제 새로운 삶을 찾아서 행복한지 궁금하다. 이 시리아 사람들도 새로운 삶을 찾게 될까. 모르겠다.

주전자가 끓으며 딴생각에 빠져 있던 나를 깨운다. 마지막 혼합물을 섞은 뒤에 아버지와 함께 송아지를 붙들고 병을 목구멍에 밀어 넣는다.

투약을 마치고 아버지가 말한다. "상태가 그리 나쁘진 않군."

"오늘 아침에 똥이 안 좋았어요."

"젖을 너무 많이 먹어서 그래."

"그렇진 않은 것 같아요."

"어쨌든 좋아지겠지."

"그렇겠죠." 내가 맞장구친다.

아버지와 나는 양 얘기 말고는 별로 말을 주고받지 않는다. 양은 우리의 공통 기반이다. 우리가 안전하게 느낄 수 있는 곳, 아버지가 안전하게 느낄 수 있는 곳. 나는 지금 글을 쓰고 있지만 아버지와 예술이나 문학에 대해 이야기하는 일은 전혀 없다. 내가 기자나 영화감독일 때도 취재나 촬영 작업에 대해 한마디도 하지 않았다. 우리는 오로지 양을 매개로만 진정으로 소통한다. 그래서 번식과 새끼양과 암양에 대한 난해한 말들은 다음과 같이 해석할 수 있다. 잘 지냈니, 아들아? 안녕하셨어요, 아버지? 사랑한다, 아들아. 저도 사랑해요, 아버지. 서로를 이해할 수 있는 세계가 있기에, 다투지 않는 한 그 세계에서 함께 살아갈 수 있다.

풀려난 송아지가 어미에게 돌아가고 우리는 더는 녀석을 생각하지 않는다. 녀석은 올해 맨 처음 태어난 새끼이다. 튼튼해서 금방 회복될 것이다.

나는 "점심 차릴게요"라고 말하며 바지의 송아지 똥을 닦아낸다.

"그래, 이만하면 됐다."

나는 날마다 감자와 채소의 껍질을 벗기고 밥상을 차린다. 어머니가 혼자서도 할 수 있다지만, 내가 집에 와 있으니 집안일 부담을 덜어드리고 싶다.

오늘은 소고기 버거와 양파를 요리한다. 부엌이 금세 뿌옇고 후끈후끈해진다. 어머니는 1시에 들어와 차를 마시면서 내가 밥상을 차릴 때까지 기다린다. 어머니가 전화로 아버지를 불러서 우리 셋은 함께 밥을 먹는다. 그날 있었던 이야기, 몬테소리 학교 이야기, 가축 이야기를 나눈다. 날씨는 여전히 궂지만 이 얘기는 접어둔다. 여기는 아일랜드이고 겨울 날씨는 늘 궂으니까.

이름

．

우리는 소들에게 사람 같은 이름을 지어주지 않는다. 어쨌든 세례명을 붙이지는 않는다. 소들은 특징이나 출신 지역에 따라 이름을 부여받는다. 사람처럼 소도 저마다 사연이 있다. 오후에 우사를 돌며 어느 암소가 분만이 가까웠는지 확인하려고 뼈를 만져보노라면 녀석들의 내력을 생각하게 된다.

블랙 화이트헤드는 나이 든 암소로, 우리 농장의 여사님이다. 부실한 송아지를 낳은 적이 한 번도 없기 때문이다. 조용하고 차분하며, 젖을 짤 때 한 번도 내게 발길질을 한 적이 없다. 옆구리를 쓰다듬으니 한두 주 뒤면 새끼를 낳을 모양이다. 우사를 따라 걷다가 자이멘탈Simmental에게 간다. 어미 데이지를 쏙 빼닮았다. 데이지는 막판에 미쳐버려서, 우리 가족을 해칠까 봐 도축장에 보냈다. 데이지의 딸은 품종을 따라 그냥 자이멘탈이라고 부른다. 성격이 온순하지만, 새끼를 낳고 일주일 동안은 신경질병('sickness'는 저자의 지역에서 쓰는 말로, 진통을 겪은 암소가 분만 후에 정신 이상이나 이상 행동을 나타내는 증상을 일컫는다. – 옮긴이)이 와서 사람도 짐승도 녀석 가까이 가지 못한다. 나도 자이멘탈 때문에 목숨을 잃을 뻔한 적이 한두 번이 아니다. 비니는 근처에 얼씬도 않는다.

신경질병은 새끼를 낳은 암소 중 일부에게서 발병한다. 새끼를 보호하는 나름의 방식이기에 내버려두는 게 상책이다. 송아지는 도와주지 않아도 잘 자라므로 우리는 어미소가 원하는 대로 한다. 다행히 자이멘탈은 이번엔 아직 새끼를 낳지 않았다.

리무진Limousin들과 블랙들도 손으로 쓸어본다. 녀석들은 귀찮다는 듯 슬렁슬렁 내게 꼬리를 휘두른다. 비니는 내가 다칠까 봐 우사 통로에서 짖어댄다. 착한 소니까 괜찮다고 말하자 그만 짖는다.

내가 사연을 모르는 소도 많다. 어머니도 모른다. 소를 사는 건 아버지가 도맡기 때문이다. 아버지는 웨스트미드 평야에서 리트림 언덕 지대에 이르기까지 중부 지방을 누비며 우시장을 찾아다녔다. 리트림의 모힐 우시장에서는 작가 존 맥개헌을 만나곤 했다. 두 사람은 한두 번 대화를 나눴다. 책이 아니라 소에 대해서. 그

자리에 끼지 못한 게 아쉬웠고 지금도 아쉽다. 맥개헌에게 묻고 싶은 게 얼마나 많았는데. 그는 우리 부모님이 아는 유일한 현대 작가이다. 오래전에 그의 소설을 바탕으로 만든 텔레비전 드라마 〈여인들 사이에서Amongst Women〉를 온 가족이 시청했다. 우리는 주인공 모런과 그의 농장 생활에서 우리 자신의 삶을 보았다. 모런의 불같은 성미에서는 아버지를, 가족의 친밀함에서는 우리 자신을 보았다.

맥개헌은 나처럼 농사를 알았다. 이따금 하루 일이 잘 끝나고 날씨가 궂지 않으면 '글을 쓰고 가축을 키우면서 이렇게 살 수도 있겠구나' 싶다.

마지막 리무진을 쓰다듬어보니 분만이 가까웠다. 분만사로 옮겨야겠다. 녀석은 나이가 많지만 가죽이 매끈하고 반짝거려서 겉으로 봐서는 모른다. 어디서 왔는지, 어느 농장에서 태어났는지 모르겠다. 나중에 아버지에게 꼭 물어봐야지.

리무진은 프랑스 품종으로, 처음에는 짐소였다. 19세기까지도 프랑스 바깥에는 거의 알려지지 않았지만, 지금은 아일랜드에서 가장 유명한 품종 중 하나이다. 고기 대비 우유 생산량이 많아서 많은 농장의 주력 품종이기도 하다. 리무진 송아지는 덩치가 작은 덕분에 분만이 훨씬 수월하다. 성미만 빼면 나무랄 데 없다. 녀석들이 경주마처럼 도랑을 넘고 벽을 긁어대고 황소와 싸우는 광경을 본 적이 있다. 붉은색은 열정의 색깔이라고들 하지만 리무진의 색깔이기도 하다.

며칠 전에 태어난 송아지와 어미를 분만사에서 내보내고 리무진을 맞을 준비를 한다. 이 분만사는 우리 농장에서 제일 크고 고정틀이 있다. 형이 2년 전에 아버지에게 사줬다. 고정틀은 현대식 금속제 장치로, 분만 중에 어미소의 머리를 고정시킨다. 이렇게 하면 사람과 소 둘 다 더 안전하게 분만을 진행할 수 있다.

리무진과 나는 함께 우사를 통과한다. 충혈되고 젖으로 가득 찬 젖통이 앞뒤로 덜렁거린다. 우리는 이걸 '용수철 뛴다'라고 말한다. 질은 부풀고 늘어졌으며 맑은 점액이 얇게 매달려 있다. 하루 이틀이면 새끼를 낳을 것이다. 소가 내게 말을 해줄 수 없으니 이런 징후를 읽고 알아내는 수밖에 없다.

녀석의 옆구리를 찌르며 분만사로 몰고 간다. 녀석은 낮은 울음소리를 내며 주위를 둘러보다 안으로 들어간다. 띄운꿀과 작은 들통에 든 견과를 준다. 소가 좋아하는 냄새를 첨가했다. 녀석은 꿀과 견과를 잽싸게 먹어치운다. 당분간은 버틸 수 있을 것이다. 머릿속 할 일 목록에 녀석의 이름을 기입한다.

달리기

·

달리기를 시작한 건 1년 전이다. 이따금 힘들게 달릴 때면 내가 어디에 있는지, 얼마나 달렸는지 잊어버린다. 다리나 발목의 통증도 잊는다. 나는 그저 존재할 뿐이다. 운동은 내 삶의 중요한 부분이 되었으며 일주일에 며칠씩 동네 숲이나 체육관에 가서 한두 시간 땀을 흘린다. 운동을 하면 의욕이 생기고 농장일에서 한숨 돌리게 된다. 가축으로만 둘러싸인 채 농장에서 너무 오래 지내면 사람이 이상해진다.

본격적으로 달린 지는 9개월째이다. '본격적'이라 함은 21킬로미터가 힘들지 않거나 더는 유난하지 않다는 뜻이다. 처음에는 생각으로부터, 작가 미시마 유키오가 자아의 정원을 가꾼다고 말한 것과 같은 변화의 작은 욕구로부터 시작되었다. 호주의 옛 집에서 첫 소설을 홍보하던 때였다. 심하게 앓고 나니 불현듯 운동을 해야겠다는 생각이 들었다.

처음에는 속도가 느리고 금방 숨이 가빠졌지만, 몇 주 지나자 러닝머신에서 버티는 시간이 늘고 심장이 튼튼해졌다. 아일랜드에 돌아왔을 때는 드디어 실내 달리기를 졸업하고 밖으로 진출했다.

지난 8월 5킬로미터 경주를 처음 달린 기억이 난다. 동네 숲을 가로지르는 단순한 코스였는데, 유일한 목표는 완주였다. 그렇게 멀리까지 달린 적은 한 번도 없었다. 느리긴 했지만 끝까지 달렸다. 결승선이 가까워졌을 때 탱크에 연료가 많이 남아 있는 걸 알고서 막판 질주를 했다. 말로만 듣던 '러너스 하이'(격렬한 운동 후에 맛보는 도취감.-옮긴이)를 처음으로 느꼈다.

장거리 달리기는 농사와 같아서 훈련과 인내와 준비가 필요하다. 하루 만에 소 떼를 거느린다거나 암소를 예정일 전에 분만시킬 수 없듯 다짜고짜 수요일에 마라톤을 하겠다고 마음먹을 수는 없다.

건강을 유지하기 위해 비가 오든 화창하든 피곤하든 이곳에서 매일 20분씩 달렸다. 일주일에 한 번씩 더 멀리 달리며 거리를 늘렸다. 농사일을 하고 싶지 않을 때가 있듯 달리고 싶지 않을 때도 있다. 그럴 땐 핀란드의 장거리 달리기 선수 파보 누르미를 생각한다. 그는 이렇게 말했다.

"정신이 전부이다. 근육은 고무 조각에 불과하다. 내가 나인 것은 오로지 정신 때문이다."

밖에서 달릴 때면 여러 가지 생각을 한다. 암소들과 다가올 분만을 생각한다. 송아지와 사소한 질병들을 생각한다. 아직도 대책 없이 축축한 초지와 남아 있는 띄운꼴을 생각하며 이걸로 버틸 수 있을지 가늠한다. 내게, 계절에, 시간에 의존하는 이 모든 생명을 머릿속에 그려본다. 조깅에서 달리기로 속도를 올리고는 통증을 참으며 1년 전의 소년을, 온갖 일에 시달리던 소년을 앞지른다. 그에게 연민을 느끼지는 않는다. 오직 사랑뿐. 내가 통제권을 잡은 지금, 내 삶은 안정과 질서를 찾았으며 가축만큼 안전하다고 느끼기 때문이다.

달리기의 철학자를 한 명 발견했는데, 조지 시핸이라는 의사 겸

달리기 선수이다. 그의 책을 읽으며 달리기를 이해했고 어떤 면에서 농장도 이해할 수 있었다. 시핸은 인간이 동물이며 달리기는 동물로서의 적합도를 극대화하려는 본능이라고 말한다. 발을 내디딜 때마다 다리에서 힘이 솟아나고 길의 끝이 가까워짐을 느낀다. 운동 본능에 대해, 소와 우리 말과 비니와 움직이는 또한 움직이고 싶어 하는 모든 동물과 내가 연결되어 있음에 대해 생각한다.

나중에 마당으로 나가 소들을 먹일 때 녀석들은 나의 달리기에 대해 전혀 모를 테지만, 이 저녁만큼은 나를 동료 짐승으로 대해 줄지도 모른다.

저녁

·

4시 반에 체육관이나 숲에서 집으로 돌아오는 게 즐겁다. 그때쯤이면 가축들이 배가 꺼져서 저녁 사료를 줘야 한다. 아버지는 한참 마당에 나가 있었을 것이다. 어떤 때는 함께 저녁 당번을 하지만, 어떤 때는 체육관에서 돌아오는 길에 문자를 보내 쉬시라고, 내가 하겠다고 말한다. 아침에 내가 하려고 했던 작업이 무엇인지 기억하기 때문이다.

우선 들통 두 개에 견과를 채워 젖 뗀 송아지에게 먹인다. 녀석들은 점점 살이 오르고 있으며 고기에 근사한 마블링이 생길 것이다. 수송아지와 암송아지는 격리되어 있는데, 사일로 걸쇠 여는 소리에 "음매" 하고 운다. 빈 플라스틱 구유에 견과를 좌르르 쏟는다. 젖 뗀 송아지는 견과를 하루에 두 번 먹으며, 구유에 견과를 부으라치면 서로 좋은 자리를 차지하려고 밀쳐댄다. 이따금 견과를 좋아하지 않는 녀석이 있는데, 딴 송아지들만큼 빨리 자라지 못하지만 우리로서도 어쩔 수 없다.

날씨가 하도 궂어서 농장에서는 늘 재킷을 입기 때문에 나의 재킷에는 그동안 분만시킨 양들의 양수 냄새가 배어 있다. 젖 뗀 송아지는 나를 어떻게 대해야 할지 모른다. 생긴 건 사람인데 냄새는 양이니 말이다. 그간 녀석들을 여러 번 어리둥절하게 만들었다.

다음으로는 어른소를 먹여야 한다. 이 일에는 트랙터가 필요하다. 존 디어 제품인데, 잔고장 없고 튼튼하고 인기 많아서 내가 보기에 트랙터계의 BMW이다. 우리 것은 북아일랜드에서 들여와 이제 길이 들고 있다. 요 몇 주간 스타터가 말썽이어서 시동을 거느라 매일이 전쟁이다. 점화 장치를 켜도 스파크가 일어나지 않아 교류 발전기에 렌치를 갖다 댄 것이 여러 번이다. 잘 모르지만 아버지가 했던 대로 따라 하니 몇 분 뒤에 모터가 딸깍 하며 시동이 걸린다.

원형 곤포 사일리지를 준비하여 트랙터 로더로 들어 올린 다음 트랙터에서 나와 곤포를 두른 플라스틱 끈을 잘라준다. 어른소들은 곤포 두 덩이를 먹는다. 트랙터를 자동 급사기로 몰고 가 곤포를 잡아주는 플라스틱 망을 벗기고 띄운꼴을 급사기에 붓는다. 급사기는 회전하녀서 곤포를 집어삼켜 소가 먹을 수 있도록 띄운꼴을 가지런히 뱉어낸다. 내가 해야 할 일은 트랙터를 통로로 운전하면서 먹이가 올바른 위치에 쏟아지도록 하는 것뿐이다. 트랙터가 들어오자마자 소들이 잠에서 깨어 흥분한 목소리로 서로를 부른다.

이 광경을 보면 소에게 인지 능력이 있음을 알 수 있다. 녀석들은 트랙터를 알아보고 이게 사료를 의미한다는 것을 안다. 기억력과 사고력이 있으며, 사람과 같지는 않아도 이 세상을 나름의 방식으로 인식한다. 소가 사람 얼굴을 1년까지도 기억할 수 있다는 얘기를 읽은 적이 있다. 여기에 생각이 미치면 녀석들이 이곳에 갇혀 있는 걸 싫어하지는 않을까 궁금해진다. 하지만 이 시기에 초지에는 먹을 것이 거의 없고 우사는 따뜻하니 안에 있는 걸 사람만큼 좋아할 것 같다.

궂은 날씨 때문에 올해는 황소도 우사 안에 뒀다. 녀석은 틈바닥 우사에서 존재감을 드러냈으며 이따금 송아지를 들이받고 발정 난 암소를 올라탔다. 그럴 때면 암소가 교미를 받아들여 임신하는지 눈여겨봐야 한다. 임신한 암소는 황소에게서 떼어두었다. 녀석이 또다시 올라타려다 부상이나 유산을 유발할 수 있기 때문이다.

곤포를 하나 더 넣고 안채로 가서 젖 뗀 송아지를 먹인다. 녀석들은 아까 부어준 견과를 게걸스럽게 먹어치우고는 나를 기다리고 있다. 우리는 사료가 떨어지지 않게 하여 하루 종일 먹을 수 있게 해준다.

마지막으로, 조금 남은 띄운꿀을 양에게 준다. 녀석들은 끊임없이 울음소리를 내는데, 마지막 한 마리가 다 먹을 때까지 그치지 않는다.

소에 비하면 양은 순하지만 멍청한 동물이다. 오랫동안 돌봐줬는데도 내가 누군지 여전히 모른다. 양에게는 매일이 새로운 날이고 매일 아침 나를 볼 때마다 놀라는 게 아닐까 싶다. 양이 사람 얼굴을 기억할 수 있다는 말을 들었지만, 그런 증거는 아직 한 번도 보지 못했다.

물을 점검하고 새로 새끼를 낳은 어미양들의 우리를 돌아본다. 한 마리씩 작은 들통에 견과와 여물을 준다. 덧먹이를 줘야 하는 새끼양도 있는데, 이 일은 한 시간 넘게 걸린다. 우유를 데워 젖병에 담아 먹여야 하기 때문이다. 새끼양은 먹는 속도가 일정하기 때문에 서두르면 안 된다. 이따금 작은 이마에 뽀뽀하기도 한다. 어찌나 순하고 순박한지. 나는 자리에 앉아 라디오를 들으며 생각에 잠긴다.

양사에는 라디오가 항상 켜져 있다. 아버지는 라디오를 들으면 양들이 사람 목소리에 친숙해진다고 신문에서 봤다고 했다. 그러면 우리가 다가가 말을 건네도 겁먹지 않는다는 것이다. 지금까지는 효과가 있었다. 라디오는 밤이 되면 우리에게도 말동무가 된다. 아름다운 음악이 어둠 속에 메아리친다. 양들이 숀 오 리어더나 데이비드 보위를 좋아하는지는 모르겠지만, 둘 다 여기서 들어봤는데 개의치 않는 듯했다.

오늘 저녁은 컨트리 가수 조니 캐시의 화음이 양사에 울려 퍼진다. 나는 무슨 노래인지 알아듣고 미소 짓는다. 오래전 삶, 다른 삶을 떠올리게 하는 노래. 음악이 흘러나오는 곳에서 커피를 마시고 맥주를 홀짝거리며 담소를 나누는 내 모습이 보인다. 도시에서 허비한 돈, 벽에 대고 오줌 싸던 장면, 나를 억압하던, 그리하여 언제나 농촌으로 다시 몰아가던 지긋지긋한 도시 풍경도 떠오른다. 예전에는 내가 용감한 기자에다 영리하고 알뜰한 영화감독이라고 생각했다. 이제는 농사꾼의 아들이 내 참모습이라고, 나머지는 모두 연기였다고 생각한다. 잠깐 서울쥐 흉내를 낸 시골쥐처럼. 나는 초지의 규칙을, 땅과 소의 길을 알지만, 도시의 규약, 영화나 미디어 산업의 규칙은 몰랐다. 그런 규칙은 다르고 훈련받은 적이 없었기에 배우느라 10년 가까이 걸렸다.

하지만 그렇게 나쁘지는 않았다. 그런 도시 환경에서, '인간 농장'에서 무척 행복한 적도 있었다. 그곳에서 여자 친구 비비언을 만났다. 몇 해 전 수천 킬로미터 떨어진 시드니에서였다. 우리는 둘 다 무척 어렸으며 그 뒤로 수많은 일이 일어났다.

저녁 6시, 라디오에서 만종晚鍾(아일랜드 사람들은 정오와 저녁 6시에 라디오에서 종소리가 울리면 성모에게 기도를 올린다. - 옮긴이)이 울리며 백일몽을 깨운다. 새끼양은 젖병을 비웠고 이제 형을 먹일 차례라 똑같이 반복한다. 젖을 데우고 팔뚝으로 온도를 재고 녀석을 품에 안는다.

오랜 이웃에게서 빌린 작은 수유용 스툴에 앉는다. 서두르지 않고 과정을 음미한다. 만종이 다 울려 우사는 이제 적막하다. 가축 150마리가 전부 먹이를 먹고 있다. 비니는 통로에서 끈기 있게 나를 기다린다. 오늘은 산책시킬 시간이 없지만 내일은 꼭 해야 한다. 훈련을 잊어버리면 안 된다. 요즘은 산책과 일이 끝나면 비니에게 매일 래셔(얇게 저민 베이컨.-옮긴이)를 준다. 녀석은 배우는 게 빠르다. 아버지조차도 혀를 내둘렀다.

집에 가는 길에 송아지들이 새끼방에서 뛰노는 광경을 들여다본다. 아파서 프랑스 약을 먹인 녀석은 잠들어 있다. 주둥이를 만져보니 온기가 있다. 회복될 것이다. 녀석이 천천히 눈을 뜨더니 나를 알아보고 생기를 찾는다. 팔짝팔짝 뛰면서 똥을 지리는데, 여전히 물똥이지만 아까보다는 덜하다. 색깔도 정상으로 돌아오고 있어서 나는 미소를 머금는다. 이따금 내가 영화 〈조지 왕의 광기〉에서 대변을 검사하는 의사 같다는 생각이 든다.

"괜찮아질 거야." 두 시간 만에 처음 내뱉은 말이다.

마지막으로, 리무진을 살펴본다. 녀석은 우리를 서성거리며 지푸라기를 뽑고 있다. 오늘 밤 새끼를 낳을 수도 있다.

이제 칠흑같이 깜깜하다. 우사 조명을 가로등 삼아 집으로 돌아온다. 나의 하루는 어둠에서 시작하여 어둠에서 끝난다. 어둠은 해가 없음으로 자신을 드러냈으며 이곳의 분위기는 음울하다. 다들 헷실이 비칠 것을 생각하며 기다린다.

"잘 시간이야, 비니."

비니가 짖으며 개집으로 달음질한다. 물그릇을 점검하고 녀석이 밤에 먹을 사료를 부어주고 개집 문을 닫는다. 오래된 경유 탱크가 녀석의 침실이다. 따스하고 보송할뿐더러 녀석이 밤에 싸돌아다니지 못하게 가둬둘 수도 있다. 녀석도 양들도 안전하다.

나는 지쳤다. 기나긴 또 하루가 지나갔다.

신

·

오록스가 가축화되면서 두 아종인 인도의 브라만Zebu과 유럽의 타우린Taurine이 생겨났다. 모든 현생종 소는 두 아종 중 하나에 속하며 둘 다 오래전부터 신성시되었다.

인도의 브라만은 청동기 시대에 생겨난 것으로 추정되며 어깨 위의 독특한 혹과 목 아래로 처진 커다란 군턱이 특징이다. 힌두교 신들의 만신전에서 브라만은 신성한 황소이자 시바의 '바하나'인 난디로 표현되었다. 바하나는 신을 태우는 수레로, 성 프란체스코의 당나귀 격이다.

파괴의 신 시바가 난디를 바하나로 낙점한 것은 당시 인도 사람들이 대부분 농사꾼이어서 소가 주된 운송 수단이었기 때문이다. 시바는 전쟁신이 아니어서 명상과 사색으로 시간을 보냈으므로 느리지만 듬직한 소를 타고 다니는 것은 이치에 맞았다. 난디는 힘과 차분함과 정력을 겸비했다.

인도 아대륙 전역에 난디 사원과 조각상이 있으며 일부 지역에서는 아직도 난디 사당을 모신다. 난디의 귀에 대고 소원을 말하면 이뤄진다는 속설이 있다. 난디는 산스크리트어로 '행복'을, 옛 타밀어로는 '황소'를 뜻하기에, '행복한 황소'라고 불러도 좋겠다. 난디는 정말이지 행복하다. 인도에서 신성한 동물로 보호받기 때문이다.

타우린은 브라만보다도 오래되었으며 약 1만 년 전 근동에서 생겨났다. 이 시기에 정주 농업과 농사 기술이 메소포타미아의 비옥한 초승달 지대로부터 최초의 대문명인 이집트 문명에 전파되었다. 타우린은 이때 함께 전파되면서 논밭을 일구고 젖과 고기와 심지어 추운 밤에는 온기를 베풀었기에 사람들이 애지중지한 것은 놀랄 일이 아니다. 난디가 인도에서 신격화되었듯 파라오 이전 시대의 고대 이집트인들은 황소 아피스를 숭배했다.

후대의 상형문자와 조각상에 나타난 아피스의 모습을 보면, 브라만의 특징인 독특한 혹과 군턱이 없으므로 타우린의 후손임을 알 수 있다. 아피스는 현생종 유럽 황소처럼 당당하고 우락부락하고 억세다.

이집트의 신성한 동물 중에서도 가장 중요했던 아피스는 농업에서 힘과 비옥함을 상징했다. 또한 세상을 창조하고 언어로 만물에 생명을 불어넣은 최초의 창조신 프타의 몸종이자 현현이었다. 기록이 모두 보존되지 않았기에 확신할 수는 없지만, 아피스는 사후에 신이 된 왕을 표상했을 가능성도 있다. 모세가 시내산에 올랐을 때 유대인이 숭배하던 황금 송아지는 아마도 아피스였을 것이다. 아피스 또한 신성한 소, 황금 송아지, 다산을 가져다주는 존재였기 때문이다. 실제로 유대인과 같은 셈족인 가나안 사람들이 숭배한 창조신 엘은 '토루 엘'이라 불리는 황소의 형상이었다.

신성한 황소 아피스가 가장 큰 영예를 누리는 것은 죽어서이다. 고대 이집트인들은 내세를 영광스럽고 장엄하고 슬픈 곳으로 찬미했으니 말이다.

《아피스 파피루스》에는 아피스를 미라로 만들고 매장하는 의식이 상세하게 기록되어 있다. 지시 사항이 어찌나 꼼꼼하게 적혀 있던지, 의식을 거행하는 사람은 절차가 조금만 어긋나도 아피스가 하늘로 돌아가지 못해 부활하지 못하여 생명 자체의 균형이 흐트러질까 봐 전전긍긍했을지도 모르겠다.

매장 절차는 70일이 걸렸으며 이 일을 맡은 사제들은 그 기간에 몸을 씻을 수 없었다. 의식을 거행하는 내내 통곡하고 탄식해야 했으며, 소젖과 소고기를 입에 대지 않는 엄격한 식단과 단식을 지켜야 했다. 이 의식이 내 눈앞에서 펼쳐지는 장면을 상상해

—

황소와 '영원한 생명'을 상징하는 앙크를 표현한 이집트의 돋을 새김.
룩소르 신전(테베)에서 발견.

본다. 불붙은 세이지의 향기가 공중에 감돌고 아피스의 죽음을 애도하는 노래가 울려 퍼진다. 아피스는 웅장한 돌단에 신처럼 놓여 있다. 사제들이 아피스를 씻고 닦고 미라로 만들 것이다. 머리와 주둥이에서 시작하여, 내장을 제거한 몸통에 방부 처리를 할 것이다. 그의 소들은 애도의 울음을 울 것이다. 송아지가 죽거나 무리 중 한 마리가 마지막 여행을 떠나면 우리 소들도 그렇게 울었다.

미라가 된 아피스는 하 이집트 멤피스 인근에 있는 망자의 도시 사카라로 운반되었다. 약 5000년 전 이곳에서 역사상 최초의 완전한 복합 건물 단지가 건설되었다. '영원을 위한 집'이라는 뜻의 이 마스타바들은 흙벽돌로 지었는데, 지붕이 평평하고 벽이 기울어졌으며 피라미드의 전신이었다. 그 안에서 아피스는 70톤의 거대한 검은색 석관에 안치되었다. 이곳에서 아피스는 하늘로의 여행을 시작한다.

하지만 아피스 이야기는 여기서 끝나지 않는다. 그가 죽으면 이집트의 모든 소들 중에서 그의 환생한 자아를 찾는 일이 시작되었기 때문이다. 이것은 달라이 라마를 찾는 일과 비슷했을 것이다. 후계자로 선발되려면 정해진 표시와 특질이 있어야 한다고 똑똑히 기록되어 있으니 말이다. 선발된 후계자는 사람의 손에 길러지고 암소의 하렘을 거느리며 사제와 관리인의 돌봄 속에서 평화롭게 살았다.

1850년 프랑스 학자 오귀스트 마리에트가 조세르 피라미드 근처에서 사카라 사라페움(고대 이집트의 두 신전 중 하나로 그리스·이집트의 신 사라피스를 예배하기 위해 봉헌됨.-옮긴이)을 발굴했다. 신전의 무덤들은 카이로 농업 박물관에 있는 것 하나만 빼고 전부 도굴당했지만, 아피스 황소가 약 스물다섯 마리나 안치되어 있던 것을 보면 이 풍습이 이집트 왕조 대대로 지켜졌음을 알 수 있다. 아피스가 얼마나 중요했던지 알렉산드로스 대왕은 페르시아인들로부터 이집트를 되찾는 동안 몸소 아피스에게 제사를 올렸다.

이렇듯 야생소는 단순히 가축화되는 것을 넘어서 인간의 영적 세계에까지 자리 잡았다.

말

우리 농장에서는 늘 말을 키웠다. 타거나 과시용이 아니라 아일랜드 전통 때문인 것 같다. 우리는 땅의 사람들이며 말은 트랙터보다 훨씬 오랫동안 우리의 생활 방식이었다. 부모님이 어릴 적에는 농장마다 말이나 당나귀가 한 마리씩 있어서 마차를 끌고 땅을 갈았다.

인근 마을 발리날리에서는 매년 6월에 코네마라 조랑말 경진 대회가 열리는데, 아버지가 교배용 암말을 장만하기로 마음먹은 것은 이곳에서였을 것이다. 애슐링은 우리의 첫 말인데 몇 년간 해마다 새끼를 낳아주었다. 망아지들이 늘 후한 값을 받았기 때문에 애슐링은 우리 농장의 자랑이었다. 내 여동생 린다와 생일 차이가 며칠밖에 안 나서 곧잘 둘의 생일을 함께 축하해주었다.

코네마라는 아일랜드 서부 토종이다. 듣기로는 바이킹의 혈통이며 스페인인들이 서해안에 상륙했을 때 그들에게서 달아난 안달루시안 말들과 피가 섞였다고 한다. 혈통이야 어찌 됐든 코네마라는 이 나라의 말이다. 작지만 우아하며 경진 대회용 조랑말로 제격이다. 애슐링의 자매는 세계 유수의 장애물 뛰어넘기 대회 중 하나인 더블린 승마 대회에 출전했으며, 나중에 프랑스에서 어떤 사람에게 팔렸다고 들었다. 자매의 이름은 모르겠다.

1997년부터 2007년까지의 경제 호황을 일컫는 '켈트 호랑이' 시기에 농촌의 말 수요가 대단해서 우리는 말 떼를 열 마리로 늘렸지만, 그 뒤에 경제가 주저앉으면서 아무도 말을 원하지 않는 바람에 대부분 헐값에 팔아치웠다. 말을 시장에 데려가는 날 아버지는 침울한 표정이었다. 다들 근사한 조랑말이었기 때문이다.

나는 그중 한 마리에게 유명한 종마, 곧 아일랜드 신화의 영웅 쿠쿨린의 전차를 끌던 리어흐 마하의 이름을 따 그레이 오브 마하라는 이름을 지어주었다. 리어흐 마하는 호수에서 나왔으며 신들이 전사 쿠쿨린에게 준 선물이었다. 쿠쿨린 이야기의 무대는 우리 지방이다. 나는 리어흐 마하가 한때는 바로 이 들판을 뛰어다니지 않았을까 상상했다. 그레이 오브 마하는 길들여지지 않은 채 종마로 팔렸지만, 주인을 잘 만났다면 우수한 후손을 배출했을 것이다. 나머지는 유럽 대륙에 팔려 가 도축장에서 최후를 맞았다.

애슐링은 교배를 그만두기 전에 마지막으로 최고의 망아지 헤이즐을 낳았다. 우리 집을 방문하는 사람은 누구나 헤이즐을 칭찬했다. 멀리서까지 사람들이 찾아와 녀석을 사고 싶어 했지만, 아버지는 늘 퇴짜를 놓았다. 어미의 뒤를 이어야 한다는 것이었다. 그해 코네마라 조랑말 경진 대회에서 최우수 망아지에게 주는 파란 리본을 받은 것은 우리 부모님에게 큰 자랑이었다. 그 뒤로 두 분은 경진 대회에서 은퇴했으며 더는 말을 교배하지 않았다.

애슐링은 몇 해 뒤에 앞뜰에서 평안하게 늙어 죽었다. 우리에게는 여전히 헤이즐과 당나귀 오살(아일랜드어로 '당나귀asal'를 뜻한다)이 있다. 둘은 바깥의 질척거리는 땅에서 지내는데 겨울에는 먹을 풀이 부족하기 때문에, 내가 날마다 말린꼴을 가져다 먹인다. 몇 주 전 먹이를 주지 않은 날, 오살의 새끼가 알 수 없는 병으로 죽었다. 그 상황의 '만일'에 대해 수없이 생각했다. 만일 그날 나갔더라면 살릴 수 있었을지도 모르는데, 만일 이튿날 아침 일찍 나갔더라면 그때까지 살아 있었을지도 모르는데, 만일, 만일, 만일……. 하지만 죽은 동물을 다시 데려올 수는 없는 법이다.

그리하여 오살과 헤이즐은 아침마다 내가 말린꼴을 가져다주기를 기다린다. 꼴에서는 여름 냄새와 햇볕의 촉감이 느껴진다. 녀석들도 느낄 것이다. 녀석들이 나를 반기려고 달려오고 들뜬 울음소리가 들린다. 곤포를 풀어 헤쳐 녀석들에게 먹인다. 어떤 날은 옆구리를 쓰다듬으며 말을 걸기도 한다. 말은 사회적 동물이어서, 말을 걸어주지 않으면 야생으로 돌아간다.

이 말린꼴은 3년 묵은 것이다. 그 뒤로는 꼴을 새로 장만할 만큼 좋은 여름이 한 번도 없었다. 믹 삼촌의 땅에서 벤 것들이다. 그도 죽었다. 우리는 숙모에게서 그의 농장 일부를 빌렸는데, 당신의 땅이 다시 쓰임새를 찾은 것을 보고 믹도 흡족했을 것이다. 기묘하게도 믹이 폐암으로 쇠약해지면서 잡초가 땅을 잠식하기 시작했다. 마치 질병이 모든 것을 덮치는 것 같았다.

그 땅은 아버지가 어린 시절 할아버지와 함께 일하던 곳이다. 이제는 내가 아버지와 함께 일한다. 임차이긴 하지만 이 땅을 소유하는 것은 아버지에게 중요한 의미가 있다. 우리가 지력을 회복시켜서 이젠 날이 건조하면 푸른 풀이 자란다. 아버지는 땅이 회복되었다거나 초지가 다시 푸르러졌다는 얘길 한 번도 안 했지만 나는 안다. 느껴진다. 어머니도 느꼈다. 말린꼴은 밀짚처럼 소처럼 다른 시절을 기억한다.

믹 삼촌은 손재주가 뛰어났다. 다들 그가 정비공이나 기술자가 되어야 했다고 말한다. 엔진 그리스와 엔진 오일을 묻히고 있을 때 가장 행복해했기 때문이다. 어릴 적 어느 여름날 우리가 삼륜 트랙터를 타고 트레일러에는 사각형 곤포를 가득 싣고 소란힐에 왔을 때를 떠올린다. 나는 믹의 아들 사촌 마이클과 함께 곤포

꼭대기에 앉아 있었다. 살아생전 그렇게 높이 올라간 것은 처음이었다. 삼륜 트랙터가 소란힐을 내려가다 집과 꼴간 쪽으로 방향을 틀 때 우리 둘 다 죽어라 매달린 기억이 난다. 마이클은 이제 성인이 되었고 자식도 낳았다. 믹의 트랙터는 팔렸으며 땅은 나뉘고 변했다. 아직도 우리는 당장이라도 믹이 뾰족한 모자를 쓰고 입에는 담배꽁초를 물고 마당에 나타날 것처럼 이야기하지만, 시간이 갈수록 말하는 횟수가 줄어든다.

믹의 죽음은 아버지에게 큰 충격이었다. 둘은 형제 이상이었기 때문이다. 둘은 친구였다. 말들을 쓰다듬고 녀석들이 마지막 남은 꼴을 먹는 광경을 바라보며 생각하니 이 사별로 아버지의 마음이 굳어졌겠구나 싶다. 아버지는 이제 미사를 잘 가지 않는다. 믹 삼촌을 잃은 것과 존 삼촌이 3년 전에 급사한 것 때문에 하느님에게 화가 났나 보다.

존 삼촌은 농장 근처에 자작나무를 심었다. 버치뷰Birchview라는 이름은 '자작나무birch'에서 땄다. 자작나무를 보면 존과 그의 고요한 노동이 떠오른다. 그의 심장 마비는 우리에게 또 다른 충격을 안겼고 오랜 시간이 지났는데도 여전히 엊그제 일 같다.

그러니 내가 아침마다 꼴간에서 곤포를 나르는 것은 어떤 의미에서 가족과 지금은 이곳에 없는 사람들의 기억을 고스란히 나르는 셈이다. 나는 말에게 걸어가 곤포를 땅에 털썩 내려놓는다.

헤이즐이 "히힝" 하고 운다. 나는 녀석을 쓰다듬어주고는 안마당으로 돌아온다. 우리가 여기 있는 한, 이 땅에는 말이 있을 것이다.

2월

십자가의 길

•

2월 초하루다. 나는 이곳에 흔히 자라는 갈대인 러시를 베러 들판에 나와 있다. 집 주위의 울안은 늪을 메워 만들었으며 좋은 러시가 자란다. 러시를 베고 모아서 묶는다. 금세 많이 거뒀다. 그만해도 되겠다. 이날은 성 브리지다 축일이다. 갈댓잎을 모아 러시 십자가를 엮을 작정이다. 브리지다가 임종을 앞둔 켈트족 족장에게 그리스도의 길을 설명하면서 러시 십자가를 엮은 것처럼. 내가 이 일을 하는 이유는 우리가 늘 그래왔기 때문이다. 이 일은 종교를 넘어서 문화가 되었다.

어머니는 어린이집 아이들에게 러시를 가져오라고 했는데, 십자가 엮는 법을 알려줘서 하나씩 집에 들려 보낼 것이다.

어릴 적에는 우리가 프랑스나 스페인 사람이면 좋겠다는 생각을 많이 했다. 언어와 제의에서 드러나는 그들의 문화는 활력과 생기가 넘쳐 보였다. 그에 비하넌 이곳의 문화는 희석되고 동화된 것 같았다. 내가 딴 사람이면 좋겠다고 생각했다. 하지만 요 몇 년 간, 특히 몇 달 동안 농사를 짓고 보니 우리의 삶에서도 풍부한 전통이 눈에 들어온다.

2월 1일은 성 브리지다 축일이지만 한때는 봄의 시작을 알리는 이몰륵Imbolc이라는 켈트족 축제였다. 그때는 또 다른 브리지다를 기렸다. '브리이드Brighid'라고도 불리는 그녀는 게일인이 섬기는 새벽의 여신으로, 선한 신 다그다의 딸이다. 브리이드는 이몰륵 전야에 선한 가정을 찾아가 가족에게 축복을 내린다고 전해진다. 나와 우리 가족이 여전히 지키는 풍습들은 나이를 먹지 않는다. 지금도 켈트적 과거를 살아간다. 러시를 베고 모으는 일은 옛것과 새것을 함께 섬기는 것이다. 이곳에서 으레 그렇듯 모든 일은 다른 것, 더 오래된 것을 불러낸다.

우리는 한때 부족민이었다. 어머니 집안은 오라일리 가문의 본고장인 캐번의 브레프네족 출신이며 아버지는 오코널 가문의 본고장인 케리의 무무 출신이다. 우리 조상의 언어는 바뀐 지 오래지만 이 언어와 문화는 여전히 우리의 핏줄 속을 흐른다. 우리 얼굴만 봐도 알 수 있다. 부족주의는 죽지 않았다. 우리가 이 땅에 애착을 가지는 것은 돈 때문이 아니라 영적 교감 때문이다. 이곳은 우리의 '집과 삶baile agus beatha'이다. 우리가 집이라 부르는 곳, 우리를 지탱하는 것.

외국에서 만난 사람들 중에서 장소와의 이러한 연결을 온전히 이해하는 사람은 호주 원주민과 캐나다 토착민뿐이었다. 스물한 살에 호주에서 언론학 공부를 마치고 논문을 위해 원주민 관련 다큐멘터리를 제작했다. 여러 달을 노던준주에 살면서 이 사막 원주민과 삶을 공유했다. 내가 고향에서 알던 것을 그들에게서도 발견할 수 있었다. 토지 권리와 토착민 지위를 얻기 위한 그들의 투쟁은 내게 설명이 필요 없었다. 그것이 그들의 '삶'이자 영적인 연결임을 잘 알기 때문이다. 또 다른 아일랜드어 단어를 빌리자면 그것은 그들의 '드리어흐트draíocht'였다. 보이지 않는 주술적 연결. 이것이 없으면 그들은 자신의 일부를 잃고 무력해진다.

캐서린 읍을 방문한 날이 기억난다. 원주민 치유사가 백인과의 첫 만남을 기억하는 노인의 이야기를 들려주었다. 백인들은 소 떼와 총을 가지고 와서 이른바 '개척지 전쟁'을 벌였다. 노인은 그때 소년이었는데, 부족민이 모조리 총탄에 희생되고 혼자만 살아남았다. 나를 쳐다보는 치유사의 눈에 눈물이 맺혀 있었다.

그가 말했다. "너무 많은 사람을 잃었어요."

나는 고개를 끄덕였다. 햇살이 우리에게 내리쬐었고 나는 한동안 아무 말도 하지 않았다.

그러다 이렇게 물었다. "그 노인이 누구였나요?"

"제 아버지였습니다."

자유는 경이로운 것이다. 자유를 누리는 것은 행운이다. 하지만 우리는 둘 다 피식민 민족이다. 원주민은 빼앗긴 것을 결코 전부 되찾을 수 없으며 우리도 마찬가지이다. 우리 문화가 그토록 끈질기게 버티는 것은, 과거의 제의들이 현대에 와서 새로운 의미와 중요성을 얻는 것은 이 때문인지도 모르겠다. 내가 러시로 십자가를 만드는 것은 원주민이 나무로 창을 만들고 노던 부족들이 디저리두(나무로 만든 트럼펫의 일종.-옮긴이)를 만드는 것과 같다.

갈대를 손에 쥐고는 구부리고 접어 네 끄트머리를 끈으로 묶는다. 난로 위에 걸린 성모자상 위에 십자가를 둔다. 이 십자가는 며칠이 지나면 바짝 마를 것이고 날이 갈수록 낡고 달라질 것이다. 나는 해마다 십자가를 바꾸며 믿음을 채운다.

아일랜드 집에 돌아왔으니 일요일마다 미사에 간다. 우리 킬로 교구는 신도가 탄탄하다. 나는 자발적으로 미사에 참석하여 어릴 적보다 더 깊이 성경에 귀를 기울인다. 성경 말씀에서 커다란 아름다움을 발견하고 묵상한다. 성경에는 농장과 농사꾼의 비유가 많이 나온다. 나와 같은 부류의 사람들, 잃은 양 한 마리를 찾으려고 모든 위험을 무릅쓰며 나머지 아흔아홉 마리를 간수한 것보다 이 한 마리를 찾은 것에 더 기뻐하는 사람들이 수두룩하다. 잃었다고 생각한 것을 찾았을 때의 기쁨은 나도 안다. 양치기로서, 소몰이로서, 어둠을 헤쳐 나온 사람으로서 겪어봤으니까.

현대에는 '종교'가 웃기는 단어가 되었다. 신앙은 종종 멸시의 대상이 된다. 하지만 신앙에 무슨 잘못이 있나? 가톨릭교회에서 하는 말에 모두 동의하지는 않는다. 흘려듣는 것도 있다. 나도 신앙에 회의를 느낀 적이 있다. 하느님에게서 돌아선 적도 있다. 하지만 다시 한번 신앙을 찾았다. 이 농장에서, 삶의 기쁨과 절망 속에서 자연의 아름다움과 경이로움을 발견했다. 이것을 일컬을 말은 '야훼'뿐이다.

숀 신부님이 우리의 교구 사제이다. 나의 '아남 카라', 즉 영혼의 친구이기도 하다. 우리는 거의 매주 만나 늦도록 문학을 논한다. 신부님은 교구에서 가장 문학적 감수성이 뛰어나며 내 글은 모두 그에게 보여준다. 농장일이 하도 바빠서 넉 달간 글을 못 썼지만, 우리는 다음 책이 어떨지 이야기한다. 나온다면 말이다. 그는 나를, 내 작품을, 아일랜드에 돌아와 1년 동안 글을 쓰기로 한 내 결정을 신뢰한다. 무엇보다 내 글이 빛을 볼 거라 믿어준다.

일요일 미사에서는 대화를 나누지 않는다. 신부님은 일하는 중이고 제단 앞에서 본모습을 드러낼 수는 없으니까. 이따금 교회 뒤쪽에 서서 교구 사람들을 쳐다보며 그들의 삶을 궁금해한다. 여기 사람들을 전부 알지는 못하지만 우리가 숀 신부님의 가족이라는 건 안다. 그는 우리의 목자이고 우리 모두를 돌본다. 우리처럼 그도 농부이다. 영혼을 기르는 농부.

미사가 끝나면 숀 신부님과 작별 인사를 주고받는다. 그는 다시 한번 인간으로 돌아왔고 우리는 대화를 나눌 수 있다. 나는 신부님에게 행복을 빌고 주중에 들르겠다고 말한다. 내가 사제가 되려고 고민한 것을 아는 사람은 신부님뿐이다.

밤

•

저녁에 마당을 가로질러 집에 갈 때면 어머니의 몬테소리 학교 학부모들이 자녀를 데리러 온다. 어머니의 하루도 좀 있으면 끝날 것이다. 몇 사람에게 인사를 건네자 미소나 고갯짓으로 화답한다. 그들도 지쳤다. 두 시간 걸리는 더블린의 직장에서 온 사람도 많다.

집에 들어가 작업복을 벗고 손을 씻고 재킷을 건다.

저녁마다 어머니에게 샌드위치를 만들어준다. 어머니는 가족 모두를 돌보지만 당신 드시는 건 깜박하기 때문에 내가 챙겨야 한다. 저녁마다 샌드위치가 식탁에서 어머니를 기다린다. 오늘 저녁은 햄과 치즈에 맛있는 샐러드드레싱, 거기다 바삭바삭한 재료를 곁들였다. 어머니는 고급 요리보다는 단순하고 몸에 좋고 우리 문화가 배어 있는 음식을 좋아한다. 어머니가 문으로 들어오면 먼저 차를 대접할 것이다. 침실에 가져가려고 병에 뜨거운 물을 채운다. 요즘은 밤에 쌀쌀하다.

아버지는 오늘 밤에도 데이비 삼촌과 양시장에 간다. 새끼를 잃은 암양을 팔 작정이다. 녀석은 모성애가 없어서 딴 새끼도 돌보지 않을 것이므로 다들 내다 파는 게 상책이라고 여겼다. 아버지에게도 차와 샌드위치를 차려드린다. 데이비 삼촌이 이내 흰색 랜드로버를 타고 와 아버지와 함께 떠난다. 암양은 짐칸에 서 있다. 녀석에게도 잘된 일이다. 이곳에는 맞지 않았으니까.

새참 먹고 처음으로 자리에 앉을 여유가 생겼다. 어린 누이 재빈은 숙제를 끝내고서 휴대폰을 가지고 논다. 우리 가족의 유일한 아이이다. 나머지 형제자매는 다 출가했다. 재빈은 중등학교 1학년이 되었다. 소셜미디어 세계에 푹 빠져서 스냅챗과 바이버를 통해 친구들과 이야기를 나눈다. 그걸 보니 내가 나이를 먹고 구닥다리가 된 것 같지만 개의치 않는다. 세대마다 나름의 소통 방식이 있으니까.

밤 당번은 저녁 7시경에 시작된다. 우리는 두 시간마다 마당에 나가 양들이 괜찮은지, 새로 태어난 새끼가 있는지 점검한다. 양은 새끼를 낳을 때 전혀 티를 안 낸다. 하도 빨리 끝내기 때문이다. 순조로우면 20분 만에 낳기도 한다. 소는 달라서 우리에게 신호를 보낸다. 송아지는 크기 때문에 진통이 오려면 여러 시간이 걸린다. 나는 리무진을 보았고 리무진은 나를 보았다. 오늘 밤 새끼를 낳을 것이다. 분만기와 분만줄, 마스크를 챙기고 요오드를 새로 준비하고 경관을 세척했다.

아버지도 리무진이 분만하리라는 사실과 이제 나 혼자 할 수 있다는 것을 안다. 말은 안 해도, 이 작은 임무를 내게 넘겨준 것이다.

오늘 밤은 레드 암소 때보다 침착하게 해낼 것이다. 더 수월하기 때문이다. 리무진은 나이가 많아서 말썽 없이 새끼를 낳을 것이다. 우리 말로 '널찍하다'라고 하는데, 산도가 커서 양손을 집어넣어 송아지를 끄집어낼 수 있다.

하지만 지금은 책을 읽기로 한다. 일곱 달 만에 다시 독서를 하고 있다. 분만과 소와 비의 세계를 나와 호주 작가 리처드 플래너건이 쓴 《먼 북으로 가는 좁은 길》의 밀림에 들어선다. 이 두꺼운 책은 2차 세계 대전 때 태국과 버마 간 죽음의 철도를 탄 호주 전쟁 포로들 이야기이다. 밤마다 책장을 들추면 이야기가 나의 마음을 사로잡았다. 장*이 끝날 때마다 잠시 책을 덮고, 일하러 나갈 때가 되었는지 시간을 확인한다.

밀림과 저 사람들의 투쟁에서 빠져나오라고 본능이 말하는 밤이 있다. 이보다 더 낫게 묘사하지는 못하겠다. 어쩌면 자연이나 탄생이 전해주는 감각인지도 모르겠지만, 이렇게 이끌려 마당에 나가다 암양이 방금 새끼를 낳은 것을 본 적이 여러 번이다.

몇 주 전에는 새끼양을 받느라 반 시간을 씨름했다. 나 혼자였는데, 비가 내리고 있었고 행운의 노끈도 소용이 없었다. 새끼양의 머리가 너무 커서 어미의 산도에 손을 넣어 새끼의 앞다리를 잡을 수 없었다. 앞다리가 머리보다 먼저 나와야 한다. 한참 기를 쓰다 결국은 새끼의 뒤통수에 밧줄을 둘러(목이 꺾이거나 턱이 부서질 수도 있는 위험한 방법이다) 머리를 안으로 밀어 넣은 뒤에 다리를 찾아야 했다.

산도가 빡빡해서 손에 젤을 듬뿍 발랐다. 산도가 찢어져 출혈이 일어나면 어미가 목숨을 잃을 수도 있다. 어미를 발견한 지 벌써 15분이 지났다. 시간이 빠듯했다. 평상시에는 5분 이상 걸리는 일이 없기 때문에 두려움이 밀려들었다. 심호흡을 하고 새끼에게 살아 있으라고 신신당부한 뒤에 다시 손을 집어넣었다. 마침내 나머지 비절이 손끝에 닿아 조심조심 끌어당겼다. 다리가 양수로 미끌미끌했지만 관절이 구부러져 자리를 잡는 것을 서서히 느낄 수 있었다. 한 쌍의 발굽이 눈앞에 나타났다. 다른 밧줄을 가져와 발에 이중잠금매듭으로 묶은 뒤에 다시 밀어 넣었다.

밧줄 두 가닥을 잡아당기자 발과 머리가 정확히 빠져나와 녀석이 어미에게서 분리되었다. 녀석은 바닥에 떨어져 숨을 몰아쉬었다. 나는 미소를 지으며 하느님께 감사드렸다. 주둥이에서 점액을 닦아내고 몸통을 들어 허공에서 세 번 흔들며 폐에 들어 있던 양수를 모조리 빼냈다. 그런 다음 깔짚에 내려놓았다. 녀석은 다리를 큰대자로 벌린 채였다. 어미가 몸을 추스르고는 일어나 몸을 돌려 새끼를 핥았다. 어미와 새끼 사이에 유대감이 형성되었고 나는 아드레날린이 고갈되어 우리 바닥에 주저앉았다. 올 들어 가장 힘든 분만 중 하나였지만, 새끼 숫양은 감동적이었다.

오늘 밤 양사를 둘러보지만 새로 태어났거나 태어날 생명은 하나도 없다. 비니가 어둠 속에서 깨어 제 집에서 내게 짖는다. 나밖에 없으니까 다시 자라고 말하자 그렇게 한다. 리무진을 검사한다.

몇 시간째 산도에 점액이 매달려 있다. 아직 준비가 되지 않았어, 아직은 아니야. 리무진이 우리를 서성거린다. 발자국에 깔짚이 엉클어졌다. 새끼가 태어나면 새 깔짚을 깔아줄 것이다. 두 시간 뒤면 그렇게 되겠지.

긴 하루였고 나는 지쳤다. 밤 당번을 하는 날은 대개 10시에 잠자리에 든다. 그러면 아버지가 자정에 최종 점검을 하고 응급 상황이 발생하면 나를 깨운다. 나는 새벽 3시까지 자다가 자명종 소리에 깨어 아무 일 없는지 확인할 것이다. 양이 없으면 밤새 잘 수 있겠지만, 양의 분만 시기에는 매일 밤 이런 식이다. 밤일 시작한 지 여섯 주가 지나 이제는 이 생활에 익숙해졌다.

침대에 누워 곧장 잠에 빠져든다. 얼마 전에는 양과 소의 꿈을 꿨다. 스트레스를 받는다는, 일에 치이고 있다는 표시이지만 일을 어쩔 수 없듯 꿈도 어쩔 수 없다. 아버지와 나 두 사람에게는 버거운 일이다. 의견이 늘 일치하지는 않는 두 사람에게는 더더욱. 하지만 안 다툰 지 오래되었으니 어쩌면 다 지난 일이 되었는지도 모르겠다. 어쨌든 아버지는 하룻밤 푹 쉬었으니 내일은 기분이 좋을 것이다. 앞으로 며칠간도 그럴 테고.

아버지가 아직 집에 오지 않아서 자정에 잠에서 깬다. 리무진이 울부짖는 소리가 들린다. 진통의 비명이다. 점퍼와 양말인 채로 자고 있었기에 냉큼 바지를 꿰고 마당에 나간다. 산도에서 다리 두 개가 빠져나와 있다. 때가 되었다. 리무진이 포기하여 더는 힘을 주지 않고 있음을 직감한다.

마당을 걸어 올라가 작은 들통에 견과를 채운다. 이 소리에 젖
뗀 송아지들이 죄다 괴성을 지른다. 다시 돌아와 목잠금장치 쪽
으로 리무진을 꾄다. 앞에 견과를 두고는 녀석이 다가오자 잽싸게
걸쇠를 채운다. 이제 내가 할 일을 시작할 수 있다.

리무진은 반항하거나 뻗대지 않는다. 자기를 도우러 왔다는 것
을 아는 모양이다. 손을 집어넣어 새끼의 발을 잡고는 위로 더듬
어 올라가 모든 게 제대로 되고 있는지 점검한다. 머리가 만져지
자 안도의 한숨을 내쉰다. 자세가 거꾸로인 둔위臀位는 한 번도 분
만시켜본 적이 없다.

어미소가 울부짖자 바깥채의 자매들이 맞장구친다. 이 분만이 자
연 상태에서 진행되었다면 녀석들이 어미소를 둘러싸 안전하게 지
켜줬을 것이다. 나는 발에 밧줄을 감는다. 발이 작다. 쌍둥이일 것
같다. 발이 하도 작아서 중형견의 발 정도밖에 안 되기 때문이다.

순서대로 받아야겠군.

고개를 끄덕이며 다시 정신을 차리고 새끼를 재빨리 붙잡는다.
결국 녀석을 어미에게서 끄집어낸다. 한 팔로 안아 깔짚으로 데리
고 간다. 아주 작고 빨갛고 축축하지만 살아 있다. 그거면 됐다.

어미소의 질이 벌렁거리면서 공기가 빠져나온다. 한 녀석이 더
있는 게 틀림없다. 축축한 녀석의 형제. 다시 확인한다. 손을 안에
넣어 아무리 휘저어보아도 만져지는 건 태반뿐이다. 뒤쪽에 형제

가 있을 것 같아서 물컹물컹한 태반을 한쪽으로 치워보지만 아무 것도 없다. 녀석 혼자다. 난쟁이.

마스크를 주둥이에 씌우지만 필요 없다는 걸 안다. 숨을 잘 쉬고 있으니까. 리무진이 "음매" 하며 나를 부른다. 새끼를 보고 싶어 하는 것이지만 아직 안 된다. 우선 젖을 짜야 한다. 이 꼬맹이 녀석은 어미 젖꼭지에 주둥이가 닿을지 모르겠다.

어미의 젖을 짜는 동안 새끼는 살아나고야 말겠다는 듯 네 다리로 선다. 들통이 다 찼을 즈음 녀석이 내게 걸어와 어미의 젖통 냄새를 맡는다.

"그래, 잘하는구나." 미소를 짓는다. 나의 작은 나폴레옹을 보면서 웃는 것 말고는 할 수 있는 게 없다.

어미소의 젖꼭지 네 개를 뚫어 초유가 흘러나오게 하고는 젖꼭지를 나폴레옹의 입에 물리고 주무른다. 젖이 뿜어져 나오고 몇 초 지나지 않아 녀석이 혼자 힘으로 빨기 시작한다. 녀석이 똑바로 서 있도록 한동안 무릎으로 받친다. 경관보다 이게 낫다. 빠는 법을 단번에 배워서 다른 새끼들처럼 가르칠 필요가 없으니까.

나폴레옹은 젖을 빨고 또 빤다. 젖이 떨어지면 다음 젖꼭지로 옮겨간다.

새끼가 작은 건 리무진의 나이나 비타민과 단백질 부족 때문일 것이다. 확실히는 모르겠다. 사료를 더 먹여야 했나. 하지만 지금 보니 풍채는 양호하다. 정부에서 도입한 새 체계에 따르면 별 다섯 개급이다. 사람들 말마따나 별은 아무것도 아닐지라도. 나폴레옹은 리무진의 마지막 새끼가 될지도 모르겠다. 리무진은 내년 이맘때 여기 있지 않을 수도 있다.

손에 묻은 피를 닦아내고 집으로 돌아간다. 아버지는 아직 돌아오지 않았다. 맥주 한잔하러 갔나 보다.

어머니가 캄캄한 침실에서 외친다.

"잘됐니?"

"작은 황소예요. 보잘것없어요."

"아침에 살펴보마."

"눈 깜박이면 안 보이실 거예요."

"잘 자라, 존."

"이흐 와 Oiche mhaith, 어머니"라고 대답한다. 옛 아일랜드어로 '안녕히 주무세요'라는 뜻이다.

새벽 3시가 얼마 남지 않았다. 나는 서둘러 잠자리에 든다. 새로운 생명의 내음이 머리카락과 옷에 배어 있다.

뿔

●

날씨는 여전히 궂다. 2월은 나아지리라는 말이 있었지만 눈이 오자 그런 말은 쑥 들어갔다. 눈은 까끌까끌한 흰빛으로 만물을 덮어 땅을 몰라보게 바꾼다. 눈은 아름답지만 고생스럽기도 하다. 바깥의 가축들이 감기에 걸릴 수 있다. 날씨 때문에 트랙터의 시동이 잘 안 걸린다. 나는 옷을 여러 겹 껴입었다. 눈이 여러 날 녹지 않아 동네 아이들이 새하얀 눈사람을 만들었다.

나폴레옹은 건강하게 살아남아 큰 우사로 옮겼으며 젖 뗀 송아지들은 시장에 내놓을 준비가 거의 되었지만, 그 시절은 이미 흐릿하게 뒤섞였다. 아버지는 일주일째 농장에 나오지 않았다. 감기가 단단히 걸려서 내가 일을 도맡는다. 바쁜 한 주였다. 밤낮으로 소 뒤치다꺼리를 하느라 지쳤다. 이따금 이게 뭐 하는 짓인지 의문이 들기도 한다. 이 일로는 돈이 벌리지 않는다. 농장이 적자나 면하면 다행이다. 농사일로 생계를 유지하는 것은 힘들다. 이 지역에는 전업농이 드물다. 대부분 목수나 장사꾼이나 교사 같은 부업이 있다. 아버지는 소수의 전업농 중 한 명이지만 늘 그랬던 것은 아니었다. 20년 넘도록 존 삼촌과 함께 집 짓는 목수일을 하다가 너무 고되어 10년 전에 은퇴했다. 아버지는 나이가 아직 젊은데도 목수일 때문에 늙어버렸다.

우리 형은 건축 회사를 경영하고 아버지는 땅을 경영한다. 가끔은 이것만 해도 충분하지 않을까 싶다. 물론 농장에도 늘 일이 있지만, 사람을 만나거나 창의력을 발휘할 기회는 전혀 없다. 목수 시절의 아버지는 적극적이고 사업 감각이 뛰어났다. 지금은 전혀 다른 삶을 살고 있는 셈이다. 아버지에게 요 몇 년간은 힘든 시기였다. 친구와 형제를 잃었으니. 그 얘기는 한 번도 안 했지만, 아버지가 꿈에서 그들을 본 적 있다고 딱 한 번 말한 적은 있다. 꿈에서 아버지와 존 삼촌은 생전에 곧잘 그랬듯 함께 벽을 올리고 있었다. 존은 시멘트를 섞고 있었고 아버지는 벽돌을 쌓고 있었다. 아버지는 존의 목소리를 듣고 그의 파이프 담배 연기를 맡을 수 있었다고 말했다. 둘은 행복했고 그러다 잠에서 깼는데 그것 말고는 기억이 나지 않는다고 했다. 아버지는 그 꿈 얘기를 다시는 하지 않았다.

오늘은 아버지가 농장에 복귀한 첫날이다. 올해 처음 태어난 송아지들이 나이가 차서 뿔을 지져 없앨 때가 되었다. 뿔을 제거하는 것은 농무부의 요구 사항이다. 뿔이 있으면 도축장에서 받아주지 않는다.

우리는 소가 컸을 때 뿔을 자르지 않아도 되도록 송아지일 때 없앤다. 가스 토치로 작은 금속 봉을 달궈 뿔을 머리에서 제거한다. 송아지 머리가 화끈거리겠지만 나중보다 지금 하는 게 낫다. 젖 뗀 송아지의 뿔을 자르려면 피를 봐야 하기 때문이다. 뿔이 그만 자라도록 하려면 뿌리까지 잘라내야 한다.

내가 어릴 적에는 젖 뗀 송아지의 뿔을 그 방법으로 제거하던 기억이 난다. 아버지는 피를 싫어해서 엄두를 내지 못했기에 믹 삼촌이 뿔 자르기와 상처 치료를 도맡았다. 믹이 뼈와 살을 썰 때 소들이 내지르던 비명 소리가 아직도 생생하다.

믹은 솜씨가 좋았으며 소들의 고통은 오래가지 않았다. 먼저 소에게 고삐를 채워 보정틀(뿔을 제거하거나 낙인을 찍기 위해 가축을 가두는 우리. – 옮긴이) 위쪽 창살에 대가리를 대고 꽉 잡아당긴다. 그래야 제각除角 시술 중에 부상을 방지할 수 있다. 쇠톱으로 뿔을 자르고 나면 정맥에서 피가 솟구쳐 지혈을 해야 한다. 믹이 쓰는 나름의 방법은 질긴 고무 밴드로 양쪽 몽당뿔을 둘러 묶는 것이었다. 그러면 결국 출혈이 멈췄다. 밴드가 질겨서 뿔에 두르려면 힘을 줘야 했다. 피가 계속 뿜어져 나오고 있어서 서둘렀다. 그대로 놔두면 송아지가 과다 출혈로 죽을 것이다. 15~20분 지나자 밴드를 댄 상처 부위에서 피가 굳기 시작했다. 드디어 할 일이 끝났다. 마당 콘크리트는 뿔과 혈장으로 뒤범벅이었다. 이제는 그런 식으로 하지 않아서 다행이다. 이 일을 해줄 믹 삼촌도 없으니.

오늘 제각할 송아지는 열두 마리이다. 녀석들을 우리에 가두고 보정틀을 설치한다. 이것은 작은 금속제 상자이다. 아버지가 설비를 가져와 새끼방 벽에 올린다. 아버지는 이런저런 문제가 생길 수 있다고 지적하고 나는 고개를 끄덕인다. 아버지가 마당에 나온 건 일주일 만일 것이다. 하지만 이곳은 여전히 그의 마당이며 아마도 이런 식으로 당신이 책임자임을 내게 주지시킨다.

아버지가 말한다. "첫 번째 송아지를 잡아."

나는 첫째의 꼬리와 귀를 잡아 끙끙대며 보정틀로 데려온다. 바싹 붙어야 한다. 송아지가 덩치는 작아도 정통으로 발길질을 당하면 부상을 입을 수 있다. 딱 붙어 있으면 녀석이 공격하지 못한다. 밀고 당기며 녀석을 보정틀에 몰아넣는다. 뿔을 지지는 것과 더불어 귀표를 달고 기종저(기종저균에 의하여 발생하는 급성 열성의 전염병. ─옮긴이) 예방 접종도 해야 한다.

기종저 접종을 늘 한 것은 아니지만, 몇 해 전에 교훈을 얻었다. 우수한 레드 리무진 송아지가 클론핀 언덕배기 농장에서 쓰러진 것이다. 녀석은 그해 태어난 송아지 중에서 가장 크고 영리했지만 기종저에 걸리고 말았다. 사체 수거용 트럭이 녀석을 실으려고 왔을 때 치욕스러웠던 기억이 난다. 기종저는 땅에서 포자 상태로 몇 년간 살아 있을 수 있는데, 여건이 맞아떨어질 때까지 휴면 상태를 유지한다. 아무도 이유를 모르지만, 이 균류는 최상의 가축을 덮친다. 사체는 소각해야 한다.

아버지가 금속 봉을 송아지 머리에 갖다 댄다. 뜨거운 금속이 살을 파고들자 녀석이 울며 어미를 부른다. 보정틀 안에서 똥을 지리며 버둥거린다. 나는 부드러운 목소리로 금방 끝날 거라고 속삭인다. 아버지가 금속 봉에 달라붙은 작은 뿔 조각을 떼어낸다.

아버지가 "한 번만 더"라고 말하며 다시 몸을 숙인다.

송아지가 다시 울부짖고 이제 끝났다. 감염을 막기 위해 상처 부위에 바셀린을 바른다. 그런 다음 귀표를 달아 번호를 부여한다. 모든 가축은 태어나면 카드를 발급받는데, 이것이 녀석들의 여권이다. 여기에는 출생에서 판매, 도축에 이르기까지, 즉 '농장farm에서 포크fork까지'의 이력이 기록된다. 마지막으로 작은 노란색 상자에서 10시시짜리 기종저 백신을 꺼내어 투약한다. 제각했음을 알 수 있도록 등에 페인트로 작은 표시를 남긴 뒤에 풀어준다.

"조니, 다음 녀석!"

아버지는 기분이 좋아 보인다. 나를 조니라고 부르는 건 일이 잘 풀릴 때뿐이다. 고개를 끄덕이며 딴 송아지를 붙잡는다. 우리는 제각 시술을 반복한다. 뻗대는 녀석도 있는데, 그러면 더 신이 난다. 짐승과의 대결은 운동으로 다진 체력을 발휘할 기회이기 때문이다.

이따금 아버지에게 오래전 이야기를 들려달라고 조른다. 아무리 들어도 질리지 않는다. 이 이야기들이 내게, 이곳 사람들 말에 따르면 글쓰기 재능을 선사했을 것이다.

"아버지의 외삼촌과 힘센 남자 얘기 해주세요."

"아, 그거 아는구나."

"서커스 아니었어요?"

"서커스였다는 거 알잖니."

"그래도 들려주세요."

"지금으로부터 몇 년 전 서커스단이 마을에 찾아왔다. 네 할머니 쪽인 멀린 집안이 라인에 살 때였지. 서커스 단원 중에 힘이 장사인 사람이 있었는데, 자기보다 무거운 무게를 들면 5파운드를 주겠다고 내기를 걸었다."

내가 동의한다. "그 시절에는 많이들 했죠."

"천 번 가까이 하지 않았을까 싶구나. 멀린 외삼촌은 첫해에는 졌지만, 부아가 나서 이듬해 서커스가 오면 반드시 이기겠노라고 다짐했지. 그래서 농장에 송아지가 태어나자 매일 녀석을 머리 위로 쳐들었단다. 1년 뒤에 장사가 다시 찾아왔을 때 송아지는 황소만큼 커졌고 멀린은 황소만큼 힘이 세졌지."

"그래서 돈을 땄어요?"

"그랬다."

"걸물이었네요."

크로토네의 밀로 같은 전설적 장사가 우리 교구에 있지 않았을지는 모르지만, '라인의 멀린'은 분명히 있었다.

마지막 송아지가 내 품에서 달아난다. 혀 차는 소리가 들린다. 아버지는 점점 지쳐간다.

아버지가 짜증스럽게 말한다. "저 녀석 좀 잡아!"

내가 대꾸한다. "할 만큼 하고 있다고요."

우리 둘의 어조가 변한 게 느껴진다.

새끼방을 빙빙 돌아 녀석을 쫓다 마침내 목잠금장치 안에서 붙잡는다. 다시 일어서서 녀석을 유도책誘導柵 쪽으로 몬다. 녀석을 내 다리 사이에 끼워 아버지와 함께 재빨리 제자리에 처넣는다. 힘이 세고 가죽이 반들반들하다.

아버지가 묻는다. "그 설사하던 송아지냐?"

"보고도 모르시겠어요?"

아버지는 내 말에 대답하지 않은 채 토치를 들고 작업에 착수한다.

일이 끝나도 아버지는 입을 열지 않는다. 다시 사이가 멀어지고 분위기가 냉랭하다. 싸우지 않은 것만 해도 다행이다. 나는 오늘 작업을 복기한다. 송아지들은 상처가 쓰라리겠지만 머지않아 우리에게 감사할 것이다.

발리날리

·

빵과 신문을 사러 발리날리에 왔다. 이곳은 농장에서 멀지 않은 데다 오면 기분 전환이 된다. 발리날리는 유서 깊은 마을이며 여러 전쟁의 전투가 벌어진 곳이다. 아버지는 여기서 학교를 다녔고 할머니는 평생 여기서 장을 봤다. '발리날리Béal Átha na Laogh'는 '송아지 여울 어귀'라는 뜻의 아일랜드어이다. 괴상한 이름이어서 우리는 으레 '발Bal'이라고만 부른다.

가게에는 갓 구운 흑빵 두 덩이가 있다. 만져보니 아직 따끈따끈하다. 두 덩이 다 사고 신문도 챙긴다. 쉬는 시간에 읽을 작정이다.

점원 브리지가 주문을 받으며 묻는다. "농장일은 어때?"

"그렇게 나쁘진 않아. 날씨만 좋아지면 더 바랄 게 없겠어."

내게 5파운드를 건네받으며 그녀가 말한다. "그건 시간이 걸려."

"그렇겠지."

"지금도 글 써, 존?"

"노력하고 있어." 나는 거짓말을 한다.

"넌 우리의 프랭크 매코트야."

"그 사람은 늙어서야 유명해졌다고!" 내가 웃음을 터뜨린다.

"작가 되기가 어디 그렇게 쉽겠어?"

미소와 웃음을 교환하고는 빵을 옆구리에 낀 채 가게를 나선다.

순종

•

순종 샤롤레 암소가 몇 주 전에 새끼를 낳았다. 새끼는 수컷으로, 여러 해에 걸친 선택 교배의 결실이다. 녀석은 챔피언이 될 것이다. 이웃들도 그렇게 말했다. 우리는 녀석에게 이름을 지어줄 것이다. 순종 황소는 전부 이름이 있어야 하니까.

녀석은 눈처럼 새하얗고 키가 크며 다리가 곧고 균형이 잘 잡혀 있다. 칭찬을 너무 많이 하지는 않는다. 죽음이 녀석을 데려가거나 운이 달아날까 봐서이다. 아버지는 녀석을 맘에 들어 한다. 아버지 친구이자 순종을 교배하는 이웃 로리가 며칠마다 찾아와 발달 상태를 점검한다. 로리는 매번 이렇게 말한다. "지금껏 본 것 중에 최고의 송아지야."

여느 순종이 그렇듯 어미는 젖이 나오지 않는다. 그래서 젖어미를 찾아줘야 한다. 지난해 순종 송아지를 위해 사들인 젖소가 있지만 아직 새끼를 낳지 않아서 젖이 안 나온다. 아버지가 며칠을 찾아봤지만 젖어미가 될 만한 젖소는 한 마리도 없었다. 결국 이웃에게 암소를 빌렸다. 지난 몇 주 동안 새끼에게 젖을 먹이던 소인데 나이가 많고 순하다. 젖꼭지가 작지만 순종 송아지는 젖 빠는 법을 터득했다.

이따금 아침에 보면 젖을 빠는 입 주위에 하얀 거품이 생겨 있다. 녀석은 식욕이 왕성하다. 친어미는 한 번도 새끼를 보고 울지 않는다. 여느 암소가 가진 본성이 없다.

이웃은 암소를 빌려준 대가를 결코 받지 않을 것이기에 바구니에 먹을거리와 마실거리를 좀 넣어서 주었다. 그는 고맙다며 받았다. 이름이 데릭이다. 그는 개신교이고 우리는 가톨릭이어서 예전 같으면 서로에게 벽이 있었을 것이다. 문화가 다르기 때문이다. 그의 가족은 북부에 있고 우리 가족은 이곳에 있다. 하지만 그는 아일랜드인이고 착한 사람이다. 우리를 나눈 벽은 이젠 존재하지 않는다. 가축은 우리가 어떤 교리를 믿든 개의치 않는다. 녀석들의 순박함이 옳다. 데릭은 예전에도 우리 양이 난산할 때 도움을 주었으며 나는 그에게 많은 것을 배웠다. 더는 그를 부르지 않아도 되는 것이 뿌듯하다. 내가 총명한 학생이고 그가 훌륭한 선생이었다는 증거이니까.

순종 황소는 지난주에 뿔을 지진 탓에 성장이 한풀 꺾였다. 그래도 시간은 걸리겠지만 다시 쑥쑥 자랄 것이다. 로리는 성장을 촉진하려면 크런치를 먹어야 한다고 말한다. 크런치는 씨앗을 섞은 일종의 배합 사료이다. 로리는 녀석의 유전적 내력을 알고 있으며 그 때문에 녀석을 더더욱 높이 평가한다.

우리 송아지는 인공 수정의 산물이다. 아비에 대해 아는 것이라고는 영국 태생이며 이름이 플라잉 스코츠먼이라는 것뿐이다. 둘은 영영 만나지 못할 테지만, 우리는 아비의 소유주에게 사용료를 내야 한다. 송아지는 순종 협회에 등록한 뒤에 밧줄과 막대기와 올무로 훈련을 시작해야 한다. 녀석은 소 세계의 서러브레드(경마와 도약 경기를 위해 잉글랜드에서 개량된 말의 품종. − 옮긴이)가 될 것이다. 어머니는 진작부터 우리 씨소로 삼자고 말했다.

아버지가 묻는다. "1만 파운드 벌 수 있으면 어쩔 거요?"

어머니가 답한다. "그건 그때 가서 고민하면 되죠."

아버지가 덧붙인다. "골머리깨나 썩일 텐데."

"어미소에 투자한 건 나니까 저 소는 내 것이기도 해요. 그런데 아직 아무것도 얻은 게 없잖아요. 송아지는 아무 데도 안 가요."

어머니가 단호하게 말한다.

나는 어미소에게 지분이 전혀 없어서 잠자코 지켜본다. 이건 어머니와 아버지의 언쟁이니까. 행복한 언쟁, 돈과 성공의 언쟁이다. 마치 헤이즐이 다시 태어난 것 같다. 송아지는 우리 모두를 웃게 할 것이다.

우리 젖소가 마침내 새끼를 낳자 우리는 재빨리 순종 송아지에게 젖꼭지를 물렸다. 하지만 송아지가 계속 울면서 자꾸 이전의 젖어미에게 달아나는 바람에 적응하는 데 여러 날이 걸렸다. 둘의 유대감이 얼마나 강한지 실감할 수 있었다. 젖어미가 안정을 찾자 데릭에게 데려다주었다. 녀석이 우리 송아지를 생각할지, 제 무리에서 우리 송아지 냄새를 찾고 다닐지 궁금하다. 농사일에는 우리가 알 수 없는 것도 있는 법이다.

그리스와 황소

•

진화의 눈으로 보면 인간이 소를 길들인 것 못지않게 소도 인간을 길들였다. 약 1만 년 전 오록스가 가축화되자 인도·유럽인의 식단이 부쩍 달라졌다. 우유를 마시게 된 것이다.

인간은 원래 유당을 소화할 수 없었다. 인간과 소의 관계가 친밀하지 않고 유제품 소비가 많지 않은 중국 같은 나라에서는 지금도 유당 불내증이 일반적이다. 우유를 마시게 되면서 인간은 비타민 D를 쉽게 흡수할 수 있게 되었으며 뼈와 치아가 더 튼튼하고 건강해졌다. 우유는 곡물보다 열량이 많아서 몸도 더 강인해졌다. 소는 유목할 수 있었기에 사람들이 한 지역에 붙박이지 않아도 되었다. 우유를 마시는 사람들은 이렇게 새로운 땅으로 퍼져 나가 새로운

영토를 정복하고 자기네 문화를 심었다. 인간과 중요한 관계를 맺은 최초의 동물은 말이 아니라 소이다.

하지만 이것은 일방적 관계가 아니었다. 소도 보호자를 얻었으니 말이다. 인간은 소를 포식자로부터 보호했으며 심지어 이를 위해 다른 동물을 가축화하기도 했다. 늑대를 길들인 이유가 소 떼를 지켜줄 개를 만들어내기 위한 것이 아니라면 무엇이겠는가?

고대 그리스는 지리적 조건과 산악 지형이 소에 알맞지 않아서 염소와 양을 주된 가축으로 삼았다. 이아손이 찾으려 한 것이 황금 소가죽이 아니라 황금 양털이었던 것은 이 때문인지도 모른다. 인근의 아나톨리아에서는 황소를 숭배했지만 초기 그리스인들에게 소는 신비하고 낯선 존재였을 것이다. 소에 대한 태도가 마침내 바뀌기 시작한 것은 크레타에서였다.

전설에 따르면 크레타 최초의 왕 미노스는 왕권을 정당화하고 싶어서 해신 포세이돈에게 기도했다. 자신의 통치가 신에게 받은 권리임을 보여주는 증거를 보내달라는 것이었다. 포세이돈은 바다에서 새하얀 황소를 보내면서 미노스에게 이 소를 감사의 제물로 바치라고 요구했다.

하지만 소의 아름다움에 반한 미노스는 도저히 소를 죽일 수 없었다. 그 대신 다른 황소를 제물로 바치고 흰 황소에게는 암소 떼를 거느리게 했다. 미노스의 배신에 부아가 치민 포세이돈은 미노스의 아내 파시파에에게 마법을 걸어 흰 황소와 사랑에 빠지게 했다. 건축가이자 조각가 다이달로스는 파시파에가 숨을 수 있는 정교한 가짜 암소를 만들어 황소가 욕성을 느껴 그녀와 교미하도록 했다. 파시파에는 반은 인간이고 반은 황소인 괴물 미노타우로스를 낳았다. 포세이돈이 그 속에 자신의 분노와 잔혹함을 쏟아부은 탓에 미노타우로스는 인육의 맛을 아는 몸이 되었다.

델포이 신전에서 신탁을 받은 뒤에 미노스는 다이달로스로 하여금 미노타우로스를 가둘 미궁을 짓도록 했다. 아들 안드로게오스가 아테네인들에게 살해당하자 미노스는 복수의 전쟁을 벌였다. 승리한 미노스는 아테네의 청년 일곱 명과 처녀 일곱 명을 몇 해마다 미궁에 들여보내어 미노타우로스의 먹이가 되게 하라고 요구했다. 세 번째 인신 공양 날짜가 다가오자 용감한 테세우스는 제물이 되겠다고 자원했다. 미궁 입구에서 실꾸리를 풀면서 안으로 들어간 테세우스는 미노타우로스를 만나자 칼로 죽였다.

신화와 역사는 묘하게 얽혀 있다. 인신 공양은 실제로도 벌어진 듯하다. 고대 아테네는 크레타의 속국으로서 일정한 수의 희생자를 보내야 했다. 그들은 황소 머리를 쓴 사람(아마도 변장한 사제)에게 살해당했을지도 모른다. 그들의 목숨을 앗은 것이 무엇이든 누구이든, 아테네인들은 미노타우로스와 황소 숭배를 두려워했다.

이 무시무시하고 신비한 짐승이 우리에 갇혀 있다고 생각하니 현 시대를 떠올리지 않을 수 없다. 지금도 우리는 소들을 철제 미로에 가둬놓는 것 아닐까? 미국의 공장식 비육장 肥育場을 생각한다.

교배종 소들이 풀도 하늘도 모른 채 살아가는 곳. 본능을 박탈당한 채 인간의 사악한 손길에 고통받고 도축당할 날만 기다리는 소들. 가짜 암소에게서 태어난 미노타우로스의 이야기는 우리에게 보내는 경고인지도 모른다. 자연에 개입할 때 조심하라는 경고.

어쨌거나 단테가 지옥에 내려가는 길에 만난 것은 미노타우로스였다. 미노타우로스는 디스 성벽의 첫 수호자로, 자연에 가하는 폭력과 인간의 폭력에 대한 경고이다. 우리는 미노타우로스와의 관계를 다시 생각해보아야 할 것이다. 그는 우리의 일부이니까.

나무

•

오늘은 들판에 나왔다. 아버지가 교차로 옆 러스키네에 있는 우리 땅에서 땔나무를 가져오라고 시켰다. 비는 오지 않는다. 몇 시간 바깥나들이를 하게 되어 기분이 상쾌하다.

롱퍼드주 당국에서는 도로의 좌우 전망을 확보하려고 최근에 나무를 몇 그루 베었는데, 그 대가로 아버지에게 양 울타리용 철망을 여러 다발 주었다. 나무는 대부분 물푸레나무와 너도밤나무로, 백 살이 넘는 것들이다. 벌목꾼들이 1미터짜리 짧은 토막으로 잘라뒀지만, 어찌나 굵은지 트랙터 로더 있는 곳까지 날라서 싣기가 여간 힘들지 않다. 땅이 아직 젖어 있어서 트레일러를 여기로 가져올 수 없다. 바퀴가 진창에 빠져 옴짝달싹 못 할 우려가 있다.

그래서 장작을 날라 싣고 집에 돌아와 마낭에 부린다. 이 일을 몇 시간째 반복했더니 등이 쑤신다. 안개가 옅게 깔렸지만 춥지 않아서 점퍼와 모자 차림으로 일한다. 큰 토막을 들어 올릴 때면 기합이 들어가고 신음 소리가 절로 나오지만, 나무에 지지는 않을 것이다. 이 작업이 좋다. 내가 바이킹이라거나 〈왕좌의 게임〉의 등장인물 '산The Mountain'이라는 상상을 한다.

한때는 들판에 나무가 훨씬 많았는데 부모님이 땅을 사들이고 나서 대부분 개간했다. 예전에는 개신교 농장 같았다면 지금은 가톨릭 농장 같다. 오래된 영국계 아일랜드 농장들에는 잉글랜드처럼 아름다운 나무와 조림지가 있지만 우리 토박이들은 작은 산울타리를 좋아해서 큰 나무는 베어버린다. 왜 그런지는 몰라도 이런 광경을 한두 번 본 게 아니다. 별로 맘에 들지 않는다.

일할 때면 러스키 농장의 옛 소유주 로빈을 생각한다. 어릴 적에 그를 '붉은 가슴의 로빈'(울새robin의 붉은 가슴에 빗댄 별명. ─옮긴이)이라고 부르던 장면, 도랑을 사이에 두고 형과 나에게 말을 걸던 장면, 어느 여름날 초지에서 솜방망이 뽑는 일을 도와주던 장면, 우리 어머니를 좋아해서 땅이 매물로 나왔을 때 어머니가 우선 매수권을 행사하길 바랐던 일을 생각한다. 들판이 기억을 가질 수 있다는 것, 아니 담을 수 있다는 것이 신기하다. 들판은 도시의 거리처럼 옛 시절을 떠올리게 한다. 내 책꽂이에는 조지 오웰의 짧은 에세이가 꽂혀 있다. 구입한 날 이런 메모를 적어두었다.

"그녀가 끝이라고 말한 날. 시드니 포츠포인트 매클레이가(街)에서 구입. 힘든 하루……."

이제는 그것이 책인지 메모인지 거리인지 상관없이 전부 도랑의 로빈 같은 기억의 일부가 되었다. 그 책을 한 번도 읽지 않았다는 사실을 깨닫는다. 어쩌면 읽으려고 산 것이 아닐지도.

로더가 가득 차자 다시 트랙터에 시동을 걸어 마당으로 돌아온다. 도로에서는 천천히 달린다. 자국을 남기거나 뒤차 유리창에 먼지를 날리고 싶지 않다.

사실 러스키네를 개간한 것은 잘된 일이었다. 로빈이 땅의 대부분을 양에 맞게 나누고 구획해서 소에게는 알맞지 않았기 때문이다. 우리 필요에 맞게 정돈해야 했다. 바로 옆에는 우리 농장이 있었다. 사이를 뚫어서 한 필지로 합치던 날이 기억난다. '러스키네'라는 이름은 그대로 됐지만, 아마도 타지 사람들은 이제 '코널네'라고 부를지도 모르겠다.

다섯 번째로 장작을 싣고서 커피 한잔하며 쉰다. 등에 땀이 흥건하고 팔이 고운 톱밥으로 덮였다. 기분 좋은 가루. 트랙터로 돌아가 장작을 부린다. 통나무 산이 점점 커진다. 지금은 석유를 쓰기 때문에 언제 다 태울지 모르겠지만, 동생과 형은 고체 연료를 쓰니까 장작이 반가울 것이다. 장작은 추운 밤에 우리를 따뜻하게 해줄 것이다.

올해 처음으로 태어난 새끼양들을 지난주에 어미와 함께 밖에 내보냈다. 녀석들은 집 수위 울안에 있다. 속단하긴 이르지만 괜찮아 보인다. 양들이 서로 부르는 소리가 들린다. 울음소리가 크고 또렷하다. 양을 풀어놓을 때는 신중을 기하고 소규모로 해야 한다. 어미와 새끼가 떨어질 수 있기 때문이다. 그러면 둘 다 헷갈려서 서로를 몰라보는 바람에 새끼양이 버림받을 우려가 있다.

이 교훈은 뼈저린 대가를 치르고 얻었다. 몇 주 전에 새끼양과 어미양 스무 마리를 풀어놓았을 때였다. 어미양들은 해방된 게 기뻐서 들판으로 내달렸지만 새끼양들은 양사를 떠난 적이 한 번도 없어서 머뭇거렸다. 전부 내보냈을 즈음 어미들은 도랑 쪽으로 가버렸고 새끼들은 자기들끼리 남겨진 채 울고 있었다. 나는 나 자신에게 욕설을 퍼부었다. 양 떼를 전부 다시 들였다가 작은 무리로 내보내야 했다. 소가 새끼를 몰라보는 경우는 한 번도 못 봤다. 양보다 더 똑똑하거나 냄새를 잘 맡아서 그런 것 같다. 하지만 양에 대해서는 아직도 배울 게 많다. 인내심을 가져야 한다. 아버지는 이 소동을 모른다. 잘못을 혼자 짊어지는 게 나을 때도 있는 법이니까.

울안을 둘러보며 트랙터를 후진하여 다시 도로로 나선다. 하느님께서 날씨를 바꾸지 마시길. 양 떼를 다시 들여보내야 하는 일은 없었으면 좋겠다.

들판으로 돌아가 계속 장작을 싣는다. 날라야 할 장작이 아직도 많다. 하지만 오늘 끝내야 한다. 나와의 약속이다. 오늘 밤은 피곤할 테지만 기분 좋게 피곤할 것이다. 비는 내리지 않고, 나는 일하느라 몸이 후끈후끈하다. 이웃이 트랙터에서 내게 손을 흔든다. 우리는 켈트족 방식으로 팔을 올려 서로에게 인사한다.

흡연

·

담배를 끊었다. 한때는 불붙이는 행위를 사랑했다. 소나 양의 새끼를 받은 뒤에는 더더욱 사랑했다. 문에 기대어 연기를 빨아들이고 향기를 음미하며 그 순간을 즐겼다. 하지만 더는 아니다.

내가 보기엔 달리기를 하면서 건강해진 덕분이다. 물론 충격적인 계기도 있었다. 어느 날 일하다 집에 들어왔는데 기침이 멈추지 않았다. 작은 핏방울이 떨어졌다. 겁이 덜컥 나서 그 길로 담배를 완전히 끊었다. 아직 젊으니 담배로 인한 피해가 심각하지는 않을 거라 기대해본다. 병든 농사꾼은 아무짝에도 쓸모가 없다. 아픈 사람은 가족에게 도움이 안 된다. 끊길 잘했지만, 담배를 핑계로 사색에 잠기던 시절이 여전히 그리울 때가 있다.

한낮이면 이따금 라디오에서 울리는 오종午鐘 소리에 귀를 귀울인다. 항상 일손을 멈추고 기도를 올리지는 않아도, 종이 울리는 순간에는 묵상을 드린다. 그날 하루를 생각하고 머리를 비우려고 노력한다. 요 몇 년간 마음챙김 책을 많이 읽었다. 유행어가 되어 버린 것 같지만, 그래도 그 속에는 진실이 담겨 있다. 농사꾼으로서 나는 순간을 살아가야 한다. 삶은 순간에 달린 것이다.

나는 행운아다. 세상에서 벗어나고 싶으면 아무 때나 벗어날 수 있다. 예전만큼 세상에 얽매여 있지 않다. 물론 휴대폰은 있지만, 그건 외출했을 때 연락을 받아야 하기 때문이다. 아예 없었으면 좋겠다. 지금 나는 기술에 의존하는 습관을 버리는 중이다. 기술이 없는 곳에 자유가 있다. 버치뷰가 나의 월든인지도 모르겠다. 지난해부터 비로소 삶을 진정으로 살기 시작했다는 느낌이다. 문득 이런 생각이 든 것은 동네 수영장에서 수영하고 있을 때였다. 40번째인가 50번째인가 왕복한 뒤에 턴을 하고서 숨을 쉬려고 고개를 들었는데 그 순간 내가 이 몸속에서 편안하다는 사실을 깨달았다.

이 깨달음이 이내 사라질까 봐 걱정했지만, 그 뒤로 깨달음은 더욱 커져만 갔고 평정심은 깊어졌다. 이런 느낌이 가장 강할 때는 숲속을 달리거나 농로를 자전거로 내려갈 때이다. 소나 양의 새끼를 받을 때도 그렇다. 무언가 숭고하고 거룩하고 본질적인 것을 경험한다는 느낌이다. 1년 전부터 비로소 삶을 진정으로 살기 시작했다고 느끼는 것은, 그전에는 죽는 것이 두려웠지만 이제는 그 두려움에서 벗어났기 때문인지도 모르겠다. 이제는 그저 살아 있다는 것에 만족하지 않는다. 살아야 할 '삶'이 없다면 목숨을 부지하는 것은 의미가 없다.

이따금 친구들을 만나러 더블린에 가는데, 대화 주제는 늘 스마트폰이다. 친구들은 수시로 메신저나 스냅챗이나 트위터를 들여다본다. 이건 정말이지 나쁜 태도이다. 한때는 나도 그들과 똑같았다. 지금은 짜증이 나지만 한마디도 하지 않는다. 도시의 규칙에선 그게 실례이기 때문이다. 그래서 그들의 딴짓을 묵인한다. 그들이 변한 나의 모습을 받아들이듯. 나는 어떤 면에서 그들에게 낯선 존재가 되었다. 농사꾼이자 작가, 다른 방식의 삶을 살아가는 사람이 된 것이다. 이제 내가 하는 일은 글 쓰고 농사짓는 것뿐이다. 친구들은 이런 삶이 조금 궁금할 수도 있겠다. 내게는 멋진 삶이지만, 그것은 나의 관점이 달라졌기 때문이기도 하다. 몇 주 전에 배우인 친구들과 디너파티에 갔는데, 가축이 죽은 얘기를 나도 모르게 계속하고 있었다. 내게는 자연스러운 것이지만 친구들에게는 괴상하게 들리겠다는 생각이 들었다. 나는 농장에서의 삶이 부끄럽지 않다. 몇 해 전만 해도 그랬을지 모르지만. 지금은 이 삶이 가장 진짜처럼 느껴진다.

털 깎기

·

아버지는 오늘 소꼬리를 다듬는다. 소들에게 환영받지 못하는 작업이지만, 지금 해야 나중에 번거로움을 덜 수 있다. 야외 목초지에서는 소꼬리가 길면 요긴하다. 열을 식히고 파리를 쫓고 동료들끼리 의사소통 수단으로 쓰인다. 하지만 우사에서는 꼬리 끝에 똥이 들러붙어 딱딱해지는데, 이것이 감염의 원인이 된다. 갓 태어난 송아지가 더러운 꼬리를 젖꼭지인 줄 알고 빠는 광경을 보았다. 녀석은 나중에 병에 걸렸다. 똥은 먹는 게 아니다.

일부 축산농은 꼬리 끝의 털만 깎는 게 아니라 꼬리 자체를 자르기도 한다. 원치 않는 부위에 고무줄을 감아서 혈류를 차단한다. 낙농업자 입장에서는 이렇듯 고통을 주지 않고 꼬리를 자르면 젖통에서 더 수월하고 깨끗하게 젖을 짤 수 있다. 지금은 이 관행이 사라졌지만.

아버지가 주머니칼을 든 채 우사를 걷다가 첫 번째 소의 꼬리를 천천히 쥐고 털과 똥을 조금씩 잘라낸다. 가만히 서서 아버지가 하는 대로 내버려두는 녀석들이 있는가 하면 우사를 돌아다니는 녀석들도 있는데 그러면 아버지가 졸졸 따라다녀야 한다. 별로 뻗대지 않는 걸 보면 소들도 꼬리를 다듬는 것이 좋은가 보다. 이제는 드릴에 절삭기를 장착하는 기계로도 꼬리털을 깎을 수 있는데, 하나 사려고 늘 마음먹지만 해마다 잊어버린다.

다음으로 젖 뗀 송아지들에게 간다. 털 깎을 때가 됐다. 녀석들을 보정틀에 몰아넣고 한 마리씩 머리부터 꼬리까지 전기면도기로 민다. 다음으로 숫니와 딱지가 생기지 못하도록 털을 더 바짝 깎아 도랑을 만든다. 숫니가 옮고 딱지가 앉은 송아지는 보기에 안쓰럽다. 그렇다고 죽지는 않지만 오래 내버려두면 긁어서 털이 빠지는데, 더 방치하면 피부가 건조해지고 딱딱해져 피도 난다. 털 깎기는 거창하지는 않지만 꼭 필요한 일이다. 우사는 금세 털바다가 된다. 소들은 더 단정하고 행복한 모습이다. 적어도 우리가 보기에는 그렇다.

"원한다면 네 머리도 밀어주마." 털 깎기를 마칠 즈음에 아버지가 농담을 던진다.

내가 대꾸한다. "저절로 빠지는 것만으로도 충분하지 않아요?"

우리는 웃으며 연장을 챙긴다.

형제

·

순종 황소 송아지에게 형제가 생겼다. 계획에는 없었지만, 가족이란 원래 그런 것이니까.

우리 암소 중 최고로 손꼽히는 엘핀이 며칠 전 새끼를 낳았다. 녀석은 젖통이 크고 젖이 너무 많이 나왔는데 새끼가 아무리 용을 써도 다 먹을 수 없어서 유방염에 걸렸다.

유방염의 특징은 젖통이 붉게 부풀어 오르는데, 완전히 빠져나오지 않은 젖이 상해서 감염을 일으키는 것이다. 젖을 짜고 염증을 제거하지 않으면 젖꼭지가 막혀 다시는 젖이 나오지 않는다.

심한 경우 젖통이 파열되어 고름이 나며, 더 심하면 파리가 꼬이고 상서가 썩는다. 유방염이 생기면 그런 고통을 방지하기 위해 재빨리 손을 써야 한다.

우리는 젖꼭지를 치료하고 쉰내 나는 젖을 모조리 짜낸 뒤에 살균제를 소량 주입했다. 송아지를 새로 구해서 새끼가 먹고 남은 젖을 마저 먹게 하는 게 최선이라는 결론이 내려졌다. 어미는 온순하고 다정해서 쌍둥이를 쉽게 키울 수 있을 터였다.

아버지가 작업복 외투를 입고 캐리갈런 시장에 나갔다가 두 시간 뒤에 젖먹이 송아지를 한 마리 데리고 돌아왔다. 판매자에 따르면 송아지는 아무 문제가 없지만 어미가 성질이 못돼서 새끼를 방치하고 한 번도 돌보거나 젖을 먹이지 않았다고 한다. 그는 어미도 팔 작정이라고 했다. 그런 소를 원하는 사람은 아무도 없을 테니까.

우리는 엘핀을 목잠금장치에 고정시키고 여러 날 준비 과정을 거쳤다. 젖먹이 송아지는 대용유代用乳로 기르는 경우가 많아서 젖 빠는 본능과 목의 힘을 잃었을 가능성이 크기 때문이다. 하지만 이 송아지는 새 어미의 젖통 쪽으로 곧장 다가가더니 즉시 젖꼭지를 빨기 시작했다. 10분을 먹은 뒤에는 다음 젖통으로 이동했다.

내가 말했다. "굉장하네요. 이렇게 빠른 송아지는 처음 봐요. 잘 고르셨네요."

"그 가격이면 마땅히 그래야지."

"얼마 주셨는데요?"

"250파운드."

"젖도 안 뗐는데 250파운드라니. 근사한 황소가 될 거예요."

암소가 녀석을 발로 찼다. 운이 다했나 싶었는데, 녀석은 굴하지 않고 계속 젖을 빨았다.

"그럼, 그래야 하고말고."

"하느님께 감사할 일이네요."

엘핀은 새로 생긴 새끼를 참아줬지만 목잠금장치에 가두지 않으면 젖을 못 빨게 했다. 그래서 우리는 하루에 세 번씩 녀석을 고정시켜 새끼가 젖을 먹을 수 있도록 했다. 새끼는 용감하고 튼튼했으며 하도 식욕이 왕성해서 이따금 형이 먹을 젖까지 바닥내지 않는지 주시해야 했다. 한동안은 아무 문제 없었으나 결국 어미의 젖이 마르기 시작했다.

커피를 마시며 쉬다가 어머니가 말한다. "새로 온 송아지가 쇠약해지고 있어."

"어떻게요?"

"젖을 제대로 못 먹는 것 같아. 어미 젖통 살펴봤니?"

"하루에 세 번씩 먹이는 걸요."

"젖에서 영양가가 없어지고 있는지도 모르겠구나."

어머니가 맞았다. 어미의 젖통이 작아지고 젖은 찔끔찔끔 흘러나왔다. 여느 암소처럼 새끼 한 마리만 키울 수 있는 어미소가 되어버린 것이다.

새 송아지에게 젖소의 젖을 물려 순종 황소의 형제로 삼자는 것은 아버지의 생각이었다. 젖소의 젖은 두 마리를 기르기에 충분했으며 어느 새끼도 굶주리거나 영양실조에 걸리지 않을 터였다. 젖을 바꾸는 것은 쉬웠다. 엘핀은 새로 온 젖먹이와 결코 유대감을 형성하지 않았기에 우리가 녀석을 바깥채로 데려가도 울거나 섭섭해하지 않았다. 전환은 신속했으며 젖소와 송아지 둘 다 개의치 않는 듯했다. 순종에게는 형제가 생겼고 젖소에게는 새끼가 하나 더 생겼다. 우리는 깔짚을 새로 깔아주고 새 가족이 안정을 찾도록 가만히 내버려두었다.

집으로 돌아가면서 아버지에게 말한다. "재밌는 한 주였어요."

"농사가 그렇지."

우리는 미소를 지으며 이 작은 승리를 만끽하려고 발걸음을 재촉한다.

글쓰기

·

우리 세대는 아일랜드에 머물면서 '켈트 호랑이'라 불린 경제 호황의 혜택을 누렸으나, 불황이 찾아오면서 우리 또한 세계 방방곡곡으로 나서야 했다. 돌아오고 있는 사람들도 있지만, 이제 우리는 이곳에 어울리지 않는 듯하다. 너무 많은 삶을 맛봤기 때문이다. 우리는 새로운 생각을 품고서 돌아왔는데, 세상은 변하고 싶어 하지 않았다. 어머니는 여기 머무는 것은 시간 낭비이며 노총각 신세를 면하지 못할 거라고 말한다. 하지만 이따금 나는 다시는 도시로 돌아가지 않겠노라고, 작가의 꿈을 버리겠노라고 생각한다. 농사꾼으로 탈바꿈하여 땅에 자리 잡을 수 있다고 생각한다.

집에 돌아왔을 때 내 계획은 써야 할 글을 써서 도시로 돌아가는 것이었지만, 농장은 그런 여유를 허락하지 않았다. 양과 소를 돌보는 짬짬이 간단한 메모를 적고 여기저기 생각의 편린을 남기는 것이 고작이다.

시드니에 있을 때 작가를 한 명 만났는데, 내 멘토가 되었다. 책을 많이 쓰고 명성도 자자한 사람이다. 우리는 어울리지 않는 친구이지만, 나는 몇 주에 한 번씩 그에게 전화를 걸어 책 얘기를 한다. 그는 모르겠지만, 그와 대화를 하고 나면 내 상상력에 불이 붙고 다시금 열정이 샘솟는다. 한번은 시드니에서 그가 나를 오페라에 데려갔다. 그는 이탈리아어를 유창하게 구사하고 노랫말과 아름다움을 이해했으며 나도 그 아름다움을 맛볼 수 있도록 줄거리를 설명해주었다. 그날을, 아니 그가 천천히 내 손을 이끈 모든 날을 잊을 수 없다. 나는 이제 제구실은 하게 되었다. 데이비드도 이해한다. 그도 오래전에 습작 시절을 거쳤으니 말이다. 그는 내가 그토록 찾던 스승이다.

밖에서 소가 큰 소리로 울부짖는다. 고통에 겨운 소리이다. 펜을 내려놓고 생각한다. 시계를 보니 가축들에게 밥 줄 때가 거의 다 됐다. 글쓰기는 다음으로 미뤄야겠다.

실패

·

날씨가 또 변했다. 며칠 전에는 습하고 우박이 치고 바람이 거셌다. 양 네 마리가 사라졌다. 세어보니 새끼양이 마흔 마리뿐이다. 비니와 다시 나가봤지만 녀석도 양을 찾지 못했다. 여우가 잡아갔는지 개가 잡아갔는지 알 수 없다. 날씨 때문인지도 모르겠다. 하지만 사체도 안 보인다.

아버지와 나 둘 다 기운이 빠졌다. 나는 며칠 밤을 뜬눈으로 지새우고서 좀비처럼 마당을 걸어 다닌다. 하도 지쳐서 빗줄기가 얼굴을 따갑게 때리는데도 개의치 않는다.

양들은 믹 삼촌네에게 빌린 윗땅에 있다. 작은 울안으로 데려왔다가 우리에 몰아넣어야 한다.

응급 상황이라서 지니(동생 재빈)가 양 옮기는 일을 도와주러 왔다. 양들이 하룻밤을 더 밖에서 지내면 죽음이 찾아와 더 많은 녀석을 데려갈 것이다. 재빈은 농사꾼이 아니며 들판에 나오는 일은 드물다. 중얼중얼 불평을 내뱉는다. 비를 좋아하지 않고 토요일에는 친구들과 전화로 수다 떨고 싶을 것이다.

재빈이 묻는다. "아빠 어딨어? 왜 안 도와주셔?"

내가 대답한다. "양 부르고 있어."

뒤를 돌아보니 아버지의 작은 형체가 "키티, 키티, 키티" 하고 외치고 있다. 우리 양을 부를 때 쓰는 소리이다. 양들은 멍청하긴 해도 이 소리가 먹이가 가까이 있다는 뜻인 줄 배웠기에 평소에는 부르는 사람에게 달려오지만 오늘은 대혼란이 벌어진다. 몇 마리는 아버지를 향해 움직이기 시작했지만 더 많은 녀석들이 멈춰서 기다린다. 새끼양들의 울음소리가 빗줄기를 뚫고 들린다. 점점 앞이 안 보인다. 안경이 뿌옇다.

아버지에게 그런 행동은 의미가 없으니 이리 와서 우리나 도와달라고 소리치지만 듣지 못한다. 나 혼자 양을 불러들이는 수밖에 없다. 비니가 도움이 될까 생각해보지만, 아직 너무 어려서 양몰이는 못 하고 오히려 양들을 내달리게 할 것이다. 내가 양치기 겸 양몰이개가 되어야 한다.

재빈은 포기하고 이젠 양을 부르지 않는다. 동생을 윽박지르면 안 된다. 농사꾼이 아니라 아이일 뿐이니까. 지금 다투면 모든 게 엉망이 된다.

내가 다독인다. "잘하고 있어."

재빈이 나를 올려다보며 미소 짓는다.

"아빠가 아직도 안 와."

"우리끼리 해보자."

우리는 위땅에서 양을 몰아 강 아래 개간지 울안으로 데려갔다. 한때 러시와 가시금작화로 덮여 있던 곳에 아버지와 내가 새로 씨를 뿌렸다. 돌을 하나하나 손으로 골라냈기에 어느 한 조각 모르는 곳이 없다. 걸을 때마다 웅덩이에서 물이 철벅거린다. 강이 넘치기 일보 직전인데 여전히 비가 내린다.

마침내 양 여든 마리를 울안에 몰아넣고 재빨리 문을 닫았다.

내가 소리친다. "지니! 양들을 길 따라 데려가야 해. 문 쪽으로 불러들여."

재빈이 고개를 끄덕이며 내 말대로 한다. 우리는 다시 한번 양을 몰기 시작했다.

새끼양들은 어리둥절한 채 어미를 찾지 못한다. 사방이 어미 찾는 소리로 시끌벅적하다. 내가 무슨 생각을 하는지조차 들리지 않는다. 천천히 고통스럽게 녀석들을 몰아 문 쪽으로 데려간다. 앞뒤로 달리며 녀석들을 계속 몰아야 한다. 개가 있으면 얼마나 좋을까.

1년 전에 아버지에게 훈련된 양몰이개를 한 마리 사드렸다. 1000유로를 들이고 캐나다에서 2주간 고역을 치렀지만, 막상 우리 농장에서 녀석은 할 일을 하지 못했으며 점차 따분해하고 대담해졌다. 아버지가 녀석을 묶어두자 정신이 나가서 결국 달아나버렸다. 아버지를 탓할 순 없다.

내가 아버지에게 외친다. "그 망할 놈의 들판에서 나오시라고요! 사료 포대는 내려놓고요."

아버지는 반응을 보이지 않는다. 나는 양몰이를 계속한다.

"나오시라고요!" 빗속에서 내 목소리가 들리는지 모르겠다.

마침내 마지막 들판에서 아버지가 걸어 나온다. 재빈은 짜증이 나서 포기하고 집 안으로 들어갔다. 나 혼자 양 떼를 몬다. 지치고 젖어서 말도 안 나온다.

"탈출 조심하세요!" 아버지에게 소리치며 양이 방향을 틀지 못하도록 도랑 가에 서 있으라고 손짓한다. 한 마리라도 탈출하면 전부 제멋대로 돌아다니고 아마도 달아나 지금까지의 수고가 전부 허사가 될 것이다.

아버지가 가만히 있는다. 양도 가만히 있는다. 이제 천천히 양들을 틈새로 몰아 다리 건너 우리로 데려간다. 암양들이 무리를 뒤지며 새끼를 찾느라 울음소리가 요란하다. 양들이 다 들어왔다. 한시간 걸렸다.

일찍 오지 않은 것에 대해서는 아버지에게 한마디도 하지 않는다. 그건 중요한 게 아니다. 양들이 우리에 들어왔다는 것, 그거면 됐다. 오늘 밤 양을 잃었을 수도 있다는 것, 이것이 내가 아는 전부이다. 비와 추위 때문에 또 다른 양이 죽었을지도 모른다.

"양사 밖을 돌면서 전부 있는지 확인해보마." 아버지가 이렇게 말하며 진눈깨비 같은 안갯속으로 돌아간다.

나는 곤포를 펴고 플라스틱 통에 물을 채운다. 올해는 지독했다. 이태껏 본 것 중에서 최악이었다. 농사꾼이라면 누구나 동의하겠지만, 나는 기후 변화가 정말이라고 믿는다. 겨우내 단 하루 빼고는 전부 서리가 내렸다. 세상이 변했다. 우리는 따라잡으려고 달린다. 우리는 땅을 지키는 사람이지만 더는 안전하게 지키지 못한다. 언젠가 집 옆을 흐르는 강이 넘치면 목숨이 위험할 것이다. 그런 일을 막으려고 준설을 했지만, 이만한 범람은 준설로도 안 된다.

서부의 농지들은 여전히 물에 잠겨 있다. 그들은 식량이 모자라 가축을 잡아야 할 것이다. 우리 남쪽에 있는 애슬론은 범람했다. 영국 제도諸島에서 가장 긴 강인 섀년강이 통제 불능에 빠졌다. 모래주머니가 문제를 키웠다. 정부 당국은 도심이 침수되는 것을 막으려고 일부 지역을 일부러 범람시키고 있다. 지금은 국가 비상사태이다. 내가 사는 이곳은 운이 좋은 셈이다. 운이라는 게 이런 것이라면. 우리는 익사하지 않을 것이며, 그에 대해 감사해야 한다.

올해 새끼양들은 여리고 약해서 잘 자라지 못하고 있다. 너무 일찍 태어난 건지도 모르겠다. 띄운꼴은 두 달치가 넉넉히 남아 있다. 그때가 되면 상황이 좋아질 것이다. 비가 영영 내릴 수는 없으니.

수건으로 얼굴을 말리고 안경을 닦는다. 아버지가 보이진 않지만, 밖에서 도랑을 수색하고 있다는 걸 안다. 나도 나가볼 것이다. 혼자서는 무서울 테니까. 밖에 나가자 아버지가 허리를 푹 수그린 채 걷고 있는 모습이 보인다. 아버지는 건축일로 얻은 게 아주 많지만, 느릿느릿한 걸음걸이를 보니 잃은 것도 아주 많다는 생각이 문득 든다.

"뭐 남은 거 있어요?"

아버지가 말한다. "하나도 없어."

"들판 좀 보세요. 비바람을 막아줄 게 하나도 없잖아요. 나무를 더 심어야겠어요. 보호막이 필요하다고요."

"젠장할 저기 전부 다 지붕을 덮어야겠다."

"그래야겠어요."

아버지에 대한 분노는 가셨다. 이따금 아버지의 방식이 이해 안 될 때도 있지만, 양은 안전하니까. 분노를 날씨에 돌린다. 우리 둘 다 동의할 수 있는 것이기에.

사흘 내리 비가 왔다. 이보다 더한 일은 일어날 것 같지 않지만, 일어난다.

그래니

•

'그래니'는 우리 할머니이면서 대모이다. 이름은 메리, 나이는 아흔이고 우리 코널 집안의 우두머리이다. 일주일에 한 번은 그래니에게 찾아간다. 재미있고 총명해서 갈 때마다 몇 시간씩 대화를 나눈다. 그래니는 당신 근황과 닭 이야기를 들려주고 우리는 농장과 내 글쓰기를 화제로 올린다.

그래니는 아버지의 어머니이다. 아버지가 당신 남편인 '그랜다'와 무척 닮았다고 말한다. 할아버지는 본 적이 없다. 내가 태어나기 며칠 전에 돌아가셨다. 존으로 불렸는데, 그래서 내 이름이 존이다. 그랜다는 1890년에 태어났다. 그렇다면 그랜다의 아버지, 곧 내 증조부는 1845~1852년 대기근 직후에 태어났다는 말이 된다. 그 시절 이야기는 하나도 전해지지 않았다. 숱한 죽음의 고통이 너무 커서일 것이다. 그때 롱퍼드주에는 10만 명가량이 살고 있었는데 지금은 3만 명밖에 안 된다.

그랜다가 20세기 들머리에 아일랜드 독립 전쟁에 참전한 것은 놀랄 일이 아니다. 자유와 자치에 대한 욕구가 그때는 너무나 생생하고 절실했을 테니까. 옛 주인은 우리를 버렸다. 우리 스스로 일어설 때가 되었다.

전쟁 시기에 그랜다에 얽힌 이야기가 있다. 포로가 되었다가 영국 구금 시설에서 탈출했다거나 밀고자를 암살했다거나 정보 요원으로 일했다거나 하는 소문들이다. 그는 언제나 내 마음속에 영웅으로 각인되어 있다. 자유의 영웅.

그래니 말마따나 그때는 시절이 달랐다. 지금 같으면 하지 않을 일을 하던 시절이었다. 그래니는 아일랜드 공화국군IRA 미망인 전쟁 연금을 받는 아일랜드 최후의 여인이다. 이 사실을 사람들에게 알리지는 않았다. 개인사이고 당신은 공인이 아니기 때문이다. 그래니는 아일랜드 내전 얘기는 하지 않는다. 우리가 영국으로부터 부분적으로 갓 독립했을 때 형제와 형제가 맞서 싸웠다. 내가 알기로 우리 가족은 조약에 반대하여 통일 아일랜드의 독립을 바랐다. 그때 반목을 일으킨 일들이 아직도 공동체에 남아 있다. 이런 일은 쉽게 잊히지 않는다.

그래니는 데이비 삼촌네랑 산다. 그 집은 분주하다. 삼촌이 장의업과 예식업을 하기 때문이다. 삼촌은 몇 달 전에 장례식장을 지었다. 그는 이것이 미래의 방식이라고 말한다. 수세기 동안, 어쩌면 기독교 전래 이전부터 아일랜드 농촌의 뼈대를 이루던 경야經夜와 이전移轉은 과거의 것이라고. 이제 사람들은 사랑하는 이의 시신을 사흘간 집 안에 두고 싶어 하지 않는다. 앞으로는 미국식으로 할 거라고 삼촌은 말한다. 내게는 낯설다. 우리의 장례 관습은 떠난 이를 애도하는 데 도움이 되었기 때문이다. 경야의 사흘은 살아 있는 우리에게 탄식할 기회를 준다. 어머니는 당신이 죽으면 집에 두었다가 캠린강의 고니처럼 흙으로 돌아가게 해달라고 말했다. 이것은 옛 시대부터, 우리가 켈트족이던 시절부터, 그리스도가 오기 전부터 우리가 알던 바이다. 우리는 죽고 나면 영혼이 동물이든 인간이든 다음의 살아 있는 몸으로 옮겨간다고 믿었다. 때가 되면 나 또한 옛 방식으로 떠날 것이다. 시골에서 사는 것은 죽음을 정상적인 것으로 받아들이는 것이다. 우리에게서 제거되거나 숨겨지는 것이 아니라 삶의 일부인 것으로. 나는 이것에 감사한다.

오늘은 그래니를 보러 가서 데이비 삼촌의 양을 섬섬하고 어떻게 살고 있는지 확인한다. 밤에 새끼양이 태어나서 엘런 숙모가 우유를 먹이러 나와 있다.

숙모가 말한다. "날씨가 아직도 나쁘구나."

"그렇네요. 저 어린 것은 어때요?"

"지금은 괜찮아. 거의 제 힘으로 우유를 빨고 있어."

"장하네요. 좋은 새끼양이에요. 새들은 어때요?"

"한 녀석은 궁둥이가 말썽이야. 수의사 말로는 회복될 수도 있다는데 잘 모르겠구나."

데이비 삼촌과 사촌 잭은 지난해에 온갖 동물을 수집했는데, 최근에는 남아메리카의 날지 못하는 대형 조류 레아 한 쌍을 들여왔다. 그래니는 녀석들을 타조라고 부르고 엘런 숙모는 골칫거리라고 부른다.

레아 한 쌍과 라마 두 마리가 있는 삼촌의 농장은 둘리틀 박사의 집과 비슷하다. 그래도 소들만 보다가 이런 동물을 보면 다들 미소를 짓는다. 그래니는 모든 동물에게 말을 건다. 녀석들도 이젠 그래니를 알아보고 간식을 기다린다. 레아에게는 상추를, 라마에게는 당근을 준다. 그래니가 노인이어서 자기네를 귀찮게 하거나 괴롭히지 않음을 아는 것 같다. 고분고분하게 굴어야 한다는 사실을 아는 것이다.

안에 들어가니 그래니가 주전자에 물을 끓이고 있다. 나보고 차 한잔 우리라고 하고는 구운 흑빵과 바나나를 준비한다.

그래니가 묻는다. "뉴스거리 없니?"

"없어요. 죄다 거짓말뿐이에요."

"그럼 거짓말이라도 들려다오!"

우리는 웃으며 차를 홀짝거리고 지긋지긋한 날씨 얘기를 한다. 그래니는 서부 사정이 아직도 열악하다고 알려준다. 이웃 한 명이 죽은 사실도 말해준다. 나는 모르는 집안사람이어서 누군지 모르겠다고 말한다.

"네가 어떻게 알겠니? 요 20년간 캘리포니아에서 살았거든. 그래도 알아둬야 할 것 같아서."

"집에서 장례를 치르나요?"

"그런다는데 나는 안 갈 거다. 믹이나 존의 장례식에 아무도 안 왔으니."

그래니의 목소리에 분노가 서려 있다. 둘 다 당신 아들이었으니까. 그래니는 당신이 그들보다 먼저 죽을 줄 알았다.

나는 "그래야 공정하죠"라고 말한다.

우리는 다음 화제로 넘어간다.

"농장은 어떻게 돌아가니?"

"이번 주에 양 여러 마리와 송아지 한 마리가 태어났어요."

"네 아비가 든든하겠구나. 요전 날 여기 와서 그렇게 말했지."

나는 고개를 끄덕거린다. 아버지는 나한테 한 번도 그렇게 말한 적 없었는데.

그래니가 덧붙인다. "네 아비는 그 나이에 실속 없이 바쁘기만 하구나. 무슨 일이 그렇게 많은지."

내가 말한다. "무엇이든 해야 하는 사람이잖아요."

"그렇겠지. 그래도 좀 줄이면 좋겠구나."

"그럴 분이 아니에요."

"그래, 결코 아니었지."

그래니가 일어나 찬장으로 가서 비스킷을 몇 개 꺼낸다.

"네가 요즘 건강식 하는 건 알지만 여기에 잼을 조금 얹으면 정말 맛있단다."

그래니의 청을 뿌리칠 수가 없다. 이젠 단것을 안 먹지만 하나를 집어 음미한다. 이렇게 함께 있는 시간이 영원하지는 않을 것이다. 지금 만끽해야 한다. 그래니는 늘 내 곁에 있었다.

그런 다음 우리는 이웃 얘기와 풍문을 입에 올린다. 그래니는 풍문을 많이 안다. 한 시간여가 지나 이야깃거리가 고갈되고 남들의 잘못을 남김없이 비평하고는 며칠 뒤에 다시 만나 얘기하기로 하고 헤어진다.

들개

•

들판에서 무언가가 아버지의 눈에 들어왔다. 양들은 아직 밖에 있는데 그 가장자리를 배회하고 있다. 아버지는 내게 시선을 떼지 말라고 말했다. 들개가 양을 죽이러 왔을 수도 있고, 어쩌면 한 마리가 아닐 수도 있다며. 그런 일을 목격한 적은 한 번도 없지만, 들개 무리가 저지른 만행은 본 적이 있다. 양 떼가 몰살했는데, 사지가 찢겨 널브러져 있었다. 들개의 공격을 겪고도 양을 치는 사람은 독종이라고들 말한다. 가슴이 찢어지는 경험이기 때문이다.

오늘 밤은 내가 들개 파수꾼이다. 들판에 녀석의, 아니 녀석들의 흔적이 있나 살펴볼 것이다. 양사에 산탄총이 있다. 일주일 전 아버지는 위땅에서 여우 한 마리를 쏘아 죽였는데, 잃어버린 양 중 한 마리가 녀석의 소행이라고 확신했다. 아버지는 한 방에 녀석을 죽여 꼬리를 잘랐다. 위땅에는 여우 굴이 있다. 녀석들이 새끼양 맛을 알게 되면 낭패이다. 여우를 죽이고 싶지는 않지만, 내 손으로 받은 새끼양들을 도륙하는 광경 앞에서는 선택의 여지가 없을 것이다. 총은 장전된 채 우리에 놓여 있다. 그때가 온다면 나도 준비가 되어 있어야 한다. 머뭇거릴 여유가 없다.

밤마다 비니가 제 집에 잘 있는지 확인한다. 아직 어려서 들개를 따라 집을 나갈 수 있기 때문이다. 들개와 어울려 돌아다니기 시작하면 녀석을 죽여야 할 텐데, 그건 견디지 못할 것 같다.

들개를 혼란시키려고 새벽 1시에 일어난다. 개는 시간을 인지하기 때문에 시금쯤 내 행동 패턴을 보고 파악했을 것이다. 리트림 출신의 이웃 로리는 그곳에 살던 콜리 이야기를 들려주었다. 녀석은 양을 죽였는데, 영리하게도 그때마다 강물에서 몸을 씻었다고 한다. 농부가 진범을 찾아내기까지는 몇 주가 걸렸다. 이미 양 열 마리가 사라진 뒤였다.

밖으로 나가니 마당은 평화롭다. 어미소들은 쉬고 있고 송아지들은 잠들어 있다. 새끼양들은 옹기종기 모여 있고 우리에 들인 암양들은 조용히 먹이를 먹는다. 위험의 징후는 전혀 없다. 예감만 있을 뿐.

손전등을 들고 가까운 울안으로 걸어간다. 조명을 밝히자 아직 바깥에 있는 늙은 양 몇 마리의 눈이 반짝인다. 어둠 속에서 가만히 풀을 뜯다 신경이 거슬렸는지 "매" 하고 운다.

내가 말한다. "너도 넣어줄게."

들개가 우리에까지 들어올 것 같지는 않다. 완전히 야생이 되었거나 굶주리면 그럴지도 모르지만. 들개가 우리에 침입하면 새끼양들은 달아날 길이 없다. 닥치는 대로 죽이고 죄책감도 전혀 느끼지 않을 것이다.

총으로 무언가를 쏜 것은 평생 딱 한 번이다. 10년 전, 들판에 씨를 새로 뿌렸을 때였다. 비둘기들이 끊임없이 씨앗을 먹었다. 하도 쪼아대서 거덜 나지 않을까 걱정스러웠다. 나는 아무에게도 말하지 않고 산탄총을 어깨에 걸머진 채 들판으로 갔다. 맞바람을 맞으며 비둘기를 주시하고 있다가 때가 되자 측면으로 돌아가 겨냥했다. 수컷 한 마리를 쏘아 떨어뜨렸다. 즐겁지는 않았지만, 녀석의 사체를 경고 표시로 문에 매달았다. 비둘기는 다시는 찾아오지 않았으며 씨앗은 잘 자랐다.

하지만 이 땅에서는 수 세기 전부터 총성이 울려 퍼졌다. 왼쪽으로 이웃 리네 땅인 오랜힐스에서는 영국군이 1798년 반란 세력을 추격하여 인근 마을에서 학살했다. 영국군은 사람들을 나무에 목매달고 생석회에 매장했다. 아버지는 팻 라일리가 40년 전 그 땅을 사서 나무를 베었을 때 쇠고랑이 여전히 가지에 걸려 있었다고 말했다. 자연의 일부가 된 것이다.

긴장을 풀고 마당으로 돌아간다. 비니가 맹렬히 짖는다. 나라고 말해도 그치지 않는다. 그때 소리가 들린다. 또 다른, 더 큰, 들개 짖는 소리이다. 아버지의 말이 맞았다.

젖 뗀 송아지들이 있는 안채에서 녀석을 찾아낸다. 황소 한 마리를 구석에 몰아넣은 채 으르렁거리고 있다. 내가 들어오는 소리는 듣지 못했다. 녀석이 돌아서서 나를 보고는 달아나려 하지만, 재빨리 우리 문을 닫는다. 이젠 달아날 방법이 없다. 녀석이 나를 보고는 사납게 돌변한다. 총이 내 손이 아닌 바깥채에 있다는 사실을 깨닫는다. 공격받을지도 모르겠다. 묵직한 손전등을 쥔 손에 힘을 준다. 녀석이 덤벼들면 대가리를 내리치려고 자세를 취한다. 이것은 순수한 날것의 자연이다. 심장이 쿵쾅거린다. 녀석이 이빨을 드러내고 나는 걸음을 내디딘다. 내가 소리를 지른다. 시작이다. 그런데 녀석은 나를 공격하지도 위협하지도 않는다. 오히려 꼬리를 다리 사이에 말고 낑낑거리며 움츠린다. 내게서 몸을 숨기려 급사기 속으로 뛰어든다. 그때 처음으로 비니에게는 없는 무언가를 본다. 두려움을.

손전등을 낮추고 녀석에게 다가간다. 경계를 풀지는 않는다. 이게 다 연기이고 술책일 수도 있으니까. 녀석이 나를 속인 뒤에 공격할지도 모른다. 하지만 그러지 않는다. 계속 낑낑대고 운다. 더 가까이 다가가서 보니 눈이 애꾸이다. 무슨 일이 일어난 걸까? 녀석은 포식자가 아니라 가련한 미물이다. 얼마나 오래인지는 모르겠지만 길을 잃고 밤새 헤매고 다녔을 것이다. 먹이를 찾아 이곳에 왔고 어쩌면 요 며칠 밤 비니의 먹이를 훔쳐 먹었는지도 모르겠다.

밧줄을 가져와 녀석의 목에 조심스럽게 감아서 문에 묶어둔다. 어떻게 할지는 아직 모르겠다. 우리에 있는 총으로 쏴버리고픈 충동이 든다. 부정할 순 없다. 그게 더 간단하니까. 우리는 양들이 죽은 원인을 찾아다녔는데 밤은 낯선 애꾸 개를 데려다놓았다. 나는 서성거리며 생각에 잠긴다. 다들 잠들어 있어서 이야기할 사람은 아무도 없다. 나 혼자서 결정을 내려야 한다.

꿈

.

괴상하기 짝이 없는 꿈을 꾸었다. 지쳐서인지 잠이 부족해서인지는 모르겠지만, 아직까지도 생생하다. 최대한 좋게 해석해보고 해몽서에서 의미를 찾아도 봤지만, 하도 뚜렷해서 숨겨진 상징이 있을 수 없다.

꿈은 우주에서 시작되었다. 아버지와 나는 우주 비행사였다. 우주 왕복선으로 햇살이 비쳐 들었다. 햇살은 우주복과 헬멧에 반사되어 노란색으로 거대하게 빛났다. 아래로 세상이, 아니 세상들이 보였고, 바깥 진공의 차가움과 공허함, 우주선 컴퓨터와 항법 시스템의 기계음이 느껴졌다. 우리는 어디론가 가고 있었다.

잠시 뒤에, 아니면 바로 뒤에 우리 착륙선이 육지에 닿았다. 아버지는 나의 함장이었고 나는 그의 일등 항해사였다. 우리는 힘을 합쳐 회색 탐사선을 우리가 모르는 세상의 표면으로 몰았다. 생명이 없는 걸 보면 달이었는지도 모르겠다. 우리는 표면을 걸었으며 임무를 완수한 것을 알고 미소 지었다. 그때, 무슨 일이 일어났는지는 모르겠으나 뭔가 잘못되어 산소가 거의 떨어졌다. 그제야 말썽이 생긴 걸 알았다. 우리는 헐레벌떡 우주 왕복선으로 돌아갔다.

아버지는 내 목숨을 건지려고 당신의 산소 탱크를 내게 건넸다. 내가 거부했지만 말을 듣지 않았다. 헬멧을 벗은 아버지는 지금 내 나이의 젊은 남자처럼 보였다. 머리카락은 검었으며 얼굴도 주

름살 없이 매끈했다. 아버지는 미소를 띠며 어디에선가 샴페인 잔을 꺼냈다. 잔을 늘어 입에 가져다 대고 내게 미소를 싯고는 나의 항의와 비탄에도 아랑곳없이 탈출 버튼을 눌렀다. 나는 위에서 기다리는 모선을 향해 높이, 높이 치솟았다. 나는 울며 소리 질렀지만, 아버지는 죽었다. 기쁨의 고뇌 속에서. 아버지는 세상을 떠났고 나는 혼자였다.

두려움과 슬픔을 느끼며 잠에서 깼다. 그때는 우리가 다투던 일을 생각하지 않았다. 피로 맺어진 유대감, 나를 위해 목숨을 버린 그 모든 희생만 생각했다. 하지만 아버지에게 꿈 얘기를 하지는 않았다. 괴상하다고 여길 테니까. 이미 가뜩이나 나를 이상하게 생각하고 있는데.

로흐 가우나

·

여기에는 야생의 정신이 살해당하지 않은 곳들이 있다. 땅이 메말랐거나 물이 세서일 것이다. 하지만 자연은 이런 곳에서도 생명을 꽃피우며 우리는 아침에 잠에서 깨어 꿈의 시절을 생각할 수 있다. 이 땅이 전부 숲이던 시절을.

나는 이것을 늪에서, 습지 바닥에서, 로흐 가우나에서 느낀다.

나는 이 호수를 사랑하게 되었지만, 호수가 내게 보여준 비밀은 빙산의 일각에 불과하다. 물가에서는 고니와 갈매기와 백로가 물고기를 잡고 제 할 일을 한다. 호수 안쪽 섬들에는 참나무와 물푸레나무가 자라는데, 그중에서도 인치섬은 성스러운 장소이다. 데이비 삼촌과 사촌 잭은 이곳에서 야영하면서 토끼를 잡아 가죽을 벗기고 호안에서 낚시를 했다. 우리의 이웃인 멀리건네 사람이 섬 소유주인데, 소형 너벅선으로 자신의 양 떼를 실어 나른다. 양들이 이곳에서 겨울을 나는지는 모르겠다. 말린꼴을 가져다주기가 쉽지 않을 테니까.

인치섬에는 오래된 수도원 유적이 있다. 아버지는 수도원이 케리에 있었다면 양이 아니라 관광객들이 연락선을 타고 구경 왔을 거라고 한다. 수도원은 1000년도 더 됐다. 바이킹의 공격을 받을 정도로 오래됐지만, 관광객이 한 명도 없어서 호젓하다.

섬은 토끼 천지이다. 천적이 없고 번식력이 왕성하기 때문이다. 데이비 삼촌의 말로는 예전에 여우 한 쌍이 이 섬에 토끼가 있다는 걸 알고서 잡아먹으려고 헤엄쳐 들어갔다고 한다. 결국 여우 한 마리는 사냥꾼에게 걸려 호안에서 총에 맞아 죽었다.

최근까지도 호수 사람들은 이곳에 묻혔다. 이곳은 그들의 성지聖地, 즉 그들의 '렐리그reilig'였다. 묘비는 부서지고 닳아서 알아보기 힘들며 그 사이로 야생화와 쐐기풀이 자란다. 묘비들은 뜨는 해를 바라보고 있다.

몇 달 전에 호안에서 섬까지 헤엄친 적이 있다. 내가 할 수 있는지 알아보고 싶었던 것 같다. 다르다넬스 해협을 건넌 바이런을 흉내 내려던 것은 아니었다. 그저 내가 살아 있음을 느끼고 싶었다. 물은 시커멨지만 미지근해서 겁은 나지 않았다. 그러다 가장 깊은 지점에 이르자 여우들이 어떤 심정이었을지 실감이 났다. 오래전에 잊힌 과거에 수도사들은 이 호수를 건넜을 것이다.

어머니의 외가쪽 집안인 맥개헌 가문은 호수 사람들이었다. 어머니 말로는 당신 어릴 적에는 겨울이 더 추워서 호수가 얼었으며 사람들이 얼음을 건너 소 떼를 작은 섬에 데려갔다고 한다. 지금은 기후 변화 때문에 그렇게 춥지는 않아서 그런 광경을 실제로 못 봤지만, 어릴 적에는 아메리카 옛 서부의 웅장한 행렬이 그렇지 않았을까 상상했다. 내 머릿속에서 소들은 존 컨스터블의 그림처럼 아름답고 평온했다.

쿨리의 황소 쟁탈전

•

오록스는 아일랜드에서 서식한 적이 한 번도 없다. 모든 종이 이 섬까지 온 것은 아니기 때문이다. 켈트족과 함께 이곳에 온 것은 타우린이었다. 오래전, 민족들이 탄생하기도 전에 우리는 유목민이었다. 북반구의 마사이족처럼 소 떼를 끌고 철마다 이 땅 저 땅을 누렸다. 모든 부의 잣대는 돈이 아니라 소였다. 우리의 창조 신화인 《타인 보 쿠아일른게 Táin Bó Cúailnge》, 즉 '쿨리의 황소 쟁탈전'의 발단도 소이다. 나는 평생 동안 《타인》과 함께 살았다. 《타인》은 우리의 《베오울프》요 우리의 세계를 설명하는 서사시로, 역사와 신화가 뒤얽히고 소가 무대 중앙에 등장한다. 전설의 발단은 여왕이었고 원인은 황소 한 마리였다.

이야기는 침실에서 시작된다. 코넛 왕국의 여왕 메드브가 남편 아이릴 옆에 누워 있다. 두 사람은 재산을 비교한다. 켈트 사회에서는 재산이 많은 배우자가 주도권을 쥐기 때문이다. 둘의 재산 가치는 똑같았다. 하지만 아이릴에게는 흰뿔 황소 핀베나흐(실제 화이트파크 품종의 조상)가 있었다.

메드브는 남편에게 권력을 양보할 생각이 없었기에 얼스터의 군주 다이레 마크 피아흐나에게 전령을 보낸다. 다이레에게는 돈 쿠아일른게, 즉 쿨리의 밤색 황소가 있는데, 이 소는 그 땅에서 흰뿔 황소의 유일한 맞수이다.

다이레는 선한 사람이어서 메드브의 청을 받아들여 계약을 맺는다. 계약 내용은 밤색 황소가 새끼를 낳을 때까지 메드브가 1년간 빌린다는 것이다.

하지만 아일랜드에서 으레 볼 수 있듯 술이 파멸을 가져온다. 다이레가 수락하지 않았다면 밤색 황소를 강제로 빼앗았을 것이라고 메드브의 전령들이 떠벌린 것이다. 역시 아일랜드답게 이 소식이 곧장 다이레의 귀에 고스란히 들어가 계약이 파기된다. 황소는 어림도 없다.

지금의 로스코먼에 있는 자신의 근거지에서 여왕은 얼스터를 습격하여 황소를 빼앗으려고 군대를 일으킨다. 《타인 보 쿠아일른게》, 곧 '쿨리의 황소 쟁탈전'은 이렇게 시작된다.

메드브를 이야기할 때면 어머니가 떠오른다. 어머니도 이 땅과 목초지에 자신의 작은 왕국을 건설했다. 애초에 농장이 있어야겠다고 아버지에게 제안한 것도 어머니였다. 어머니는 수익을 아파트나 주택이 아니라 땅에 투자했다. 암소와 황소를 샀으며 그 가치를 안다. 남자의 세계에서 어머니는 자신을 입증했다. 남자의 세계에서 자신의 몫을 주장했다. 우리 이웃이자 좋은 친구 메리 앤 타이넌도 떠오른다. 그녀는 농장을 두 곳 운영한다. 남자들이 실패한 곳에서 성공을 거뒀으며 역시 자신의 왕국을 건설했다.

시장에서 농부들의 얼굴을 관찰하면 과거의 신화적 흔적이 보일 때가 있다. 강산은 변했지만 사람들은 그대로이다. 우리와 소의 관계도 그대로이다. 소는 여전히 농촌의 토대요, 우리를 자연과 이어주는 고리요, 생계 수단이다.

메드브의 군대는 중부를 통과하고 우리가 사는 롱퍼드를 통과하고 바로 이곳 버치뷰 들판을 통과하여 황소 돈 쿠아일른게의 고장 라우스에 당도했다.

얼스터 사람들은 메드브의 군대에 맞설 수 없었다. 여신이 만삭

이 되어 진통에 시달리던 절체절명의 순간에 국왕 다이레가 매정하게 대한 것에 대한 복수로 저주를 내렸기 때문이다. 하지만 메드브는 우위를 차지했음에도 습격에 실패했다. 모리곤이라는 정령이 까마귀 형상으로 황소에게 나타나 사로잡히기 전에 달아나라고 말했기 때문이다. 쿨리의 밤색 황소가 난동을 부린 탓에 코넛 사람 여럿이 목숨을 잃었다.

얼스터 병사들은 무방비 상태로 속수무책이었다. 그들을 지킬 수 있는 유일한 사람은 얼스터의 사냥개 쿠쿨린이었다. 그가 이 별명을 얻은 것은 어릴 적에 경비견을 정당방위로 죽이고 후계견後繼犬이 성장할 때까지 그 자리를 맡아달라는 부탁을 받았기 때문이다. 열일곱 살에 불과한 쿠쿨린은 혼자서 코넛의 대군과 맞서야 했다. 그는 일대일 결투를 할 수 있는 고대의 권리를 내세워 여러 날에 걸쳐 메드브의 군대를 한 사람씩 상대했다.

이 시기에 모리곤이 어떤 때는 유혹적으로 어떤 때는 광포하게 여러 형상으로, 때로는 질주하는 소로 쿠쿨린에게 나타났으나 그는 그녀를 물리쳤다. 하지만 아일랜드 학생이라면 누구나 기억하는 것은 절친한 친구이자 젖형제인 퍼디아드와의 전투이다. 퍼디아드는 코넛 제일의 전사로 가장 용감하고 실력이 뛰어났는데, 메드브의 간계에 휘말려 자신의 사랑하는 형제와 어쩔 수 없이 싸우게 되었다. 두 사람은 칼과 투창과 장창과 방패로 사흘 밤낮을 맞붙었다. 결국 쿠쿨린이 친구를 베었으나 크나큰 슬픔에 잠기고 말았다. 쿠쿨린은 형제에게 최후의 일격을 가하면서 이렇게 말했다. "너는 죽고 나는 사는구나. 영영 슬프리. 우리의 긴 이별은."

그들의 비극적 전투를 보면서 나는 내전으로부터 지금의 상황과 북아일랜드의 유혈 사태에 이르는 아일랜드 역사의 단편을 떠올린다. 전쟁과 폭탄, 양측이 겪은 끔찍한 폭력을.

쿠쿨린이 메드브의 전사들에 맞서 몇 달째 일대일 결투를 벌인 끝에 얼스터 병사들이 마침내 고통과 잠에서 깨어나기 시작했다. 군대가 진용을 갖췄으며 이로써 최후의 전투가 시작되었다. 메드브의 군대는 그날 패했지만 어찌어찌하여 밤색 황소를 차지할 수 있었다.

흰뿔 황소 핀베나흐와 밤색 황소 돈 쿠아일른게가 마침내 만나 둘이서 웅장한 전투를 벌였다. 길고 잔혹한 싸움에서 돈 쿠아일른게가 적수를 죽였으나 자신도 치명상을 입었다. 돈 쿠아일른게는 아일랜드를 떠돌아다니다 고향으로 돌아와 숨을 거뒀다. 위대한 얼스터 전설은 이렇게 끝난다.

이 이야기는 내 삶의 일부일 뿐 아니라, 이 나라의 모든 소 치는 사람에게도 삶의 일부이다. 이제 와 돌이켜보니 이 이야기는 전쟁과 학살의 서사시일 뿐 아니라 인간의 탐욕과 소유의 허무에 대한 우화이기도 하다. 그 속에서 우리는 동물에게도 나름의 의지가 있음을 본다. 돈 쿠아일른게는 모리곤이 무슨 수작을 부리더라도 자유를 빼앗기고 싶어 하지 않았으며 속박에 맞서 싸웠다.

흥미롭게도《타인》은 12세기《던 카우의 서Lebor na hUidre》에 처음 기록되었는데, 이런 제목이 붙은 것은 원고가 회갈색 소를 뜻하는 '던 카우'의 가죽에 쓰였기 때문이다. 이 책에는 아일랜드 이교 전설을 비롯하여 종교적 기록과 역사적 사건들이 실려 있다.《던 카우의 서》는 현존하는 최초의 게일어 사본이며 이것이 없었다면 우리는《타인》의 이 아름다운 이야기를 알지 못했을 것이다. 여기서 기독교 수도사들이 옛 이야기를 얼마나 귀중하게 여겼는지 알 수 있다. 그들은 새로운 신을 섬겼음에도 옛 신화를 단순한 우상 숭배 이야기로 치부하여 내치지 않았다.

이 신화가 얼마나 실제 사건에 바탕을 두었는지는 추측만 할 수 있을 뿐이다. 페르세우스나 헤라클레스의 영웅담은 얼마나 진실이었을까? 그럼에도 허구에는 늘 어느 정도의 진실이 담겨 있다.

21세기에 황소 쟁탈전을 이야기하고 생각하는 것이 낯설 수도 있겠지만, 요 몇 주간 이 지역에서 소 쟁탈전이 여러 건 벌어졌다. 그것은 우리 농사꾼이 상상할 수 있는 최악의 범죄이다. 약 5년 전에 켈트 호랑이가 쓰러진 뒤로 아일랜드 농촌에서 무법이 증가했다. 사람들은 집에서도 안전하다고 느끼지 못한다. 한적하던 시골에 도적 떼가 활보하기 때문이다. 지금은 총 없는 농부가 없다. 경찰은 감소했고 우리는 혼자이다. 지난 3년간 소 1만여 마리가 도난당했다. 도적들이 가장 기승을 부리는 곳은 오래전에 전사들이 누비던 북아일랜드 국경 지대이다. 우리는 고난을 겪으면서 옛 방식으로 돌아갔다. 훔친 소는 서둘러 도살되고 고기는 팔려나간다. 산 채로 되찾는 경우는 거의 없다. 인적이 드문 도로에 버려진 소 뼈가 발견되는 일도 흔하다. 《타인》은 사라지지 않았다. 형식이 달라졌을 뿐.

고창 치료

·

오늘은 내 휴대폰이 고맙다. 아침에 양사에 가보니 평소에 골골하던 새끼양이 바닥에 널브러져 있다. 입에 거품을 물고 숨을 헐떡거린다. 복부가 크게 부풀었는데 뭐가 잘못됐는지 모르겠다. 내가 모르는 새 질병이다. 여긴 나 혼자이고 새끼양은 고통스러워한다. 아버지도 어떻게 해야 할지 모를 것이다. 양을 키운 지 3년밖에 안 된 데다 양에 대해 일가견도 없어 보인다.

어미가 땅을 발로 긁으며 새끼를 일으키려고 애쓰지만 녀석은 서지 못한다. 내가 일으켜줘도 몇 발짝 가다가 다시 쓰러진다. 어떻게 해야 할지 모르겠다. 복부를 눌러보니 공기가 차 있는 듯하다. 엄청난 양의 공기가 배에 갇혀 있다. 정보를 짜맞춰보니 고창(반추 동물, 특히 소의 혹위에서 음식물의 이상 발효로 갑자기 많은 가스가 생겨 배가 불룩해지는 병.—옮긴이)의 일종이다. 농사꾼이 된다는 것은 언제까지나 학생으로 살아간다는 것이다. 하루하루 새로운 일이 벌어지기 때문이다.

증상을 구글에 입력하여 원인과 치료법을 검색한다. 안도의 한숨이 흘러나온다. 수의사를 부르지 않고도 여기서 치료할 수 있을 것 같다. 이 새끼양은 그전에도 고생을 겪었다. 어미가 젖꼭지가 하나뿐이어서 다른 젖어미에게 맡겨져야 했다. 둘은 잘 지내고 끈끈한 유대 관계를 맺었지만, 운명이 또 한번 나쁜 패를 돌렸나 보다.

식물성 기름과 베이킹소다를 가지러 집 안에 들어간다. 인터넷에서 본 대로 장내 세균을 박멸하기 위해서이다.

내가 전한다. "새끼양한테 고창이 생겼어요."

부모님은 부엌에 앉아 있다. 심각한 대화를 나누다 이 소식에 정신을 차린다.

"배가 풍선처럼 부풀었어요."

어머니가 묻는다. "어느 녀석이니?"

"꼭대기 우리에 입양된 녀석이요."

아버지가 말한다. "늘 비실비실했지."

"제게 맡기세요."

혼합물을 녀석의 위에 튜브로 주입해야 한다. 인터넷에 천연 요구르트도 효과가 있다고 나와 있다. 냉장고에서 요구르트를 꺼내 나의 홈메이드 치료제와 함께 밖으로 가지고 나온다.

녀석은 숨을 더 심하게 헐떡거린다. 이미 늦은 게 아닌지, 이러다 죽는 거 아닌지 걱정된다. 인터넷에서는 그럴 가능성도 있다고 했다. 녀석은 이 상태로 얼마나 있었을까. 내가 순찰 돌 때 미처 못 봤는지도 모르겠다. 아버지도 놓쳤을 수도 있다.

우리는 밤교대와 낮교대를 할 때 현관문에 쪽지를 남겨둔다. 쪽지들을 다시 들여다보니 늦은 밤과 긴 저녁, 질병과 성공한 치료가 하나하나 떠오른다. 하지만 이 새끼양에 대해서는 아무것도 없다. 기록이 전무하다.

가느다란 플라스틱 경관을 녀석의 목에 집어넣고 액체로 가득한 주사기를 조심조심 연결한다. 잘못해서 액체가 폐로 흘러들면 죽는다. 녀석이 버둥거리며 운다. 나는 꽉 잡고 주사기를 눌러 액체를 주입한다.

인터넷에 따르면 몇 분 뒤에 고무관을 목구멍에 밀어 넣어 위에 들어찬 가스가 빠져나오게 해야 한다. 복부를 주물러서 공기를 부드럽게 내보내야 한다. 새끼양이 회복하도록 내버려두고 나도 잠깐 마음을 추스른다. 녀석이 죽진 않겠지만 방심하면 안 된다. 농사일이 달라졌다고, 산업화되고 기계화되었다고들 말하지만, 가축이 아플 때 돌봐줄 심성이 농사꾼에게 없으면 가축이 죽는다는 사실은 달라지지 않았다. 가족에게는 완고하기 그지없는 사람이 가축에게는 자상하고 부드러운 것을 본 적이 있다.

마음을 가다듬고 다시 한번 튜브를 밀어 넣는다. 부푼 배를 문지르고 주무른다. 가스 빠져나오는 소리가 들리니 미소가 떠오른다. 조치가 효과적이라는 뜻이니까. 아직도 부었지만 아까만큼은 아니다. 10분가량 더 주무르고 문지르고 쓰다듬는다. 녀석은 아직 털이 짧고 몽글몽글하며 딴 새끼양만큼 몸이 탄탄하지 못하지만, 결코 병신은 아니다. 젖어미 밑에서 그래도 꿋꿋이 자랐다. 어미가 녀석을 부른다.

"조금만 기다려. 영영 데리고 있지는 않을게." 어미에게 말하지만 귀담아듣지 않고 계속 운다.

공기 소리가 나지 않는 걸 보니 이제 끝난 것 같다. 아직 부풀어 있지만 약물과 마사지가 효과를 발휘한 듯하다. 인터넷 글을 끝까지 다시 확인한다. 녀석은 어미에게서 격리해야 한다. 어미의 젖은 죽여야 할 위장 내 세균에 영양을 공급할 뿐이기 때문이다. 금식을 시켜야 한다. 그런 뒤에 천연 요구르트로 건강한 세균을 다시 넣어줄 것이다.

24시간 지나면 성공 여부를 알 수 있을 것이다. 인터넷에서는 극단적인 경우에 복부에 주삿바늘을 꽂아 위에서 가스를 뽑아내는 응급조치가 필요하다고 말한다. 아직은 그렇게까지 할 만큼 확신이 없다. 또한 수의사에게 데려가면 50유로가 들 텐데 녀석은 그만한 가치가 없다. 운에 맡기는 수밖에. 도박을 걸고 기다려보자. 몇 시간이 지나도 안 좋아지면 내가 나서서 응급조치를 취할 것이다.

녀석을 '온열 상자'에 넣는다. 사료용 부엌 아래에 둔 작은 나무 상자이다. 적열 램프가 있어서 따뜻하고 안전하다. 걸쇠를 채운다. 이 시간에 내가 할 수 있는 일은 다 했다. 이제 다른 할 일을 처리

할 시간이다.

새끼양들의 경우 올 들어 지금까지는 운이 좋았다. 잃은 녀석이 거의 없고 그나마도 불가항력에 의한 것이었다. 어미의 부주의 때문에 잃은 녀석이 있는데, 어미가 깔고 앉아서 밤에 숨 막혀 죽었다. 세쌍둥이에 병신으로 태어난 새끼양도 있었다. 아버지는 자궁에 있을 때 자세 때문이라고 했다. 목이 한쪽으로 구부러져 똑바로 설 수 없었다. 나는 꼽추왕에 빗대어 녀석에게 리처드 3세라는 이름을 지어주었다. 우리는 함께 죽음에 맞서 싸웠으며 며칠 동안은 승산도 있었다. 정성스레 주물렀더니 뻣뻣하던 목이 점점 풀어지고 옆에서 도와주면 설 수도 있었다. 녀석이 튼튼해져서 리처드 3세가 아니라 핫스퍼(셰익스피어의 《헨리 4세》에 등장하는 헨리 퍼시의 별명으로, '뜨거운 박차Hotspur'라는 별명에서 보듯 정력적인 인물이다. ─ 옮긴이)가 되길 바랐지만, 가축에게 희망을 품는 것은 위험하다. 녀석이 온열 상자 바닥에 죽어 있는 것을 발견한 아침, 희망은 제비가 날갯짓하듯 날아 내게서 떠나갔다. 녀석과 나는 닷새를 함께 지냈다. 동물에게 이름을 지어주는 것은 위험하다. 이름에 유대감이 깃들기 때문이다.

이 두 마리가 내가 잃은 전부이며, 여기에 대해서는 불평할 것이 없다. 한 계절에 훨씬 많은 새끼양이 죽었다는 얘기를 들었다. 다른 해에는 훨씬 더 많이 보기도 했다. 새끼양의 고창을 치료할 수 있다면 행복할 것이다.

송아지는 한 마리도 잃지 않았는데, 감사하기 그지없다. 어머니는 성 프란체스코께서 그 순간에 초과 근무를 하셨다고 농담한다. 성인들께서 지치지 않으시길, 오래된 신들도. 운을 붙잡아둘 수 있게 해준다면 무엇에든 기도할 것이다.

새벽 2시에 깨어 순찰을 돈다. 온열 상자를 들여다보니 새끼양이 똑바로 서 있다. 이제 화색이 돈다. 먹이를 달라고 보챈다. 복부는 아직 부어 있지만, 통증은 없는 모양이다. 인터넷에 감사한다. 오늘 단단히 한몫했다. 아버지에게 승전보를 전하고 싶지만 아직 잠들어 있다. 아침이면 알게 되겠지. 새끼양의 울음소리가 커진다. 그래, 그래, 이젠 먹어도 돼. 천연 요구르트를 먹인 뒤에 대용유를 작은 병에 담아 녀석을 아기처럼 품에 안고 먹인다.

"착한 아이로구나." 토닥이며 머리를 쓰다듬어준다.

상자를 닫고 행복한 마음으로 집에 돌아온다. 하루가 무사히 끝났다. 아침이 무엇을 가져다줄지 두고 보자. 주전자에 물을 끓이고 스콘을 곁들여 차를 마신 뒤에 잠자리로 돌아간다.

산 가축과 죽은 가축

•

녀석은 밤중에 죽었다. 나는 오전 9시 30분에 일어난다. 어머니가 오전 순찰 때 온열 상자 살펴보는 것을 깜박한 탓에, 내가 녀석을 발견한다. 입 주위에 거품이 다시 생겼다. 아직 축축하다. 녀석의 몸은 뻣뻣하고 차갑다.

주삿바늘로 응급 처치를 했어야 했다. 겁이 나서 못 했는데 이제 녀석은 죽었다. 내 탓이다.

죽음은 비겁했던 옛 기억을 떠올리게 한다. 여덟아홉 살에 자전거를 타고 인근 마을에 들어섰을 때였다. 캠린강 다리 옆에서 작은 동물 한 마리가 길가에 웅크려 있었다. 멈추어 살펴보니 수달이었다. 뭘 하려던 건지는 모르겠다. 맞은편으로 건너가려던 것이었을까. 녀석은 어렸으며 겁에 질린 기색이었다. 내 안의 무언가가 녀석에게 도움이 필요하다고 말했다. 하지만 물릴까 봐 집어 들기가 겁났다. 발로 녀석을 밀어 차들이 다니는 곳 바깥으로 내보냈다. 무엇을 해야 할지 몰랐고 나서기도 겁이 나서 결국 집에 돌아가 골판지 상자를 가져왔다. 녀석을 안전하게 넣어줄 작정이었다.

돌아와 생명이 빠져나간 형체가 길가에 누워 있는 것을 보고 나는 울지 않았다. 어린 마음에도 자동차가 녀석의 머리를 으깨어 죽였다는 것을 알 수 있었다. 내가 비겁해서 그날 한 생명이 사라졌다. 그 아름다운 동물을 결코 잊을 수 없었다.

새끼양 얘기를 하자 아버지는 불쌍해하지 않는다. 애초에 제대로 된 놈이 아니었다는 것이다. 아버지에게 주삿바늘과 '만일'과 '하지만'에 대해 말하지만 이젠 부질없다.

다음번에 어떻게 하면 되는지 알기 위해 녀석의 죽은 몸뚱이에

바늘을 꽂아 시술을 해본다. 위가 있으리라 생각되는 부위의 살을 꿰뚫는다. 금속이 피부층을 뚫고 들어가니 가스가 빠져나오며 녀석의 몸이 쪼그라드는 것이 느껴진다. 이렇게 쉬운 거였다. 내가 바보였다.

녀석의 뻣뻣한 몸을 빈 비료 포대에 넣는다. 이따 사체 처리장에 가져갈 것이다. 죽은 동물이 가야만 하는 곳으로. 속상하고 실망스럽다. 이웃이 해준 말이 생각난다. 가축 livestock이 있으면 죽은 가축 deadstock도 있는 법이라던. 위안이 되긴 하지만, 그런다고 새끼양이 돌아오지는 않는다.

돈 되는 소

·

안채가 비다시피 했다. 젖 뗀 송아지들은 대부분 아버지와 삼촌이 우시장에 데려갔다. 14개월령이 되어 기준 몸무게에 이르자 팔 때가 된 것이다. 말다툼을 벌인 뒤라 아버지와 나는 말을 하지 않는다. 며칠 전에 독을 뿜던 우리의 혀는 분노로 증류되었다.

소의 행렬이 마당을 떠나는 광경을 아침 내내 쳐다보았다. 울부짖는 송아지로 가득한 트레일러, 어미소의 통곡. 다시는 돌아오지 못하리라. 이웃 사람 데릭이 마지막 송아지들을 싣는 일을 도와주었다. 아버지는 그날치 물량이 거의 다 거래되어 판매가 부진할까 봐 걱정했다. 판매 실적은 도박이다. 너무 일찍 도착하면 구매자가 적고 너무 늦게 도착하면 좋은 가격의 구매자들이 이미 떠나버린 뒤이다.

이제 젖 뗀 송아지는 팔기엔 너무 어린 네 마리만 남았다. 조만간 봄철의 풀로 살을 찌울 것이다. 우사를 둘러보며 떠난 녀석들의 빈자리를 아쉬워한다. 녀석들의 소음과 냄새와 울음소리를. 하지만 땅 사느라 은행에 진 빚을 갚아야 한다. 녀석들은 소의 탈을 쓴 돈일 뿐이다. 아버지의 말에 따르면 그렇다.

나는 그 말에 동의하지 않는다. 내 눈에는 소들이 상품으로만 보이지는 않는다. 녀석들은 한갓 고깃거리가 아니라 동물이다. 녀석들에게는 고기만 있는 것이 아니라 성격도 있다. 기억과 감정도 있다. 하지만 이 길로 가면 사업과는 멀어진다. 농사는 무엇보다 사업이라고들 하니까.

소 사육의 진실은 소가 도축당하려고 산다는 것이다. 소가 존재하는 것은 죽기 때문이다. 우리가 고기를 먹지 않으면 녀석들은 존재하지 않을 것이다. 적어도 이렇게 많지는 않을 것이다. 이 농장에 있는 소는 모두 언젠가는 도축당할 팔자이다. 나이를 먹거나 몸무게가 차면 전부 푸주한의 쇠칼 맛을 볼 것이다. 하지만 진실을 알아도, 심지어 상업적 농사꾼이라도 이게 오로지 돈 때문은 아니라고, 소를 미래의 소고기로만 보지는 않으리라고 믿는다. 그게 아니라면 송아지를 받으려고 한밤중에 본능적으로 일어나거나 아픈 새끼양을 정성스럽게 돌볼 리 없다. 인간에게는 동물을 위하고 돌보는 본성이 있는 것이 틀림없다.

도시에서는 인간이 자연으로부터 분리되었다. 애초에 그러도록 생겨먹은 것은 아니겠지만, 이 분리는 이제 거의 총체적으로 일어났으며 도시민이 보는 자연은 기껏해야 자연의 인위적 복제인 공원뿐이다. 물론 공원에도 생명은 있지만 정교하게 관리되고 통제된다. 도시에도 동물이 있지만, 새와 길짐승 말고는 그 무엇도 자유롭게 돌아다니지 못한다. 도시민은 자연과의 연결을 지켜내라며 우리 농사꾼에게 대가를 치르고 우리는 그들이 못 하는 것을 수확한다. 애석하게도 이 푸른 행성에서 살아가는 대다수 사람들은 자연과의 관계를 상실했다.

이 사실을 가장 뼈저리게 실감한 것은 토론토에서였다. 나는 2년 가까이 자연을 몸으로 접하며 살았다. 당시의 애인과 시골(캐나다 사람들은 '코티지 컨트리cottage country'라고 부른다)을 여행할 때면 오아시스에 온 것 같았다. 자연과 하나 되는 느낌이었고 나무와 고요와 새는 내게 필요한 자양분이었다. 이곳에서 흰머리수리와 곰을, 강에서 연어와 송어를, 숲에서 말코손바닥사슴과 사슴을 보았다.

물론 도시가 나쁘기만 한 것은 아니었다. 극장과 디스코텍, 체육관과 카페, 레스토랑과 젊은이들이 있으니까. 하지만 아파트에 살면서 나의 일부는 이 소들과 지금의 생활 방식을 그리워했다. 그것은 온전히 설명할 수 없는 일종의 '위그니스uaigneas', 즉 고독이었다. 지금 생각해보니 삶이란 사람들뿐만이 아니라 동물과도 공유해야 하는 것이었다.

그러니 이 짐승들, 이 소들은 내게 단순한 상품이 아니다. 내 동료들이다. 우리가 그들을 야생에서 우리 가족의 곁으로 불러냈으며 지금도 함께 있어서 기쁘다.

아버지가 우시장에서 돌아왔다. 젖 뗀 송아지의 가격이 지난해만 못 해서 아버지는 약간 부루퉁해 있다. 송아지 품질 때문은 아니었다. 좋은 녀석들이었으니까. 아버지가 장부를 건네자 어머니가 가격을 확인한다. 어머니가 숫자를 부르면 아버지가 어느 송아지였는지 말한다.

"우수한 레드 송아지는요?"

"700 받았소."

"더 받을 줄 알았는데."

아버지의 얼굴에 상심이 깃들어 있다. 감추려 해도 드러난다.

"가격이 떨어졌어."

내가 묻는다. "다들 팔고만 있어요?"

며칠 만에 처음으로 주고받는 말이다.

"한꺼번에 팔러 나오기로 작심한 것 같아."

내가 말한다. "그렇게 따지면 괜찮은 가격이네요."

아버지가 대답한다. "양호하지."

공장들은 소 가격에 독점권을 행사한다. 도축 회사는 손으로 꼽을 정도밖에 안 되기 때문이다. 래리 굿먼이 제일 크고 아일랜드와 영국에 공장이 있다. 사람들은 비프 남작 beef baron이라고 부른다. 공장은 농사꾼의 친구가 아니다. 그들은 해마다 이 시기에 젖뗀 송아지들을 출하할 준비를 하고 사료가 바닥나고 각종 고지서를 납부해야 한다는 사실을 안다. 공장들은 이런 식으로 가격을 통제하여 낮게 유지하고 농부들은 제값을 못 받는 것이다. 불공평하지만 사업은 사업이니까.

도축장에 몇 번 가봤는데, 그때마다 냉랭하고 병원 같은 인상을 받았다. 죽음을 업으로 하는 곳이니. 아버지는 소가 더는 짐승이 아니라 사체가 되는 찰나가 있다고 말한다. 사진 분야에서는 이것을 '결정적 순간'이라고 한다. 이를테면 발이 웅덩이에 닿기 직전이나 카파가 찍은 죽어가는 스페인 병사가 시체로 땅에 쓰러지기 직전처럼. 도축장도 마찬가지이다. 생명이 살덩어리가 되는 순간. 그 영혼이 어디로 가는지는 모르겠다.

내가 묻는다. "거기서 식사하셨어요?"

"안 먹었다."

"뭐 좀 차릴게요."

래셔와 버섯을 구워 샌드위치에 넣고 차와 함께 낸다. 티백은 머그잔에 그대로 둔다. 아버지가 제일 좋아하는 방식이다. 작은 화해의 몸짓. 우리는 조용히 서로를 용서하고 더는 아무 말 하지 않는다. 아버지는 긴 하루를 보내느라 지쳤다. 내가 식사를 대접할 때 어머니가 미소 짓는다. 부모님이 젖 뗀 송아지를 파는 것은 이번이 스물네 번째이다. 의식儀式은 달라지지 않았다.

웨스턴

•

그 세대 사람들이 으레 그렇듯 아버지는 서부 영화를 무척 좋아한다. 안 본 영화가 없을 정도이다. 이곳 중부 사람들은 컨트리 앤드 웨스턴을 연주한다. 이걸로 명성을 쌓은 사람들도 있다. 이른바아일랜드 컨트리 앤드 웨스턴에는 나름의 소리가 있다. 너무 억세거나 블루지하지 않고 나름의 소울이 있다. 이 푸르른 들판에서는거친 아메리카 평원의 황량한 풍경을 떠올리기 힘들지만, 우리는스스로를 서부 영화의 주인공으로 상상한다. 소는 서부 영화에서부르는 것처럼 '스티어steer'가 되고 말은 '스티드steed'가 되고 농부는 '목장주rancher'가 된다.

지금의 무법 시대는 서부 개척 시대에 더 가까운지도 모르겠다. 이곳에도 변경이 있고 카우보이가 있고 악당이 있다. 지역 주민한 사람은 소유지에 침입한 도둑 두 명을 총으로 쐈다. 도둑들도총을 들었기에 그는 살인을 부끄러워하지 않는다. 경찰은 코빼기도 안 보인다. 그래서 사람들은 제 손으로 문제를 해결한다. 이제각 가정이 전초 기지이다. 시절이 사람들을 강인하게 만들었다.

우리 가족도 예외가 아니었다. 절도를 당하고 집이 불탔으며 경찰은 아무짝에도 쓸모가 없었다. 농로에는 유랑 도적 떼가 출몰하는데, 이웃들은 경계를 늦추지 않다가 수상한 낌새가 있으면 서로 문자 메시지를 보낸다. 데이비 삼촌의 처남은 2주 전 집 앞에서 사륜 오토바이를 도둑맞았다. 1만 파운드짜리로, 아직 보험에 들지 않은 상태였다. 도둑들은 4만 파운드에 되사라며 거래를 시도했다. 처남은 함정을 팔 작정인데, 통할지는 모르겠다.

데이비 삼촌은 '여행자'라는 현지 집시들의 우두머리(왕)를 안다. 그들의 장례를 치러주기 때문이다. 우리는 집시들로부터 안전한 편이다. 자기네 가족이 악운을 당할까 봐 집시들이 데이비 삼촌과 그 주변 사람들에게는 해코지를 하지 않는다. 그들은 신앙심이 매우 깊어서 죽음의 규칙을 어기지 않는다. 하지만 왕은 유랑 도적 떼에게는 영향력이 없다. 자기 부하만 단속할 수 있을 뿐 그밖에는 무력하다.

이 혼돈의 시대 때문인지는 모르겠지만, 나는 서부물을 쓸 마음을 먹고 오래된 고전 영화를 몇 편 구했다. 아버지와 함께 영화를 보았다. 우리는 일하는 중간중간에 뜰에서 영화 얘기를 나눈다.

"찰스 브론슨은 정말 대단해요."

"명작이지."

"전에 보셨어요?"

"몇 해 전에. 잊고 있었구나."

"하모니카 장면이 끝내줬죠."

우리는 내화를 나누면서 행복하다.

누구나 숨겨진 깊이가 있다. 어느 시점에선가 누구나 사람을 깜짝 놀라게 할 수 있다. 지금으로부터 몇 해 전에 아버지에게도 그런 일이 일어났다. 나는 한동안 기타를 배우다 밥 딜런에게 푹 빠졌다. 수많은 10대들처럼 나도 하모니카를 사서 맹렬히 연습하기 시작했다. 어느 토요일 아버지와 내가 일을 마치고 함께 집에 있는데, 아버지가 하모니카를 빌려달라고 했다. 입술에 대고 불었지만 아무 소리도 못 내기에 내가 어떻게 하는지 보여주었다.

아버지는 고개를 끄덕이더니 다시 하모니카를 입술에 댔다. 그러고는 집에서 한 번도 들어보지 못한 음악을 연주하기 시작했다. 처음에는 블루스였다. 시대를 초월한 옛 곡. 나는 할 말을 잃은 채 미소 지으며 서 있었다. 아버지는 이어서 컨트리 앤드 웨스턴을 연주했다. 이번에도 음은 낭랑하고 또렷했다. 아버지의 하모니카 선율을 듣고 있자니 대평원, 울타리, 드잡이, 버팔로, 피가 눈앞에 펼쳐졌다. 이 장면을 보는 사람이 또 있을까 싶어 주위를 둘러보았지만 관객은 나뿐이었다. 아버지는 5~10분을 더 연주한 뒤에 하모니카를 살며시 내려놓았다.

아버지가 대수롭지 않은 듯 말했다. "오랜만이구나."

"멋졌어요."

아버지의 연주를 다시는 들을 수 없었다.

우리 아버지, 카우보이.

소는 전기 양의 꿈을 꾸는가?

·

소는 허구한 날 우리 안에 앉아 있다. 게을러서가 아니라 타고나길 그렇게 태어났다. 먹이를 소화하려면 가만히 앉아서 꼴을 게워내고 다시 씹어 완전히 분해해야 한다. 이것을 되새김질이라 하는데, 여러 시간이 족히 걸리기도 한다. 덕분에 할 일이 생겨서 소가지루해하지 않는다는 말도 있다. 소는 돼지와 달리 시간을 때울줄 안다.

우리 안에 하도 오래 앉아 있다 보니 털에 똥이 말라붙어 도마뱀 피부처럼 되어버렸다. 털가죽이 아니라 비늘에 덮인 것처럼 보인다. 눈에 거슬리지만 딱딱한 털을 굳이 제거하진 않는다. 어차피밖에 나가면 없어질 테니까.

소는 하루에 몇 시간만 자는데, 그마저도 내처 자지 못하고 자꾸깬다. 이것은 반쯤 깬 상태를 유지하다 포식자가 나타나면 달아나기 위한 적응 형질일 것이다. 밤에 자는 모습은 어른소나 송아지나 마찬가지로, 몸을 감싼 채 머리를 옆구리에 문지른다. 소도 사람처럼 렘수면 상태에 들어간다고 한다. 이때 꿈을 꾸는 것이다.

우사 안을 지나가면서 소들의 감긴 눈이 파르르 떨리는 것을 본다. 술통 모양 가슴이 오르락내리락하고 이따금 다리가 흔들리거나 옆구리가 불룩거린다. 녀석들이 무슨 꿈을 꾸는지는 모르겠다. 들판에 나가 있는 꿈을 꾸려나? 비니가 달리는 꿈을 꾼다는 건 안다. 잘 때 발을 구르는 걸 봤기 때문이다. 하지만 소를 이해하는 건 개보다 힘들다. 소들이 깰까 봐 느릿느릿 걸음을 옮긴다. 잠이 모자라면 성미가 고약해져서 동료나 사람을 공격할 수 있다. 아무 문제 없는지 확인할 수 있도록 작은 전구를 켜둔다.

아무리 소리를 죽여도 소들이 깰 때가 있는데, 녀석들은 천천히 몸을 일으킨다.

내가 부드럽게 말한다. "괜찮아. 다시 자렴."

소들은 느리고 굼뜨지만, 그래도 일어날 수 있다는 게 다행이다. 나는 소가 주저앉는 광경을 여러 번 봤다. 분만 때 새끼가 너무 커서 어미의 골반이 살짝 파열되거나 신경이 손상된 경우다. 소가 분만하다 주저앉으면 재빨리 일으켜 세운다. 자칫하면 다시는 일어서지 못할 수 있다. 회복하여 충격을 떨쳐내고 괜찮아질 때도 있지만, 충격 때문에 활력을 잃기도 한다. 사흘이 지나도록 서지 않으면 다리 근육이 분해되기 시작하는데, 그러면 영영 일어서지 못한다.

몇 해 전에 우리도 이런 일을 겪었다. 녀석은 암컷 검정소였다. 나는 어려서 녀석의 진짜 병을 온전히 이해하지 못했다. 결국 우리는 녀석을 권양기와 밧줄로 들어 올렸다. 녀석이 한동안 서 있기에 우리는 괜찮아졌다며 기뻐했다. 하지만 녀석이 걸으려 시도하자 우리는 너무 늦었음을 깨달았다. 다리 근육이 소실된 것이었다. 주정뱅이처럼 비틀거리다 주저앉더니 다시는 일어서지 못했다. 녀석은 이틀 뒤에 도태되었다. 이름은 '리틀 블랙'이었다.

몇 해 지나 스물한 살이 된 나는 교환 학생으로 시드니에 갔다. 향수병에 시달릴 때 이 소가 생각났다. 언론학 수업 중에 글쓰기 강좌가 있었는데, 호주인 교수가 나에 대한 실제 이야기를 써보라고 했다. 나는 리틀 블랙 이야기를 썼다. 어린 시절과 농장을 생각하면서 향수병을 종이에 옮겼다. 작가가 된다는 것이 어떤 것인지 처음 맛보게 해준 것은 소였다.

어두컴컴한 밤을 걸으며 헤드폰으로 필립 글래스를 듣는다. 머리 위로 별들이 보인다. 시골에 살면서 가장 경이로운 것 중 하나가 밤 당번 때 하늘이 머리 위로 쏟아져 내리는 광경이다. 나는 별과 별무리를 보았다. 사냥철을 알리는 1월의 달, 밝게 빛나는 샛별, 난생처음 보는 모양의 은하수를 보았다.

고대 이집트인들은 소의 형상을 한 다산의 여신 바트가 만든 소젖 웅덩이가 은하수라고 믿었다. 밤에 소를 돌보고 나서 하늘을 올려다보면 내가 옛 제의의 일부이며 새로 새끼를 낳은 어미에게서 젖을 짜는 행위는 이 우주의 어느 먼 곳에서 은하수를 만들어내는 일이라는 생각이 든다. 우리는 이 은하수 아래에서 우리의 삶을, 소와 나의 삶을, 어머니와 아버지의 삶을 살아간다. 소들은 이따금 이 천체에 대한 꿈을 꾸는지도 모르겠다.

인공 수정

·

소들은 지금 잘해내고 있지만, 아버지는 올해 새끼 농사가 불만이라고 말했다. 돋보이는 송아지가 거의 없다는 것이다. 씨소의 교배 실적이 시원찮다. 어머니와 아버지는 이 문제로 이야기를 나눴으며 씨소를 바꿀 때가 되었다고 한다. 아버지는 이제부터 암소가 발정이 나면 씨소를 붙이지 않고 외부 정자로 인공 수정을 하기로 마음먹었다.

롱퍼드 주지사를 지낸 폴 삼촌은 한때 인공 수정에 종사했는데, 우리를 도와주기로 했다. 폴 삼촌은 정계에서 은퇴한 뒤로 시간 여유가 많아졌다. 우리는 그를 만나는 게 좋다. 1년 전에 아버지는 정액 스트로(정액을 담은 빨대 모양 용기. ─옮긴이)를 신선하게 보관하려고 이웃 로리와 비용을 반씩 분담하여 질소 통을 구입했다.

암소는 21일마다 발정이 나는데, 이를 발정 주기라 한다. 발정난 암소는 일어서서 음부를 드러내어 뚜렷한 신호를 보낸다. 그러면 자매들이 녀석을 올라타려고 시도하는데, 내가 보기엔 페로몬이 하도 강해서 뭐라도 해야겠다고 느끼는 게 아닌가 싶다. 배란기는 24시간밖에 지속되지 않는다. 교미에 가장 수용적이고 정자를 받아들일 가능성이 가장 큰 때이기 때문에, 이 시기에 조치를 취해야 한다.

우리는 인공 수정을 위해 암소 녀석을 안채에 데려가 목잠금장치에 가둔다. 발정 난 암소는 호르몬을 분출해 평상시보다 더 신경질적이 될 수 있다.

2시에 폴 삼촌이 도착한다. 우리는 온수를 준비해두었다. 동결된 정액을 해동하려면 수온이 적당해야 한다. 너무 뜨거우면 정자가 죽고 너무 차가우면 녹지 않는다.

폴 삼촌이 액체 질소 통에서 정액 스트로를 꺼내어 재빨리 온수에 넣는다. 40초가량 지난 뒤에 스트로를 주입기에 장착한다. 폴 삼촌이 비닐장갑을 끼고 손을 암소의 직장에 밀어 넣고서 음문에 넣은 스트로의 방향을 잡는다. 모든 준비가 끝나면 주입기 손잡이를 눌러 정액을 주입한다. 이 과정은 정확하고 섬세해야 한다. 정자가 자궁에 들어 있지 않으면 죽어버려 수정이 일어나지 못하기 때문이다. 스트로 하나하나가 돈이어서 허투루 쓰면 안 된다.

폴 삼촌이 고개를 끄덕이며 할 일이 끝났다는 듯 우리에게 미소 짓는다. 암소를 풀어주자 나직이 "음매" 하고 운다. 시술이 끝났다.

폴 삼촌이 말한다. "잘 들어갔어."

내가 묻는다. "어느 수소 걸 썼어요?"

아버지가 답한다. "CF52야."

삼촌이 맞장구친다. "대단한 놈이었지."

삼촌은 몸을 닦고 흠뻑 젖은 비닐장갑을 벗고는 사용한 바늘을 버린다. 우리는 달력에 표시를 하고 암소를 몇 시간 내버려둘 것이다. 수정 여부는 다음 달이 되어야 알 수 있다. 다시 발정이 나지 않으면 성공한 것이다. 농장일이 다 그렇듯 인내심을 가져야 한다.

우리 농장에서는 인공 수정을 많이 하지 않지만, 미국의 비육장에서는 수백 마리에 이르는 고기소 전부를 이 방법으로 수정시키는 게 상례이다. 수소 단 한 마리의 정액을 이용하는 경우도 많다. 어떤 씨소는 하도 인기가 많아서 품종의 유전적 구성을 바꿔놓기도 한다. 안타깝게도 정액은 사람 손으로 채취하기 때문에 녀석들은 평생 숫총각 신세이다.

우리는 작업을 끝내고 휴식을 취하면서 정자가 나머지 작업을 해내길 기대한다. 폴 삼촌과 아버지는 작은 병에 든 위스키를 나눠 마시며 정치 이야기를 한다.

가게

·

암양 먹일 견과가 떨어져서 가게에 가야 한다. 지금까지는 인근 읍내에서 샀지만 오늘 아버지는 매키언에게 가라고 말한다. 매키언은 이곳 사람으로, 우리 교구에 가게를 차렸으며 우리는 그의 사업 수완을 높이 평가한다. 그는 사업이 번창하여 이제는 모든 가축용 사료에다 비료, 구유, 울타리까지 들여놓았다.

"열 포대면 되겠죠?"

아버지가 고개를 끄덕이자 나는 지프를 타고 마을을 가로질러 소란힐을 올라간다. 코널 집안은 1798년 아일랜드 봉기 때 롱퍼드에 왔다. 우리는 아일랜드인 협회의 지도자 시어볼드 울프 톤이 이끄는 봉기에 참가했다. 봉기는 프랑스 혁명과 미국 독립 혁명에 영감을 받아 자유를 요구하며 시작되었지만 결국 잔혹한 유혈 사태로 비화했다. 들기로 코널 집안의 조상은 남부에서 반란 세력과 함께 북쪽으로 올라가 롱퍼드 북부 밸리너먹에서 최후의 결전을 벌였다. 영국군은 반란 세력을 완파했으며 그 세대가 품은 자유의 꿈은 물거품이 되었다.

그래니는 지금도 그때 일을 입에 올린다. 몇 주 전에는 헴펀스톨 이야기로 나를 놀라게 했다. 헴펀스톨은 영국군 소위로, 1798년 봉기 때 이 지역에서 아일랜드인 협회를 진압하는 임무를 맡았다. 덩치가 하도 커서 제 어깨에 밧줄을 걸어 사람을 목매달 수 있었기에 '걸어 다니는 교수대'라는 별명을 얻었다.

헴펀스톨이 어찌나 임무에 능했던지 그가 지휘한 소대는 '중서부의 공포'로 불렸다. 밸리너먹 전투에서 패한 현지 반란 지도자들은 소규모의 병력을 이끌고 그라나드로 갔다. 그곳에서 그들은 '중서부의 공포'와 맞닥뜨렸다. 그때 어떤 작가도 쓰지 못할 역사의 반전이 일어났으니 영국의 이 거인이 롱퍼드주에서 가장 큰 아일랜드인 오패럴을 만난 것이다. 오패럴은 주먹다짐에서 헴펀스톨을 이겼지만 반란군은 그날 패했으며 전쟁에서도 졌다.

패잔병들은 고문을 당했으며 상당수는 영국군이 모는 소 떼에 짓밟혀 죽었다. 소의 발굽 밑에서 살아남은 사람들은 목에 밧줄이 걸린 채 헴펀스톨의 어깨에 매달렸다. 이 사실은 아일랜드 총독이자 영국군 총사령관 콘윌리스 장군의 편지에는 기록되지 않았지만 이곳 사람들에게 대대로 전해졌다. 이렇게 계승된 기억은 90세 노인의 머릿속에 지금도 남아 있다.

지프가 탈탈거리며 언덕을 오르고, 내가 급브레이크를 밟아 사료 매장 쪽으로 방향을 틀자 밥 말리 시디가 튄다. 매키언은 자리에 없고 직원 한 명이 주문을 받아 견과 열 포대를 함께 차에 싣는다. 이거면 앞으로 몇 주간 양들을 먹일 수 있을 것이다. 임신은 이제 중반에 접어들었을 뿐이기 때문이다.

내년에는 '스펀지 시술'이라는 통제 임신법을 쓸 작정이다. 이 방법을 쓰면 암양들을 한꺼번에 발정시켜 숫양과 교미시킬 수 있으며, 5개월이 지나면 모든 분만이 일주일 만에 이루어진다. 그러면 일손이 바빠지겠지만 양 분만을 일찍 끝낼 수 있다. 지금처럼 분만이 늘어지는 것은 사람에게도 양에게도 고역이다. 지금이야 잘해나가고 있지만 피로가 몰려오고 있으며 언제 운이 달아날지 모른다.

견과를 외상에 올리고 장부를 챙겨 나온다. 집으로 돌아와 포대를 부려 양들의 저녁 식사를 준비한다.

비상사태

•

농장에서 나와 숲을 달렸다. 원래는 5킬로미터만 달릴 생각이었지만 두 시간 넘도록 하프 마라톤 거리를 주파하는 바람에 다리가 욱신거린다. 날이 화창해서 햇볕을 듬뿍 쬔다.

해가 기운다. 저녁 사료 준비할 시간이다. 집을 향해 마지막 바퀴를 돌고 숲에서 나와 주차장으로 향한다.

숨을 헐떡거리며 천천히 지프 쪽으로 걸어간다. 갈증과 피로가 몰려온다. 뜨거운 물에 샤워하고 싶다. 휴대폰을 확인하니 아버지에게서 부재중 전화가 수없이 와 있다. 뭔가 잘못되었다. 아버지가 내게 전화할 때는 비상사태가 벌어졌거나 무언가를 찾을 때뿐이다. 달리는 동안 전화를 받지 않은 것을 자책한다. 전화는 지난 두 시간 사이에 걸려왔기 때문이다. 아버지에게 무슨 일이 생겼을까? 아니면 어머니에게? 아버지가 심장 마비로 마당에 쓰러진 채 죽어 있는 광경을 어머니가 발견하는 상상을 한다.

전화를 걸려는데 휴대폰이 꺼진다. 연결에 실패하자 더 조급해진다. 배터리가 조금이나마 남아 있기를 바라면서 휴대폰을 다시 켠다. 전화를 걸자 발신음이 들린다.

"당장 와, 이 망할 놈의 자식아. 대체 어디 있는 거냐?"

"왜요? 뭐가 잘못됐어요?" 아버지가 심장 마비가 아닌 것을 하느님께 감사할 시간이 없다.

"송아지 한 마리가 죽게 생겼어. 냉큼 돌아와!"

아버지가 전화를 끊는다. 심장이 벌렁거린다. 언쟁이 벌어질 게 뻔하다. 아까 달리기하러 간다고 말했건만, 아버지가 지금 노발대발이니 해명해봐야 소용없다. 농로를 내달려 돌아오는 동안 여전히 심장이 벌렁거린다. 15분 뒤면 집에 도착할 텐데 그때가 되면 아버지는 화가 머리끝까지 나 있을 것이다. 달리기에서 얻은 평정심이 아버지의 말 때문에 깨져버렸다. 몸이 경직되는 게 느껴진다.

집에 돌아와보니 아버지는 화가 단단히 나서 말도 제대로 하지 않는다. 분노의 포로가 되었다.

한번 더 묻는다. "뭐가 잘못됐어요?"

"빌어먹을 송아지가 죽어가고 있는데 눈치도 못 챈 거냐?"

"어느 녀석이요?"

아버지는 대답 대신 툴툴거리기만 한다.

"제가 어떻게 하길 바라세요?"

"망할 놈의 트레일러를 지프에 달고 송아지가 죽기 전에 수의사에게 데려가라."

내가 말한다. "진정하세요."

"닥치고 트레일러나 달아!"

"제발 진정 좀 하세요. 어느 송아지를 말씀하시는 건데요?"

아버지는 대답하지 않는다.

지프를 마당에 대고 파란색의 소형 양 트레일러를 연결한다. 송아지도 실을 수 있을 만큼 크다. 양사로 돌아가 지프와 트레일러를 후진으로 문간에 대고 차에서 내린다. 평정심을 잃으면 안 된다. 태풍의 눈이 되어야 한다. 지금은 아버지에게 말을 걸지 않는 게 좋겠다. 어떤 말이든 쏘아붙일 테니까.

아버지가 새끼방에서 기다리고 있다. 그전에 설사를 한 커다란 레드 송아지이다. 몸을 웅크린 채 누워 있다. 오늘 아침에도 이런 모습이었지만 그때는 자는 줄 알았다. 아버지와 함께 송아지를 일으키지만, 트레일러에 싣는 건 나 혼자 한다. 아버지는 도와주지 않는다. 내 잘못이라고 생각하는 것이다.

어느 수의사에게 가냐고 묻지 않는다. 송아지 치료사 곰리에게 갈 것이다. 곰리는 나이가 지긋하고 현명하며 우리 송아지 여러 마리를 살렸다. 운전하는데 문득 이런 생각이 든다. 송아지가 그렇게 아팠는데 왜 아버지는 데이비 삼촌에게 전화하여 지프를 빌리지 않았을까? 상황이 급박했다면 왜 수의사에게 데려갈 준비를 해놓지 않았을까? 아픈 송아지를 못 봐서 스스로에게 화가 났을까? 나중에 들어갔다가 우연히 발견했을까? 모르겠다. 지금 문제는 수의사에게 가는 것이다. 송아지를 살려야 한다.

곰리는 몇 년째 우리 가족의 전담 수의사였다. 내가 어릴 적에도 나이가 많았으며 지금은 여든이 다 됐다. 그는 구세대 수의사이다. 외모는 한물갔지만, 예리하고 박식하며 교육 수준은 누구에게도 뒤지지 않는다. 제임스 헤리엇과 시그프리드 파논(소설과 영화, 드라마의 주인공으로 둘 다 수의사이다. – 옮긴이)을 합쳐놓았다고나 할까. 처음의 공포는 이제 사라졌다. 나는 마음을 추스른다.

병든 송아지에게 큰 소리로 말한다. "그렇게 나쁘진 않을 거야, 레드. 그럴 리 없어."

내가 도착했을 때 곰리는 진료실에 없었다. 곧 돌아올 거라고 그의 딸이 알려준다. 여기서 기다려야겠다. 아버지에게 전화를 걸어 병원에 도착한 사실을 알리려 하지만 배터리가 완전히 방전돼 켜지질 않는다.

이 병원은 곰리 혼자뿐이다. 이상하지만 수련의를 둔 적도 없고 병원을 확장하지도 않았다. 그가 죽으면 그 자리를 대신할 사람이 아무도 없다. 그래서 이렇게 오래도록 일하는 건지도 모르겠다. 이제 와서 그만두면 자신이 이룬 모든 게 물거품이 되는 것이니까. 곰리와는 어릴 적부터 알고 지냈지만 진솔한 대화를 나눈 적은 한 번도 없다. 말수가 적은 데다, 그에게 나는 한갓 농부의 아들이고 밤에 걸려오는 전화일 뿐이다. 아니, 그조차도 아니다. 나는 가축의 질병이요 치료해야 할 대상이다. 그와 딴 얘기를 나눠보고 싶지만 그럴 리 없다. 그렇게 생겨먹었으니 말이다.

4시 30분에 도착한 곰리에게 상황을 이야기한다. 그는 고개를 끄덕이며 송아지를 살펴보겠다고 말한다. 목에 걸린 청진기를 든 채 내가 트레일러 문을 열어 송아지를 끌어낼 때까지 기다린다. 녀석은 끝까지 뻗대지는 못하지만, 여전히 힘이 남아 있다.

"이런 지 얼마나 됐지?"

"오늘에서야 알았어요."

"몇 살인가?"

"3개월이요."

"어미젖을 먹나?"

"어제 젖 빠는 걸 봤어요."

곰리가 송아지의 다리를 쓰다듬더니 한숨을 내쉬며 혀를 찬다.

"감염병이야. 지독하게 걸렸어. 오래됐군. 앓지 않던가?"

"전에 설사를 했지만 치료했더니 나았어요."

"그때 걸렸는지도 모르겠군."

"괜찮아질까요? 살 수 있을까요?"

"내게 치료받으면 괜찮아질 거야."

나는 한숨을 내쉬며 미소 짓는다. 그렇게 나쁘진 않대, 레드. 우
리가 고쳐줄게. 긴장이 몸에서 떠나기 시작한다. 곰리가 내게 송아
지를 잡으라고 하고는 주사를 준비하러 조제실에 들어간다. 어떤
약이냐고 결코 묻지 않는다. 그가 직접 배합하는 경우가 많기 때
문이다. 그는 오래된 약병에 든 가루약과 물약을 섞어 생명을 구
하는 마법약을 만든다.

곰리가 돌아와 송아지에게 주사를 놓고 머리를 쓰다듬는다.

"효과가 오래가는 약제일세. 며칠 지나면 괜찮아질 거야. 사흘
지나도 호전되지 않거든 다시 찾아오게."

"고마워요, 브라이언."

그는 "그럼 이만"이라고 대답하며 밖으로 나간다. 나는 레드를 트레일러에 다시 싣는다.

곰리는 이번 치료를 장부에 올릴 것이고 금액은 60유로를 넘을 것이다. 이 송아지는 발육이 좋아서 그럴 만한 가치가 있다. 집에 돌아오니 아버지는 마당에 없다. 송아지를 내려 새끼방에 데려다 준다. 이제 녀석에게 줄 수 있는 것은 휴식뿐이다. 어미가 녀석을 향해 울고 녀석이 화답한다. 내 눈에는 아까보다 더 밝아 보인다. 확신하지는 못하겠지만 죽지는 않을 것 같다. 수의사도 그렇게 말 했으니까. 이겨낼 거라고.

어머니에게는 아버지와 다퉜다는 얘기를 하지 않을 것이다. 한 때는 싸울 때마다 일일이 일러바쳤지만, 이제는 의미 없다. 그나저 나 아버지가 가축에게 사료를 먹이지 않았으니 내가 먹여야 한다. 아버지가 어디 있는지 모르겠다. 모르는 게 낫다.

어둠에서 빛으로

•

레드는 살아 있다. 사흘이 지나니 희망이 생긴다. 새끼방에 올 때마다 녀석을 살펴본다. 나는 잘못을 내 탓으로 돌렸다. 아버지가 화날 만도 했다. 내가 송아지에게 한눈을 팔았다. 양을 돌보느라 하도 바빠서 앞을 지나다니면서도 정신 차리고 들여다보지 않았다. 이제부터는 징후를 유심히 살펴야 한다. 또 다른 송아지가 설사를 일으켜서 재빨리 치료하고 새끼방에 깔짚을 새로 깔아준다. 다시는 이런 일이 일어나지 않도록 할 것이다. 이 녀석들의 목숨이 우리에게 달렸다.

아침 내내 우리를 청소한다. 깔짚을 치우고 정돈한다. 병균을 죽이기 위해 석회를 뿌리고 새 깔짚으로 덮는다. 닭장도 배설물을 말끔히 치운다. 한동안 청소하지 않은 곳에 갇혀 있어서 닭들이 깔짚을 갈아달라고 성화이다.

나는 작업과 청소 행위에서 위안과 평안을 찾으며 내 생각에 대한 관점을 정리한다. 아버지와 아들의 이 투쟁이 유서 깊은 농촌 드라마를 연출하는 것임을 안다. 우리 같은 사람들은 대대로 이렇게 다퉜다. 우리는 들판에서 서로를 견주어 보는 두 마리 황소이다. 지금은 이런 상황이지만, 언제까지나 그렇지는 않을 것이다. 다시 좋은 날이 올 테고 우리는 찰스 브론슨과 그의 하모니카에 대해 이야기할 것이다.

이따금 이런 삶, 이런 고역을 겪어도 싸다는 생각이 든다. 지금 이곳에서, 끝날 것 같지 않은 겨울에, 삶은 여간 고역이 아니다. 일이 어찌나 고된지 내가 다른 삶을 살았음을, 아니 다른 삶이 존재한다는 사실을 잊어버렸다. 오로지 존재하는 것은 마당과 소, 그리고 내 앞에 산더미처럼 놓인 일뿐이다. 운수가 좋을 때는 내가 시

골 농사꾼이라고, 환생한 시그프리드 서순(영국의 시인. – 옮긴이)이
라고, 유기농을 하면서 세상을 바꾸는 농장주라고 상상한다. 운수
가 사나울 때는 이곳에서 벗어날 생각만 한다. 하지만 떠날 순 없
다. 어머니가 도와달라고 했기 때문이다. 어머니를 저버리지 않을
것이다. 지금 내가 떠나면 가축이 죽을 것이다. 수많은 가축의 목
숨이 위태롭다. 내가 문학이라는 무정형의 세계에서 성공을 위해
분투할 때 어머니와 아버지는 6개월간 나를 뒷바라지했다. 이제
은혜를 갚을 때이다. 농사라는 현실 세계에서 부모님을 뒷바라지
해야 한다.

정오에 일을 마친다. 교회 종소리가 멀리 마을에서 들판을 가로
질러 들린다. 걸음을 멈추고 생각에 잠긴다. 어느 녀석도 죽지 않
았다. 어느 것도 완전히 망가지지 않았다. 태양도 돌아올 것이다.
나는 마음을 가라앉히고 부정적인 생각을 다스리는 법을 배웠다.

어둠에 단단히 사로잡힌 적도 있었지만, 오래전 또 다른 분만철
의 일이다. 더는 그때를 생각하지 않는 게 낫다. 지나가는 말로 슬
쩍 언급할 때 말고는 이야기하지 않는다. 나는 건강과 삶과 일을
사랑하고, 하루하루를 선물로, 내일을 보상으로, 미지의 승리와 비
극의 땅(윈스턴 처칠의《제2차 세계 대전》의 부제가 '승리와 비극'이다. 여기
서는 알 수 없는 운명이 기다리고 있다는 의미로 쓰인 듯하다. – 옮긴이)으로
여기게 되었다. 무엇보다 나는 준비가 되었다.

투우

•

인간과 소의 싸움에 대한 첫 기록은 메소포타미아의 《길가메시 서사시》에 나온다. 길가메시와 친구 엔키두는 하늘의 황소를 죽인다. 그 묘사는 오늘날의 투우와 오싹하리만치 비슷하다. "그들은 오래도록 싸웠으나 마침내 길가메시가 번쩍거리는 튜닉과 무기로 황소를 현혹하고 엔키두가 녀석의 목에 칼을 깊숙이 찔러 넣어 죽였다."

우리는 로마인이 오룩스와 싸웠음을 알지만, 투우를 예술의 경지로 끌어올린 것은 스페인인이었다. 서기 711년 그들이 무어인에게 점령당했을 때였다.

링에서 무어인 기사와 기독교인 기사는 서로 싸우는 것 대신 황소와 싸울 수 있었다고 한다. 이 초창기 투우는 종교 축일과 관계가 있었다. 기사는 말을 타고 재블린이라는 긴 창을 들었으며 이로부터 피카도르(기마 투우사)가 탄생했다. 황소는 짐승 중에서 가장 오랫동안 가장 용감하게 싸웠다. 말 그대로 죽을 때까지 싸웠다.

무어인이 이슬람교를 믿었으면서도 황소의 제의적 도살이 할랄 관습에 어긋나는 것을 개의치 않았음은 흥미롭다. 이는 정복자들이 토착 전통에 동화되었음을 보여주는 사례일 것이다.

중세에는 투우가 부자의 전유물이었으나 16세기가 되자 귀족들이 투우를 평민에게 개방했고, 이로써 근대 투우 '코리다'가 시작되었다. 이제 사람들은 땅을 디디고 선 채 소와 싸우기 시작했으며 이것은 마타도르(투우사)의 원형이 되었다.

헤밍웨이부터 피카소에 이르는 수많은 예술가들이 투우에, 소와 인간의 싸움과 희생에 매료되었다. 투우에서는 자연에 맞선 투쟁, 자연을 정복하려는 욕망, 자연의 저항을 여전히 목격할 수 있다.

오늘날 스페인 투우는 크고 다부지고 강인하고 성질이 사납고 용맹한 것이 오록스와 매우 닮았다. 마드리드의 '플라자 데 토로스 데 라스 벤타스' 투우장에서 직접 투우를 본 적이 있다. 마타도르와 황소가 한데 어우러진 모습은 스페인의 상징으로, 남성미와 화려함, 극적 드라마에 대한 사랑, 옛 제국과 마찬가지의 사멸을 나타낸다.

젊은 마타도르 호세 마누엘 마스를 만났다. 그는 열여섯 살부터 투우 훈련을 받았으며 언젠가 이름난 투우사기 되고 싶어 했다. 투우로 큰돈을 벌 수 있기 때문이다.

악단이 연주하는 파소도블레(투우를 묘사한 춤 또는 춤곡. ─ 옮긴이)의 소리, 황소와 피카도르가 입장하던 장면도 떠오른다. 피카도르가 창으로 소를 찔러 상처를 입히면 토레아도르가 등장했다.

토레아도르는 앞을 보고 서서 피카도르에게 준비가 되었다는 신호를 보냈다. 황소의 목에서 선홍색 피가 흘러내렸다. 녀석은 고개를 돌리고 숙였지만 아직도 전의에 불타고 있었다. 가장 무시무시한 품종인 미우라 황소였다.

그런 다음 반데리예로가 들어와 작살 모양의 창을 황소에게 꽂았다. 작살 여섯 개가 박히자 황소는 힘이 더 빠졌다.

토레아도르는 다시 앞으로 나아가더니 물레타(망토)와 칼로만 무장한 채 직접 황소와 맞섰다. 황소가 그를 향해 돌진했다.

한 번, 다시 한 번 소의 공격을 피했다. 그의 몸놀림은 진실하고 용감했다. 그는 선 자리에서 움직이지 않았다. 다리는 굳세고 강인했다. 망토는 바람에 펄럭이다 황소가 스쳐 지나갈 때마다 녀석의 머리 위로 들려 올려졌다. 빨간색 망토에 황소의 빨간색 피가 묻어 있었으나 눈에는 보이지 않았다.

토레아도르가 레볼레라라는 피하기 묘기를 선보였고 황소는 지치기 시작했다. 투우가 발레라는 말을 들은 적이 있다. 그때 든 생각은 투우가 죽음의 무도라기보다는 죽음을 위한, 죽음과 함께하는 무도라는 것이었다. 결국 토레아도르가 칼을 뺀 채 내달렸고 황소는 마치 공모라도 한 듯 고개를 떨군 채 목덜미를 내밀었다. 손놀림은 빠르고 깔끔했으며 황소는 단칼에 쓰러졌다. 그 행위에는 비극이 배어 있었다. 소가 이런 대접을 받는 것은 처음 보았다. 수많은 사람의 환호성 속에 떠받들어지다 죽음에까지 추락하여 말에 묶인 채 바닥에 질질 끌려 다니는 신세가 되다니. 그것은 역사에서 튀어나온 순간이었다. 역사적 순간이었다.

투우장 맞은편 길 건너 카페에서는 투우의 고기를 맛볼 수 있다. 토론토 애인과 함께 갔는데, 그녀가 고기를 먹으려 들지 않아 관광객답게 술 마시고 담배만 피웠다.

두우는 소의 역사에서 중요한 의미가 있다. 죽음을 찬미하면서 생명으로서의 소 자체를 찬미했으니 말이다.

문자 메시지

·

닷새가 지났다. 레드 송아지는 정상으로 돌아온 것 같다. 우리는 운수 사나운 일주일을 이겨냈으며 아버지는 냉정을 되찾고 다시 차분해졌다. 금요일 저녁마다 부모님은 외식하러 시내에 간다. 둘은 말쑥하게 차려입고 미소 지으며 농담을 주고받는다.

"즐거운 시간 보내세요." 나는 손을 흔들어준다.

오늘 새끼양이 태어났는데, 상태가 좋아서 다들 마음이 들떴다. 덩치가 크고 힘이 세다. 금세 자랄 것이다. 나는 저녁 당번을 하고 가축을 점검할 것이다. 고요한 밤일 테니 편히 쉬면서 영화나 토크쇼를 봐야겠다. 장을 봐서 집이 음식으로 가득하다. 땅콩버터를 먹으며 한가로이 채널을 돌린다. 요즘은 텔레비전을 거의 안 보지만, 오늘 밤은 오래된 액션 영화를 하니까 호사를 누리기로 한다. 실베스터 스탤론이 나오는 영화이다.

8시에 중간 광고가 나와서 마당으로 나온다. 암소 한 마리가 한 시간째 울부짖다 말았다 한다. 뭔가 잘못됐다. 며칠 전에 송아지 한 마리가 바깥채에서 원형 곤포 사이에 끼었다. 녀석이 사라진 걸 알았을 때는 여러 시간이 지난 뒤였다. 녀석은 고통에 시달렸고 탈수도 겪었지만 금세 회복했다. 이런 일을 되풀이할 필요는 없다. 주초에 말썽을 겪었으니 더더욱.

우선 바깥채 꼭대기로 올라가 둘러본다. 송아지는 없다. 암소 울부짖는 소리가 나는 쪽으로 간다. 뭔가 문제가 생겼다. 밖은 칠흑같이 깜깜하고 우사 조명은 어둑하다. 수색을 시작한다. 암소가 새끼방 쪽으로 다가가 송아지들을 보면서 울부짖는 소리가 뚜렷이 들린다.

그때 녀석이 눈에 들어온다. 바닥에 널브러진 몸은 이미 차갑게 식었다. 생명은 오래전에 떠나갔다. 레드가 죽었다. 울부짖는 것은 녀석의 어미이다. 새끼를 잃었으니까.

욕을 하고 싶지만 이런 절망감을 표현할 단어가 떠오르지 않는다. 녀석의 생명 없는 몸뚱이를 질질 끌면서 내가 생각한 것이라고는 녀석이 살 수 있으리라던 수의사의 말뿐이다. 살았을 때 우람하고 튼튼하더니 죽어서도 마찬가지이다. 거의 넉 달간 살찌운 녀석을 옮기려니 걸음이 잘 떼어지지 않는다. 밖에 나와 녀석을 콘크리트 바닥에 내려놓는다. 검정색 곤포 비닐을 덮어준다. 하도 어두워서 비닐이 밤과 분간되지 않는다. 내일 사체 처리장에 가져갈 것이다.

어머니와 보내고 있을 저녁을 망치고 싶지 않아서 아버지에게 전화하지 않는다. 두 분 다 저녁의 호사를 즐길 자격이 있다. 대신 문자 메시지를 보낸다.

"레드 송아지가 죽었어요. 한 시간 됐어요."

아버지는 문자를 하지는 못해도 읽을 수는 있다. 답장도 전화도 없다. 아버지는 돌아와서도 아무 말 하지 않는다. 싸움도 언쟁도 없다. 하지만 송아지는 이 세상에 없다.

며칠 뒤에 어머니는 아버지가 충격을 받았다고 말한다. 하지만 누구도 비난할 수 없다. 죽음이 우리에게 첫 번째 승리를 거뒀다. 며칠 안에 레드의 어미를 어떻게 할지 정할 것이다. 새끼를 또 낳아 기를 수도 있겠지만, 오늘 밤은 상심이 너무 커서 아무 생각도 못 하겠다.

농부들은 송아지를 잃어도 개의치 않는다고 말한다. 그것은 새빨간 거짓말이다.

죽음 이후

·

상실을 극복하는 데는 며칠이 걸린다.

점심 휴식 시간에 어머니가 말한다. "집 안보다는 밖이 낫지."

어머니 말이 맞다. 어머니나 아버지나 내가 사고를 당하지 않은 게 얼마나 다행인가. 어머니나 아버지가 죽었다는 전화를 받게 될까 봐 두렵다. 그렇게 되면 어쩌나? 말한 것과 말하지 못한 모든 것은 어떡하나? 우리는 이미 존 삼촌과 믹 삼촌을 잃었다. 우리 형이 공장에서 기계에 팔이 끼었을 때에도 같은 일이 일어난 줄 알았다. 최악의 상황을, 그게 아니더라도 팔을 잃거나 영영 못 쓰게 될 줄 알았다. 하지만 의사들이 재빨리 움직여 형을 구했다. 철심으로 팔을 고정시켜야 하긴 했지만 목숨을 건졌으며 몸도 멀쩡하다. 어머니는 그 사고가 형에게 일어난 가장 좋은 일이었다고 말한다. 덕분에 일중독에서 벗어나 여자 친구와도 안정을 찾고 결혼까지 했으니 말이다. 둘은 이제 아이도 생겼다.

지금 어느 때보다 죽음을 자각한다. 어둠이 있어야 빛을 더 잘 볼 수 있는 법이니까. 나이를 먹고 농장에서 죽음을 목격한 탓도 있다. 우리는 죽음을 면한 것에 감사해야 한다.

어미소는 레드를 떠나보내고 밤새 울었지만 아침에는 울음을 그쳤다. 아버지가 레드의 사체를 치웠다. 내가 돕겠다고 했지만 아버지는 직접 하고 싶어 했다. 얼마 전에 누가복음을 읽었다. 누가는 종종 날개 달린 소로 묘사되는데, 레드가 소의 천국에서 그런 모습이 아닐까 생각해본다. 죽은 짐승의 몸에서 떠난 영혼이 어디로 가는지는 모르겠다. 숀 신부님에게 물어봐야겠다.

아버지와 나는 수의사에 대해 한마디도 하지 않았다. 어쩌면 그가 무언가를 놓쳤는지도 모르겠다. 아니면 약으로 할 수 있는 건 거기까지였는지도. 수의사가 여기 있었다면 그렇게 말했을 것이다.

농무부에서 사체 처리 법규를 강화하기 전에는 작은 송아지가 죽으면 늘판에 묻었다. 녀석들의 무덤이 생각난다. 그걸 무덤이라고 부를 수 있다면, 아니 불러야 한다면. 초지 구석에 둘, 곤포를 두는 마당에 하나, 믹 삼촌의 옛 감자밭에 하나가 있다. 마지막으로 송아지를 농장에 묻었을 때 나는 아직 10대였다. 무덤은 내가 들어갈 수 있을 만큼 컸다. 나는 외발 수레에 사체를 싣고 가서 삽으로 뗏장을 떴다. 이곳은 땅이 축축할 수 있다. 녀석들이 아무리 짐승이라도 질척질척한 무덤에 묻고 싶지는 않았기에 늘 마른땅을 골랐다. 무덤을 2~3미터까지 판 것은 경의를 표하기 위해서보다는 필요 때문이었다. 여우나 개가 유해를 들쑤셔 질병을 옮기는 것은 원치 않았다.

무덤을 다 파면 사체를 구덩이에 넣고 비닐로 덮었다. 왜 그러는지는 몰랐지만, 몇 해 전 아버지가 하는 것을 보고 나도 늘 따라했다. 냄새를 땅에 잡아두려는 게 아닐까 싶다. 더 어릴 적에는 송아지에게 한두 마디 건네기도 했으나 해가 갈수록 말수가 줄었다. 상실은 비통했지만 그게 삶임을 나는 알고 있었다. 눈앞의 일에 매달리다 보면 죽음을 잊을 수 있었다. 분만철은 돌아오고 암소들은 다시 새끼를 낳을 것이다. 농사꾼은 늘 미래를 내다봐야 한다. 과거에 얽매여봐야 사료도 돈도 삶도 얻을 수 없다.

다 자란 소를 들판에 묻은 적은 딱 한 번이다. 옛 아일랜드어로 '마스meas'라고 하는 존경심 때문이었다. 작은 암소 블루는 무덤에 묻힐 자격이 있었다. 지금으로부터 20년 전, 농장이 훨씬 작고 우리가 훨씬 가난할 때 녀석은 우리의 첫 우량우였다. 블랙 폴리와 벨지언 블루의 혼혈로, 뿔이 없었으며 성미는 둘째가라면 서러울 정도였다. 사납고 천방지축이었으나 해마다 그해 최고의 송아지를 낳아주었다. 도벽도 있어서 종종 다른 소들을 이끌고 교구를 누비며 신선한 풀을 뜯는 습격 작전을 지휘하기도 했다. 소 떼가 없어져서 이틀 동안 찾아다닌 기억이 난다. 실종 소식이 지방 라디오 방송에 보도돼 이웃들이 도와주러 왔다. 녀석들은 남쪽으로 몇 킬로미터 떨어진 컬리패드 숲에서 주말에 발견되었다. 블루가 무엇을 찾고 싶어서 소들을 이끌고 거기까지 갔는지는 모르겠다.

블루는 몇 해 뒤에 늙어서 평화롭게 죽었다. 우리 집 옆에는 은퇴한 이웃 노인에게서 사들인 땅이 있었는데, 블루는 그곳에서 마치 쉬는 것처럼 누워 있었다. 녀석의 죽은 몸은 뻣뻣했다. 우리는 슬프지 않았다. 녀석은 행복한 삶을 살았으니까. 우리에게 해준 것도 많았다. 녀석의 새끼들 덕에 이 땅을 살 수 있었으니 말이다. 우리 가족의 친구인 수의사 말로는 암으로 죽었다고 한다. 우리는 녀석이 영원히 안식을 취하도록 들판에 묻었다. 지금도 이따금 녀석 얘기를 할 때면 그 성미와 독립심, 신선한 풀을 노린 탈옥 사건을 흐뭇하게 떠올린다.

소는 군집 동물이며 그 안에는 서열이 있다. 소들의 세상은 암컷이 주도한다. 코끼리와 마찬가지로 지배적 가모장이 무리를 이끌기 때문이다. 수소는 교미할 때와 다른 수소로부터 무리를 보호할 때 발고는 장식물에 불과하다. 수소가 무리의 우두머리라고들 하지만, 내가 본 바로는 암소가 수소보다 더 사나웠다. 블루의 자리를 어느 녀석이 이어받았는지는 모르겠지만 지금은 레드 리무진이 무리를 이끈다. 녀석은 덩치가 가장 크지도 힘이 가장 세지도 않지만 가장 포악하다. 딴 소들을 괴롭히고 들이받을까 봐 떼어놓아야 한 적도 있다. 지금이야 녀석이 권세를 누리지만 이것도 영원하지는 않을 것이다. 언젠가는 또 다른 경쟁자가 나타나 자리를 차지할 것이다. 이따금 소들이 벌이는 게임이 목초지에서 펼쳐지는 '왕좌의 게임'이라는 생각에 미소가 떠오른다. 심지어 나폴레옹이라는 난쟁이 송아지도 있다!

수요일에 암소가 우리 모르게 새끼를 낳았다. 새끼는 몸이 잿빛이고 얼굴은 레드를 좀 닮았지만 더 우락부락하다. 제 힘으로 젖을 빨아서 도와줄 필요가 없다. 삶과 운이란 그런 것이다.

영화

•

숀 신부님과 이따금 영화관에 간다. 몇 주 전에는 〈레버넌트〉를 보러 갔다. 동네 극장에서는 늦장 상영이었다. 영화는 박력 있고 장대한 한 편의 서사시였다. 숀 신부님은 잔혹한 장면에서 눈을 가렸다. 뜻밖이었다. 그는 교구민의 죽음을, 진짜 죽음을 매일같이 보는 사람 아니던가. 의사나 간호사 말고는 그토록 오래 죽음과 질병에 둘러싸여 있는 사람을 알지 못한다. 그는 죽음을 두려워하는 것이 아니라 잔혹한 장면을 좋아하지 않는 것이다.

우리는 팝콘을 나눠 먹는다. 영화가 끝나고 심오하고 감동적이었다는 데 서로 동의한다. 아메리카 원주민에 대해서도 오랫동안 이야기했다. 숀 신부님은 아메리카 원주민과 변경 개척에 심취해 있다. 당시를 다룬 책을 많이 읽었으며 아파치족과 수족, 시팅불과 운디드니, 조지프 추장에 대한 이야기를 들려준다. 그는 조지프 추장을 위대한 인물이자 선각자라고 부른다.

네페르세족의 월로와 무리를 이끌게 된 조지프 추장, 즉 힌마투 야랏켁트(산에서 울리는 천둥)는 자신이 다름 아닌 미국과 싸우리라고는 전혀 예상하지 못했다. 하지만 양키들은 으레 그렇듯 네페르세족을 땅에서 쫓아냈다. 그곳은 조지프가 자기 아버지에게 결코 버리지 않겠노라 맹세한 땅이었다. 그리하여 커스터의 패배로부터 얼마 지나지 않아 전쟁이 벌어져 전 세계의 이목을 집중시켰다.

조지프 추장은 매우 종교적인 사람이었으며, 내 생각에 그런 영적 측면이 숀 신부님의 마음을 사로잡은 듯하다.

1879년 워싱턴 링컨 홀에서 조지프 추장은 이렇게 연설했다.

우리의 아버지들은 우리에게 많은 법을 내려주었다. 그들은 그것을 그들의 아버지에게서 배웠다. (…) 그 법은 우리에게 가르쳤다. 상대방이 우리를 대하는 방식으로 우리 역시 그들을 대하라고. 우리가 먼저 약속을 어기는 사람이 되어선 안 된다고. 거짓말하는 것은 가장 사람답지 못한 행위이며, 오직 진실만 말해야 한다고. (…) 우리는 위대한 정령이 세상 모든 일을 보고 듣고 계시다는 것을 믿도록 배웠다. (…) 나는 이것을 믿으며, 나의 부족 사람들도 같은 믿음을 갖고 있다.

이것은 오래된 이야기이고 오래된 전쟁이지만, 숀 신부님은 조지프 추장도 그의 대의도 깎아내리지 않는다. 저 위대한 사람들에 대한 존경심이 하도 큰 탓이다. 조지프 추장과 네페르세족은 자기네 땅에서 쫓겨났으며, 1877년이 되자 백인의 수가 서부의 아메리카 원주민 한 명당 40명에 육박했다.

숀 신부님은 아일랜드가 아메리카 원주민을 결코 잊지 않아야 한다고 당부한다. 대기근 때 그들이 우리에게 도움을 베풀었기 때문이다.

영화와 대화가 끝나고 우리는 집으로 돌아간다. 숀 신부님은 영화관을 나서면서 사람들이 우리를 게이 커플로 볼지도 모르겠다고 농담한다. 몇 주째 둘이서 영화를 봤으니.

내가 말한다. "그러라고 하세요. 할 일이 그렇게 없나."

숀 신부님은 마음이 누그러져 내 말이 맞다고 맞장구친다. 우리는 예사롭지 않은 친구이다. 그는 일흔이고 나는 서른이 채 안 됐으니 말이다. 그도 농장 출신이어서 소에 대해 안다. 책과 아파치족을 주제로 대화하다 그가 자신의 과거에 대해, 오래전 분만철의 승리와 상실에 대해 이야기를 풀어놓는 것을 보면, 나의 농장 체류는 신부님에게 어린 시절을 떠올리게 하는 듯하다. 한번은 사제복 차림으로 송아지를 받았는데, 나중에 누군가 그 새끼는 하느님이 빚으신 것이 틀림없다고 농담하기도 했다.

숀 신부님은 자연에 대한 깊은 애정을 가졌으며 곧잘 시골길을 따라 멀리 가서 사진을 찍고 수채화를 그린다. 내게 작품을 보여주었는데, 그에게는 심미안이 있다. 사제복을 입기 전에는 건축가였고, 성직자가 되기 전에 사랑에 빠진 적도 있었다. 그는 충만한 삶을 살았다.

숀 신부님 집안은 1000년 넘게 롱퍼드에서 살았으며 그의 고향 킬라시에서 교회 땅을 관리했다. 그의 신앙은 유서가 깊다.

영화를 보는 밤은 농장의 틀에 박힌 일과에서 벗어나는 시간으로, 내게 기분 전환이 된다.

사고

.

발이 욱신거린다. 달리기를 며칠 쉬면 낫겠거니 했지만, 어제 굶주린 암양에게 발을 밟히고 하도 아파서 몇 분간 펄쩍펄쩍 뛰다가 뭔가 심상치 않음을 알아차렸다.

여기저기 수소문하니 동네 물리 치료사에게 가보라고 조언한다. 그녀는 침착했다. 나를 치료용 침대에 누인다. 직업이 뭐냐고 묻기에 '농부'라고 대답한다.

그녀가 내 발을 검사하고 힘줄을 이리저리 밀더니 인대가 손상됐다고 말한다.

"장화 때문이거나 달리다 접질렸을 거예요."

"저절로 나을 줄 알았죠."

"어림없는 소리. 제가 고쳐드릴게요. 침 안 무섭죠?"

내가 고개를 젓는다. "무슨 수를 써서라도 농장에 돌아가고 싶어요."

"그렇게 될 거예요. 몇 분 뒤에 제게 엿 먹으라고 말하고 싶을지도 모르는데, 그러셔도 괜찮아요."

내가 말한다. "안 그럴 거예요."

그녀가 똑바로 누우라고 하더니 발에 침을 놓기 시작한다. 벽에 걸린 경혈도에는 신체 부위의 명칭이 한자와 영어로 쓰여 있다. 경혈도를 들여다보는 동안 그녀가 침을 꽂는다. 마음이 차분하게 가라앉는다. 몸이 어떻게 작동하는지 이해한다는 자신감이 그녀의 손에 배어 있다. 내가 어떻게 양을 치료하는지, 양 한 마리 한 마리 대하는 법을 어떻게 배웠는지, 소들의 섬세한 성질을 어떻게 점차 이해하게 되었는지 생각한다. 가축의 방식을 배우는 데는 여러 해가 걸린다. 이것은 누구나 가지지는 못하는 특수한 지식이다.

"젠장!" 내가 갑자기 소리 지른다. 그녀가 통점을 찾다가 침으로 내 뼈를 건드린 것 같다.

그녀가 말한다. "그러게 제가 말하지 않았어요?"

내가 웃으며 답한다. "말씀하셨죠."

침을 다 놓기까지는 몇 분이 더 걸린다. 압박감이 가시는 것이 느껴진다. 통증이 떠나가는 게 아니라 흘러 나가는 느낌이다. 이제 우리는 농사와 축구에 대해, 호주와 캐나다에 대해, 데이비 삼촌에 대해 이야기한다. 그녀는 데이비 삼촌을 잘 안다. 이 지역에서 그를 모르는 사람은 아무도 없는 것 같다. 그녀는 자신이 데이비 삼촌의 허리를 고쳐줬다고 말한다.

"코널 집안 사람들은 허리가 안 좋아요."

내가 대꾸한다. "그 말을 들으니 이제야 알겠군요. 저도 허리가 찌릿찌릿했거든요."

"옆으로 돌아 엎드려보세요. 한번 볼게요."

"발이요?"

"거긴 끝났어요. 수다 떨 때 다 했죠. 며칠 지나면 좋아질 거예요."

내가 엎드려 상의를 벗자 그녀가 손가락으로 내 허리를 쓸어내린다. 허리를 눌러 촉진하면서 내 골반이 틀어졌다고, 이런 시 쇄됐다고 말한다.

"맙소사. 왜 그런 거죠?"

"글쎄요. 농사는 고된 일이잖아요. 드는 동작과 반복 동작을 많이 하지 않았어요?"

"그랬죠."

"그래서 그럴 거예요. 아프실 테니 또 욕하셔도 돼요."

그녀가 뼈를 맞출 때 내 입에서 욕설이 큰 소리로 터져 나온다. 교정 후 똑바로 서서 걸어보니 이전보다 더 똑바르다. 몸이 좋아졌으며 기분도 더 상쾌하다. 그녀는 골반 교정 비용은 받지 않는다. 이 정도 치료비는 내 호주머니에서 낼 수 있다. 지난 몇 달간 농사일을 하느라 돈을 많이 벌지 못했지만, 조금이나마 글쓰기와 신문 기고를 한 덕에 굶주리거나 쪼들리지는 않았다.

작별 인사를 하고 그녀에게 고맙다고 말한다. 발은 벌써 훨씬 나아졌다. 소들이 아플 때 내가 치료해주면 어떻게 느낄지 알겠다. 나는 미소 지으며 이렇게 간단한 일이었나 생각한다. 진작 오지 않은 게 후회스럽다. 그러다 이것은 거대한 구조 속의 지극히 사소한 문제라는 생각이 든다. 불과 며칠 전에 농장에서 사고로 사람이 죽었다는 소식을 들었으니 말이다.

농사는 아일랜드에서 가장 위험한 직업이다. 지난 10년간 200명이 목숨을 잃었다. 어떤 죽음은 끔찍했고 어떤 죽음은 부주의 때문에 일어났고 어떤 죽음은 가슴을 찢었다. 우리가 사는 곳은 작은 섬이어서 누가 죽을 때마다 전역에 소문이 퍼진다. 모든 통계 뒤에는 개개인이 있고 이야기가 있다.

몇 해 전에도 사고가 일어났는데, 한 가족이 아버지와 두 아들을 잃었다. 봄맞이 정화조 청소를 하다 참변을 당한 것이다. 정화조를 청소하려면 우선 대형 분쇄기로 분뇨를 저어 똥을 액비로 바꿔야 한다. 그래야 분뇨차로 빨아들여 풀밭에 뿌릴 수 있다.

액비화는 위험한 작업이다. 소똥에 잔뜩 들어 있는 메탄가스가 유출되면 의식을 잃거나 현기증을 일으킬 수 있다. 그래서 통풍이 잘 되는 우사에서 작업해야 하며 작업자가 메탄가스에 노출되는 것에 대비하여 보조 작업자가 항상 곁에 있어야 한다.

사고의 원인은 개가 정화조에 빠진 것이었다. 하루가 끝나갈 무렵이었다. 퍼내야 할 똥은 얼마 남지 않았다. 농부는 그때까지 한 치의 실수도 없었으나 개가 빠진 것을 보고 자기도 모르게 구하러 들어갔다. 정화조가 거의 비어서 안전하다고 생각했는지도 모르겠다. 하지만 메탄가스에 중독되어 분뇨 속으로 쓰러졌다. 아들이 아버지를 구하려고 들어갔다가 쓰러졌으며 다른 아들도 아버지와 형제를 구하려다 목숨을 잃었다. 그들을 빠져 죽게 한 분뇨의 높이는 몇 센티미터에 불과했다. 개만 살아남았다.

사제들은 미사에서 그 가족을 위해 기도했다. 우리는 사별을 애도했으며 우리가 같은 상황에 처할 수도 있다고 생각했다. 우리가 자신의 덧없음과 연약함을 상기하는 것은 죽음에서뿐이다. 우리는 이 세상을, 이 농장을 스쳐 지나갈 뿐이다.

늙은 암소

·

소들 중 몇 마리는 노쇠해서 대체해야 한다. 한두 마리는 올해 새끼를 낳지 않았다. 이따금 이런 일이 일어나는데, 만일 좋은 암소라면 한 해 쉬게 해주지만 이 두 마리는 늙었고 해마다 낳는 새끼도 기껏해야 평균이기 때문에 이젠 내보낼 때가 되었다.

농무부에서 도입한 새 별점 제도에서는 모든 소를 5등급으로 평가하여 전국에 있는 소들의 혈통을 개량하고자 한다. 이제 농부들은 대부분의 소들이 별 다섯 개짜리가 되는 것을 목표로 삼아야 한다. 아직까지는 이 새로운 제도에 대해 저항이 많았다. 농부들은 대대로 자기네 소 떼를 '자신'들이 만족하는 수준까지 육종했다. 하지만 새 제도에서는 자가 육종을 권장하지 않는다. 이웃 로리는 새 제도를 유전자 회사에 의한 독점이라고 부른다. 농부들이 자기네 정자 은행을 쓸 수밖에 없게 하려는 수작이라는 것이다. 그 말에도 일리가 있다.

우리는 순종 황소 송아지가 별 다섯 개짜리일 거라고 확신하지만 아직 혈통을 추적하여 확인하지는 않았다. 녀석은 무럭무럭 자라고 있다. 날씨가 한풀 꺾였고 풀이 좀 자랐으니 녀석과 형제를 초지에 데리고 나가도 될 듯하다. 밖에 나가면 질병에 걸릴 가능성이 낮아져 건강에 더 좋다. 녀석들을 작은 울안에 넣고 매일 견과를 주며 유심히 살펴볼 것이다. 순종 송아지는 아직 아기와 같아서 신경 써 돌봐야 한다.

젖 뗀 송아지 중에서 너무 어려 팔지 않은 나머지 네 마리도 이젠 어미소 두 마리와 함께 밖에 나갈 수 있다. 녀석들을 클론핀의 언덕배기 농장으로 데려갈 것이다. 그곳은 한때 톰프슨 가문의 영지 일부였다. 들판에는 너도밤나무와 참나무가 줄지어 있어 잉글랜드 분위기를 풍긴다. 아직도 서 있는 주택은 1700년대에 지어진 것으로, 사냥터지기가 묵던 곳이다. 20년 전에 먼 친척 돌리가 마지막으로 살았다. 그녀는 독신으로 죽어서 혈통이 끊어졌으며 그 집은 이제 폐가가 되었다.

돌리는 수도와 전기 없이 검소하게 살았으며 그녀의 세상은 19세기 후반 부모의 세상과 다르지 않았다. 그녀의 아버지는 독립전쟁 때 영국인에게 살해되었다. 우리 지역의 영웅이자 IRA 사령관인 숀 매코언의 지휘하에 점령군을 공격한 1921년 2월 클론핀 매복에 대한 보복이었다. 우리는 그날 영국군을 많이 죽이고 승리했다. 돌리의 아버지는 싸우기에는 너무 늙었지만 죽을 만큼 늙지는 않았다. 영국군은 소총 개머리판으로 그의 얼굴을 짓뭉갰다. 그는 끔찍한 최후를 맞았을 것이다. 그 뒤로 그 땅이 횡액을 맞았다는 말이 돌았다.

소 떼를 이동시키느라 오전이 다 갔지만 젖 뗀 송아지들은 결국 클론핀에, 순종 가족은 길 건너 형네 옆에 있는 작은 초지에 자리를 잡았다.

우리 농장은 여러 교구에 걸쳐 있어서 철마다 소들을 다른 곳으로 옮겨야 한다. 하지만 1년 동안 못 보던 초지에 돌아와도 녀석들에게 급수기와 샘물, 숨겨진 그늘과 쉼터를 알려줄 필요는 없다. 다 기억한다. 이런 생각을 하면 궁금해진다. 소들은 해마다 우리에게 새끼를 빼앗긴 것을 기억할까?

날씨가 궂었던 탓에 초지는 지난해만큼 무성하지 않다. 그래도 땅에 풀이 있으니, 흡족할 만큼은 아니더라도 한동안은 녀석들을 먹일 수 있다. 10도만 넘으면 풀이 자랄 수 있기 때문에 우리는 날이 포근하게 해달라고 기도해야 한다.

집에 돌아와 늙은 암소 두 마리를 떠나보낼 준비를 한다. 이 일은 아버지가 할 것이다. 우시장을 잘 알고 좋아하니까. 아버지는 내게 가자고 권하는 법이 없지만, 이제는 나도 소를 감별하는 솜씨가 좋아졌다고 자부한다.

트레일러에 소를 실으며 아버지가 말한다. "저 두 마리면 좋은 암소 한 마리를 살 수 있을 거다."

나는 행운과 안전을 빌어준다.

아버지는 말한 대로 배부른 암소 한 마리를 데려온다. 3주 뒤면 새끼를 낳을 것이다. 아버지 말로는 가격이 적당했다고 한다. 오늘 밤은 녀석에게 독채를 주고 며칠 지나 안정되면 나머지 무리에 합류시킬 것이다.

주인 목소리

·

모든 농장과 모든 가족은 저마다 가축을 부르는 나름의 소리가 있다. 이 부름소리는 아버지에게서 아들로 구전되는 일종의 문화이다. 소들은 이 언어를 알며 새로 온 소도 금세 배운다. 단어나 억양이 무슨 뜻인지 다들 이해하고 우리가 가라는 대로 움직인다. 부름소리는 전혀 말이 아닐 때도 많다. 영어도 게일어도 아닌, 어쩌면 그 이전, 아주 오래전의 소리.

아프리카 풀라니족 이야기를 읽은 적이 있다. 그들은 세계에서 가장 큰 유목민 집단으로 인구가 1300만 명에 달한다. 아직도 전통적 생활 방식을 고수하여 가축을 데리고 철따라 중앙아프리카 초원을 누빈다. 그들의 부름소리를 들어보고 싶다. 수세기 동안 바뀌지 않은 아주 오래된 소리일 테니까.

호주는 농장들이 커서 소 떼를 몰 때 개를 이용하기도 한다. 개들은 사륜 오토바이에 올라타 농부와 함께 숲으로 간다. 블루힐러는 강인한 품종의 목축견으로, 성격과 끈기가 대단하다. 소의 코를 물고, 짖는 소리로 몰고 다닌다. 하지만 이곳은 사정이 다르다. 우리 소들은 개를 두려워하지 않고 맞서 싸운다. 비니는 어린 데다 멍청하지만 자기보다 큰 소에게 대들지 말아야 한다는 것 정도는 안다. 어차피 목양견이어서 소 떼를 모는 본성은 없다.

우리는 소 떼를 몰 때 막대기와 철사와 부름소리를 동원한다. 여기에는 심리적 기술이 필요하다. 어떤 부름소리를 냈을 때 소들이 어떻게 행동할지 예측할 수 있어야 한다. 소들을 모을 때는 "서크, 서크, 서키"라고 외친다. 발음을 점점 빠르게 하여 나중에는 구르는 듯한 'ㅅ' 소리가 계속 이어진다. 소 떼가 신선한 풀밭에 있을 때는 이렇게 부르는 데 몇 분이 걸리기도 한다. 이 방법이 통하지 않을 때도 있는데, 소는 지각이 있는 동물이어서 나름의 자유 의지가 있기 때문이다.

이따금 가족의 부름소리가 달라질 수도 있다. 나는 여러 해 전에 붉은 가슴의 로빈에게 늑대 부름소리를 배웠는데, 지금은 우리 농장의 언어가 되었다. 들개의 소리를 흉내 낸 것으로, 소나 양을 움직이게 하는 데 한 번도 실패한 적이 없다. 소나 나나 늑대를 보거나 소리를 들은 적은 한 번도 없지만, 그 소리가 DNA에, 본능에 각인되어 있어서 소들은 두려워한다.

소 떼가 움직일 때는 함성을 지르고 계속 고함친다. "흡, 흡, 흡, 야, 야, 야, 히읍." 이것은 할아버지와 증조할아버지가 소와 짐말을 부릴 때 쓰던 오래된 언어이다. 그와 더불어 소들을 보정틀이나 계류장에 들일 때는 노래를 부른다. 우리는 녀석들이 계류장에 서 있는 모습을 머릿속에 그리는데, 노래는 심상을 불러일으키는 수단이다. 그럴 때면 호주 원주민들이 떠오른다. 그들이 노래를 부르면 노랫길songline(호주 원주민들이 지형을 묘사한 노랫말. – 옮긴이)을 따라 그들의 나라가 생겨났다. 브루스 채트윈도 최초의 언어는 노래로 시작되었다고 쓰지 않았던가.

소들이 "음매" 하며 화답한다. 우리는 소들이 내달리지 않도록 조심한다. 무리에서 벗어나 도랑을 건너 이웃의 땅으로 들어갈 수도 있기 때문이다. 소들이 가까워질수록 부름소리가 부드러워지고 이윽고 녀석들에게 "착하지" 하고 말한다. 우리가 "쭈쭈쭈" 하고 달래면 녀석들은 차분해지고 움직임이 느려진다. 마지막으로, 나직한 "쉬쉬" 소리로 안심시킨다. 이렇게 하면 녀석들은 말썽이 거의 지나갔음을 안다. 푹푹 찌는 날에 보정틀에 있을 때는 막대기로 등을 긁어준다. 그러면 시원해서 가만히 있는다.

이게 내가 녀석들과 이야기를 나누는 방법이다. 하지만 녀석들과 며칠을 내리 지내다 보면 제대로 소통할 수 있으면 좋겠다 싶을 때도 있다. 바벨탑이 무너졌을 때 인간뿐 아니라 동물도 뿔뿔이 흩어졌나 보다.

막대기

·

가축을 몰다 보면 소몰이 막대기가 다 떨어진다. 고무 파이프나 플라스틱 막대기를 쓰기도 하는데 금방 부러지거나 휜다. 매년 새 막대기를 장만하는 것은 내 임무이다. 지난 5년 동안 겨울마다 막대기를 채집했다. 내 손으로 장만하지 돈 주고 사지는 않는다.

오늘은 비니를 데리고 간다. 녀석에게는 좋은 훈련이 될 것이다. 제각각의 초지와 농장을 어떻게 다녀야 하는지 익혀야 한다. 언젠가 다 자라면 우리와 함께 일할 것이다. 내가 그랬듯 녀석도 일하는 법을 배워야 한다.

나무가 가장 좋은 곳은 클론핀 언덕배기 농장이다. 소몰이 막대기는 곧아야 하며, 자라고 있는 나무에서 채집하여 단단해지도록 내버려둔다. 쓸 만한 막대기가 되기까지 몇 년이 걸리기도 한다. 적당한 막대기를 찾기 위한 시간 투자인 셈이다.

클론핀 자락에 땅이 근처 늪지와 만나는 지점이 있다. 늪지는 노는 땅이어서 이제는 황무지가 되었으며 전부 야생으로 돌아갔다. 우리는 이곳에 동화《버드나무에 부는 바람》에서 딴 '원시림'이라는 이름을 붙였다. 동생 재빈이 어릴 때 우리 가족은 들쥐, 두더지, 오소리(《버드나무에 부는 바람》주인공들. - 옮긴이)가 여기 산다고 말해주었다. 말을 안 들으면 두꺼비처럼 족제비가 잡아갈 거라고 겁을 줬다. 재빈은 10대가 되었는데도 족제비와 원시림을 잊지 않았다. 그곳은 재빈에게 언제나 근사한 마법을 부렸다. 오래된, 이 땅보다 오래된 곳처럼 느껴진다. 이곳이 내가 소몰이 막대기를 채집하는 곳이다.

비니와 나는 지프를 타고 올라간다. 비니는 이제 지프에 뛰어오르고 뛰어내리는 법을 배웠다. 더는 운전을 두려워하지 않으며 뒷자리에서 똥을 싸는 일도 없다. 운전하면서 녀석에게 걱정하지 말라고, 거의 다 왔다고 말한다.

언덕 뒤쪽에 도착하니 젖 뗀 송아지 네 마리와 암소들이 있다. 먹느라 바빠서 우리를 쳐다보지도 않는다. 딴 일로 왔다는 걸 아나 보다.

땅이 아직 축축해서 비니의 발이 금세 흙투성이가 된다. 이따금 내게 뛰어오르면 앉으라고 고함을 지른다. 옷에 흙 발자국이 남는 건 사절이다.

'원시림' 쪽으로 걷는데 비둘기 한 마리가 도랑에서 날아오른다. 허공에서 날개를 퍼덕이더니 반대편 땅에 내려앉는다. 마음의 눈으로 녀석을 촬영한다. 이곳에는 매도 있다. 올빼미도. 몇 달 전에는 잿빛개구리매와 꿩이 싸우는 장관을 목격했다. 꿩은 날렵했지만 금세 목숨이 끊어졌다.

검독수리 트러스트는 요 몇 년간 아일랜드의 맹금을 보호하는 데 큰 기여를 했으며 말똥가리, 매, 황조롱이를 비롯한 대형 육식 조류가 또다시 점점 늘고 있다. 안타깝게도 모든 사람이 이 새들을 환영하는 것은 아니다. 농장의 양과 닭을 잡아갈까 봐 독이 든 미끼를 놓는 농부들도 있다. 우리 숙모가 키우던 칠면조를 말똥가리가 죽이는 광경을 봤으니 근거 없는 두려움은 아니다. 그 말똥가리는 총에 맞아 죽었다. 그 멋진 새가 땅바닥에 쓰러져 있는 모습에 가슴이 아팠지만, 숙모 말마따나 다른 방도가 없었다.

해마다 같은 나무 한 그루에서만 막대기를 채취한다. 손 탈까 봐 아버지에게나 딴 사람들에게는 말하지 않았다. 그 나무가 도랑가에서 나를 기다리고 있다. 물푸레나무다. 이 나무는 목질이 좋으며 어린나무들도 곧고 단단하게 자랐다. 일고여덟 살쯤 되었을 것이다. 굵기가 사람 손에 딱 맞다. 너무 큰 어린나무는 균형이 안 맞고 휘두르는 소리가 나지 않아서 좋은 막대기가 되지 못한다. 가져온 손톱으로 어린나무들을 자르기 시작한다. 길이는 전부 약 1.5미터여야 한다. 물푸레나무 막대기는 탄력성이 전혀 없어서 소는 맞으면 아픔을 느낀다. 그렇다고 해서 마구 휘두르는 것은 바보짓이다. 겁먹은 소가 위험한 짓을 할 수도 있다.

물푸레나무는 마법의 나무이자 아일랜드의 신비한 고대 나무 일곱 가지 중 하나이다. 옛날에는 창과 무기 손잡이로 썼다. 하계에서 천계로 올라가는 길이라고 해서 세계수世界樹라 불리기도 했다. 이 나라에는 모든 것에 사연이 있다. 모든 것에 풍부한 의미가 담겨 있다.

일을 마치는 동안 비니는 덤불에서 뛰놀고 있다. 나는 막대기를 조심조심 끝까지 자른다. 말끔하게 자르지 못하고 끝부분을 꺾거나 비틀어 떼어내면 나무에 불필요한 상처를 입히게 된다. 막대기를 여섯 개 만들었다. 두 개는 아버지와 내가 쓸 것, 두 개는 어머니나 형이 도와줄 때 쓸 것, 나머지 두 개는 우시장이나 딴 농장 갔다가 잃어버릴 것에 대비한 여분이다. 이거면 1년을 나기에 충분하다.

이 나라 서부에는 거룩한 산이 있는데, 그곳도 막대기(지팡이)와 관계가 있다. 7월 마지막 일요일은 '리크 주일Garland Sunday'로, 해마다 수만 명이 아일랜드에서 가장 거룩한 산 크로패트릭에 오른다. 이곳에서 성 패트릭이 40일간 금식하면서 악마와 싸웠다고 전해진다. 크로패트릭은 유서 깊은 곳으로, 더 옛날에는 다른 신들을 섬기던 곳이었다. 리크 주일에는 집시들이 순례객에게 지팡이를 팔거나 빌려주는데, 2유로면 산에 올라갔다가 내려올 때까지 빌릴 수 있고 3유로면 기념으로 구입할 수 있다. 집시 지팡이는 언제나 곧고 좋다. 정상까지는 여러 시간이 걸리는데, 맨발로 올라가는 사람들도 있다. 몇 해 전에 크로패트릭에 올라가야겠다는 마음이 들었다. 신비로운 것과 관계를 맺고 싶었다. 다른 사람들이 오르는 이유도 마찬가지이다. 사람들은 녹초가 된 채 정상에 올라 클루만과 수백 개의 섬을 바라보는 순간 자신이 찾던 것을 찾았다고 말한다. 하지만 내가 찾던 답은 어떤 산도 줄 수 없는 것이었다.

막대기가 다 모여서 비니를 불러 아래로 내려간다. 어린나무는 앞으로도 오랫동안 채집할 수 있을 만큼 많다.

집에 돌아와 사포와 대패로 막대기를 손질한다. 가시나 뾰족한 모서리에 손이 베거나 소가 불필요하게 다치지 않도록 천천히 조심조심 작업한다. 우사에 막대기를 쌓아 몇 주간 건조시킨다. 봄에는 이 막대기들을 쓸 것이다. 막대기 준비가 끝났다고 알리자 아버지가 말한다.

"하긴 얼마 안 남았었지."

거라사의 돼지

•

나는 이제 돼지고기를 먹지 않는다. 끊은 지 1년 가까이 된다.

식용 돼지 사육은 농사가 자연과 완전히 분리된 사례이다. 몇 해 전에 양돈장에 견학 가서 깨달았다.

돼지는 평생 양돈장밖에 모르고 산다. 한 배에서 새끼돼지가 열 마리 남짓 태어나는데, 새끼가 젖을 먹는 몇 주 동안 어미는 모로 누운 채 분만틀에 갇혀 있다. 어미가 새끼를 잡아먹지 못하게 하려는 것으로, 그런 사고가 종종 일어나기 때문이다. 젖을 뗀 새끼돼지는 별도의 이유자돈방(돼지는 이유 후 2주까지가 건강상 가장 취약한 기간이므로 이를 관리하기 위해 별도의 돈사로 옮긴다. '이유자돈사'라고도 한다. —옮긴이)으로 옮겨진다. 그곳에서 다른 새끼들과 함께 먹이통에서 사료를 받아먹는다. 사료는 먹고 싶은 만큼 먹을 수 있다.

주둥이로 작은 단추를 누르면 액상 배합 사료가 나온다. 빠른 성장을 위해 온도는 매우 높게 유지한다.

세균 감염의 예방에 각별히 신경 써야 하는데, 이런 멸균 환경에서는 세균이 급속히 퍼지기 때문이다. 돼지가 이 단계에서 폐사하는 경우가 잦다. 그날 아침 양돈장을 걷는데, 인부들이 이유자돈방에서 사체를 끄집어내어 바닥에 던지는 광경을 목격했다. 양돈장 바닥에는 슬랫이 깔려 있으며 그 밑에 있는 거대한 분뇨통에 물똥을 받아 농부들에게 비료로 판다. 돼지는 잡식성이기 때문에 똥냄새가 사람 똥냄새에 버금간다.

살아남은 새끼돼지는 새 돈사로 옮겨지는데, 최상의 암컷들은 종돈으로 선택된다. 계속 살 수 있으니 그나마 운이 좋은 셈이다. 수컷들은 비육돈사로 옮겨져 살찌워진다.

이곳의 돼지들은 지루해하는데, 그러다 동료의 꼬리를 물어뜯기도 한다. 과거에는 이를 방지하려고 돼지 꼬리를 잘라버렸지만, 유럽연합 법령이 개정되면서 지금은 많은 농부들이 돼지의 스트레스를 줄이려고 짚과 물건을 넣어준다. 그래도 꼬리 물어뜯기가 일어날 경우에만 꼬리 자르기가 허용된다. 하지만 미국을 비롯한 다른 나라들에는 꼬리 자르기 관행이 여전히 남아 있다.

암돼지와 수돼지는 둘 다 적정 체지방률이 될 때까지 비육된다. 목표 몸무게는 도축장에서 정하는데, 사체 상태에서 약 85kg이 되어야 한다. 일부 도축장에서는 기준을 초과하면 벌금을 물리기 때문에 농부들은 돼지 몸무게를 유심히 살핀다.

아일랜드에서는 웅취를 방지하기 위해 수퇘지가 성적으로 성숙하기 전에 도살한다. 웅취란 익혔을 때 고기에서 나는 고약한 냄새로, 체내 테스토스테론 양이 증가하여 발생한다. 성숙기 이전의 수퇘지가 육질이 가장 좋고 부드럽다. 그래서 아일랜드 소시지의 독특한 풍미는 유럽 전역에 알려져 있다.

아일랜드에서 양돈업을 하는 농민은 소수에 불과하다. 이들 중 상당수는 돼지 제국을 건설했으며 공장식 양돈장을 운영한다. 잔인하다고 생각할 수도 있겠지만, 그 덕에 현지에서 일자리가 창출되고 이 작은 공장들이 나라를 먹여 살린다. 양돈 농민들은 열악한 상황에서도 돼지를 성심껏 돌본다. 하지만 자신이 먹는 돼지고기가 어디서 오는지 아는 사람은 거의 없을 것이다. 어떻게 살았을지 아는 사람은 더더욱 적다. 사육 과정에서 지연을 최대한 배제하는 것이 현대 집약적 축산의 방식이다. 아일랜드에는 돼지가 약 150만 마리 있는데, 대부분은 한 번도 풀을 밟아보지 못하고 주둥이로 진흙을 파헤치는 느낌이 어떤지도 알지 못한다.

내가 마지막으로 돼지고기를 먹은 지 1년이 지났다. 그것은 영적이면서도 인도적인 결정이었다. 솔직히 생각나긴 한다. 래셔도 블랙 푸딩(피순대와 비슷한 아일랜드의 선지 소시지. ‑옮긴이)도 생각난다. 하지만 돼지는 세상에서 가장 똑똑한 동물 중 하나이며, 이런 요리를 만들기 위해 돼지들이 어떻게 살아가는지 알고부터는 먹어도 맛이 없었다. 돼지고기를 먹지 않는 것은 나의 작은 희생이다. 유대인과 무슬림 형제들이 옳을지도 모르겠다.

위험

•

날씨가 궂어서 다시 우리에 들인 암양과 새끼양이 오르프_{Orf}에 걸렸다. 오르프는 바이러스 감염병으로, 전염성이 매우 커서 양들 사이에 급속히 퍼진다. 입과 얼굴이 헐고 딱지가 생기는데, 심하면 통증 때문에 젖을 잘 빨지 못한다. 최악의 경우 젖을 전혀 먹지 못해 굶어 죽기도 한다.

백신이 있지만 효과를 보기엔 이미 늦었다. 오르프는 몇 주면 저절로 나으며 한 번 걸리면 평생 면역이 생긴다. 하지만 병이 낫는다는 걸 알아도 농부는 마음이 놓이지 않는다. 그리하여 해로울 것 없는 신앙 치유 사업이 등장했다. 오르프 치유사가 한 명 있는데, 병을 고치고 싶어서 그녀에게 전화한다. 그녀가 우리에게 주문하는 것은 양의 소리를 들을 수 있게 전화를 들고 있으라는 것이 전부이다. 그런 다음 특별한 기도를 올리면 오르프가 나을 것이다. 수의사 곰리에게는 그런 믿음이 없다.

데이비 삼촌의 양도 오르프에 걸렸는데 언덕을 오르내리면서 서로의 양 떼에서 전염된 듯하다. 우리는 이것이 양을 너무 오래 우리에 가둬둔 탓임을 안다. 깔짚을 새로 깔아줬지만 90여 마리가 한 공간에 있었으니 말이다. 양은 바깥에서 지내야 한다. 환경이 정결하고 신선하면 감염이 생길 수 없다. 이번에도 자연이 최선이라는 교훈을 얻는다.

시간이 흘러 며칠이 몇 주가 되었다. 이제 봄인 것 같은데 날씨는 별로 좋아지지 않았다. 하지만 양들을 다시 한번 내보내야겠다는 데 의견이 일치한다.

양을 위땅으로 몰면서 아버지가 말한다. "안보다는 밖이 좋지."

"그럼요."

풀밭에는 양이 100마리 넘게 있다. 이렇게 많은 적은 한 번도 없었다. 이 많은 양들을 땅이 감당할 수 있을지 모르겠다. 양은 끝없이 먹기 때문이다.

아버지가 말한다. "견과를 가져다줘야겠다. 새끼들은 이제 배합사료를 먹여도 되겠구나."

"그렇겠네요. 띄운꼴은요?"

"조금 섞어보자."

"나쁠 거 없죠."

아침마다 순찰 돌 때 띄운꼴을 조금씩 먹이기로 한다. 말린꼴이면 더 좋겠지만, 말린꼴은 뒀다가 새끼를 낳은 암소에게 줘야 한다. 귀한 사료이니까.

새끼양들은 다시 풀려나 기쁘다. 땅이 젖었지만 깡총거리며 길을 올라간다. 전부 제자리를 잡았으니 트랙터에 먹이통과 견과 급사기를 싣는다.

어미양들에게는 아침마다 포대 가득 견과를 줄 것이다. 풀은 아직 영양이 풍부하지 않기 때문이다. 새끼양은 다른 견과를 먹는데, 이유식 사조飼槽라는 견과 급사기에 넣어 공급한다. 이유식 사조는 새끼양 먹일 견과를 여러 포대 담을 수 있는 일종의 소형 우리로, 새끼만 들어갈 수 있다. 어미양은 크기가 안 맞아서 못 들어간다. 새끼양들은 내가 보여주지 않아도 급사기의 목적을 금방 배운다. 날씨가 좋지 않지만 잘 자란다. 양과 세 계절을 함께 지냈는데도 얼마나 빨리 발달하고 성장하는지 놀랍다. 그에 비하면 송아지는 느림보이다.

오늘 아침은 비니가 합류하여 내 옆에 바싹 붙어 있다. 아직도 아버지를 무서워한다. 잘 몰라서 그럴 수도 있지만. 양을 쫓아다니던 시기도 있었으나 이젠 안 그런다.

12시에 양사 대청소를 시작한다. 깔짚을 치워야 한다. 오르프가 남아 있다가 다음번에 들어오는 새끼와 어미에 감염될지도 모르기 때문이다. 깔짚을 끌어내어 트랙터 로더에 싣는다. 작업은 세 시간 만에 끝난다. 오늘은 체육관에 안 가도 되겠다. 구석구석 소독하고 석회를 뿌린다. 나쁜 기운을 몰아내고 싶다.

고인돌

•

　이따금 옆 마을에 있는 고인돌을 찾아간다. 고대의 거석 무덤으로, 굄돌 세 개 위에 크고 납작한 덮개돌이 얹혀 있다. 이집트 피라미드나 스톤헨지보다 오래된 건축물이 오그너클리프 마을 뒤쪽의 한적한 들판에 서 있는 것이다. 대부분의 외지인은 고인돌이 있는 줄을 모른다. 우리는 아직도 미신을 믿기에 절대 고인돌을 훼손하지 않는다. 이 기이한 석조 건축물은 젊음의 땅, 하계, 저승 같은 다른 세상으로 통하는 관문으로 알려져 있기 때문이다.

　아일랜드에는 이집트와 비슷한 '왕들의 계곡'이 있지만 그만큼 유명하지는 않다. 인근 미스주에 있는 보인강 유역에서 옛 대왕high king들이 통치하고 그곳에 묻혔다. 나는 고인돌을 햇빛 아래에서도 보고 달빛 아래에서도 보았는데 언제나 아름답다.

　장화가 이슬에 젖었다. 주변 언덕 꼭대기에서 찬바람이 불어온다. 숨을 들이마시고 가만히 서서 돌의 아치 안쪽을 들여다본다. 건너편에 뭔가 신비한 것이 보이길 기대하면서. 어릴 적에 나의 신화 속 영웅들은 스파이더맨이자 쿠쿨린이었다. 옛 켈트 신들과 영웅들의 신묘한 솜씨가 미국 만화책 영웅들의 솜씨와 뒤섞였다. 스파이더맨과 엑스맨은 이제 어린 시절 먼 과거 일이 되어버렸지만 옛 시절인 켈트 세계의 일들은 지금도 나를 경이감으로 채운다.

　하지만 고인돌의 관문을 아무리 눈에 힘을 주고 들여다보아도 건너편으로 보이는 것은 푸른 들판뿐이다. 그래도 그 나름으로 멋진 풍경이기는 하다. 내가 물려받은 자연의 풍경. 이제 갈 시간이 되었다. 근처 풀밭에서 소 몇 마리가 풀을 뜯는다. 오래전 삶의 풍경도 이랬을 것이다. 그때도 농부가 이 땅에서 지금의 나처럼 소를 먹이고 옛 사람들에게 경의를 표했을 것이다.

나는 친구와 애인을 꼭 여기 데려와 이 장소를 보여준다. 앞으로도 고인돌을 보러 올 것이다.

무엇이 나를 이끄는지는 잘 모르겠지만.

자전거 타기

·

성탄절에 자전거가 생겼지만 날씨가 하도 궂어서 좀처럼 타지 못했다. 오늘은 그나마 화창해서 오후에 한 바퀴 돌기로 마음먹는다. 교구에 들어가 이웃과 친구네를 지나친다. 지금은 풀이 부족하기 때문에, 나와 있는 소나 가축이 거의 없다.

몇 주 뒤면 급사한 이웃을 기리는 자선 자전거 경주가 열린다. 그는 훌륭한 주민이었고 지역 축구단의 주전 선수였다. 교구민들은 그의 죽음을 깊이 애도했다. 자선 자전거 경주에 참가할지는 아직 정하지 못했지만, 50킬로미터를 달릴 수 있는 체력이 되었으면 좋겠다. 내 또래 청년들과 경주하면 신날 것이다. 농장일이 바빠서 이곳 젊은이들을 거의 만나지 못했기 때문이다.

다른 나라 친구들, 다른 삶을 사는 친구들과는 따로 시간을 내서 전화로 이야기를 나눈다. 팀과는 며칠마다 통화한다. 그는 나처럼 농촌 청년이지만, 음악을 업으로 삼아 창조적 삶을 살아가려고 애쓴다. 우리는 음악과 글쓰기 둘 다 묘한 구석이 있다고 생각한다. 그의 음악은 흥겹고 활기차며 성공의 소리가 담겨 있다. 그는 글래스톤베리에서 연주하는 것을 꿈꾸고 나는 커다란 강당에서 강연하는 것을 꿈꾼다. 우리는 멀리 떨어져 있으면서도 많은 패배와 승리를 함께 나눴다. 웃고 농담하면서 우리의 일과 나날에 쉼표를 찍는다. 농한기가 되면 팀을 만나러 스페인에 가겠다고 약속했다.

타지에 친구가 있어서 다행이다. 시골은 외로운 곳일 수 있기 때문이다. 아일랜드 농촌에서 선술집이 그토록 막강한 위치를 누리는 것은 이 때문일 것이다. 우리 세계의 카페처럼 담소를 나누고 아이디어를 교환하는 만남의 장소이니까. 하지만 이제는 술을 끊어서 선술집에 안 간다. 술이 전혀 몸에 받지 않아서 생각도 나지 않는다. 술김에 잘못 내뱉은 말들이 너무 많고 술 때문에 멀어진 사람들도 있다. 예전에 술집 걸상에서 잡담을 나누던 것보다 지금의 삶이 더 좋다. 내게는 오래달리기 한 번이 500시시 열 잔 안 부럽다. 아버지에게 이 얘길 하면 웃음을 터뜨린다.

페달을 밟아 케언힐을 느릿느릿 올라가기 시작한다. 우리 동네의 산인데, 꼭대기에 메드브 여왕의 조카이자 암살자가 묻혀 있다고 한다. 이곳은 중부에서 가장 높은 지점으로, 아일랜드에서의 내 삶을 규정하고 형성했다. 내 삶을 전부 내려다보면서 변화가 일어나는 것을 목격했기 때문이다. 형은 어릴 적에 부모님에게 상상 속 친구가 아니라 산등성이에 있는 상상 속 소에 대해 이야기하곤 했다.

오르막이 길고 가팔라서 다리가 점점 아파오지만 멈추지 않는다. "점점 수월해질 거야." 혼잣말을 한다. 몇 주 동안 자전거와 달리기를 더 열심히 해서 더 튼튼해질 것이다.

꼭대기에 도착하여 매코맥네 앞에서 멈추어 숨을 가다듬는다. 매코맥네 집은 교구에서 가장 높다. 이들은 훌륭한 농사꾼이기도 하다. 흰색의 귀여운 암소가 도랑 건너편에서 내게 "음매" 하고 운다. 라이크라 쫄바지와 자전거용 반바지를 입은 내가 녀석에게 어떻게 보일지 생각하며 미소를 짓는다. 그러고는 돌아서서 내리막을 달려 집으로 향한다.

삶의 징표

•

의료 기사 조너선이 오늘 소들에게 초음파 검사를 하러 온다. 네 마리를 검사하여 인공 수정이 성공했는지 확인해야 한다. 만사가 잘 풀리면 오후에는 임신한 소 네 마리가 생긴다.

조너선은 북쪽에 있는 캐번주 출신이다. 점잖은 사람으로, 우리는 소 이야기를 하지 않을 때는 낚시 이야기를 한다. 그는 송어를 즐겨 잡는다. 대단한 낚시광이어서 작년에 세계 선수권 대회에도 출전했다. 이곳 강에는 물고기가 많다. 아버지는 어릴 적에 집 옆 개천에 알을 낳으러 올라온 야생 연어를 그랬다가 쇠스랑과 밧줄로 잡았다고 말해주었다. 연어를 본 지는 오래됐지만 송어는 아직도 풍부하다.

아버지와 함께 소 네 마리를 안채의 보정틀로 데리고 가서 유도책에 밀어 넣는다. 다들 덩치가 우람해서 한꺼번에 들어가려니 비좁다. 한참 고함을 지르고 구슬린 뒤에야 반항을 그치고 들어간다. 보정틀은 아버지가 마당에 처음으로 설치한 시설물 중 하나이다. 20년도 더 되어 세월의 흔적이 나타나기 시작했다. 해마다 그만 뜯어내고 새걸로 바꾸자고 말하지만 여전히 그대로 있다.

좋은 보정틀은 주사를 맞거나 새끼를 낳거나 결핵 검사를 할 때 꼭 필요한 축사의 중요 시설이다. 농무부 규정에 따라 해마다 결핵 검사를 해야 한다. 매년 여름 수의사가 방문하는데, 결핵균이 검출된 소는 살처분한다. 극단적인 경우 소 떼를 전부 도살해야한다. 그만큼 심각한 질병이다.

다행히 우리 농장에서는 아직 결핵이 발병하지 않았다. 매년 검사가 끝날 때마다 안도의 한숨을 쉰다. 소 떼를 잃는 것은 아버지와 어머니에게 치명적일 테니까. 소 떼는 그동안 사고팔고 교배한 세월의 결실이다. 오소리가 결핵균을 옮긴다는 말이 있어서 몇 년간 박멸 계획을 진행했는데도 오소리는 근절되지 않았고 결핵도 마찬가지이다. 이제는 오소리와 결핵의 연관성에 의문을 제기하는 사람이 많으며 많은 지역에서는 이 상냥하고 오해받는 동물을 마침내 평화롭게 내버려둔다.

오늘 보정틀에 있는 녀석들은 레드 두 마리, 자이멘탈 한 마리, 블랙 화이트헤드 한 마리이다. 자이멘탈은 수소와 교미했고 나머지는 폴 삼촌이 인공 수정을 했으니, 검사하면 어느 방법이 최선인지 알 수 있을 것이다. 아버지는 우리 황소가 어떤 암소에게도 접근하지 못하도록 하고 있으며 새로 씨소가 될 만한 수소를 이웃 로리와 함께 찾아다니기 시작했다. 소들이 좋은 새끼를 낳고 신경질만 안 부리면 더 바랄 게 없겠다.

지금껏 들인 씨소 중에서 첫 씨소가 가장 좋았다. 우리는 녀석을 '대장'이라고 불렀다. 밸리너먹 출신의 샤롤레 품종으로, 크고 강하고 온순했다. 그때는 농장이 확장되던 중이어서 모든 암소를 상대할 수소가 한 마리 필요했다. 이것은 농장의 발전에서 하나의 이정표이자 성공의 증표였다. 대장은 몇 년간 우리와 함께 지냈으며 한 번도 문제를 일으키지 않았다.

처음에는 녀석이 우리 가족이나 암소를 해칠까 봐 진정시키려고 코뚜레에 사슬을 달아두었다. 하지만 첫 여름 클론펀에서 녀석이 발정 난 암소 두 마리를 쫓아가다가 사슬이 그루터기에 엉켰다. 녀석 혼자 아무리 당겨도 풀 수 없었다. 내가 열네 살이나 열다섯 살 때였다. 녀석은 나를 보고서 경계심에 경중경중 뛰고 땅을 긁었지만 머지않아 잠잠해졌다. 내가 자기를 풀어주러 온 줄 알았기 때문이다. 녀석이 고개를 숙이고 얌전해진 뒤에 내가 살며시 사슬을 풀던 일이 아직도 기억난다. 나는 말을 하지 않았고 녀석도 울지 않았다. 딴 녀석이었다면 나를 들이받았을지도 모르지만 녀석은 그러지 않았다. 자유로워지자 느릿느릿 일어서서 떠나가더니 잠시 뒤에 발정 난 암컷들을 다시 쫓아다니기 시작했다.

그 순간 녀석과 나는 종의 장벽을 뛰어넘어 시선을 공유했던 것 같다. 존 버거가 《본다는 것의 의미》에서 말한 것처럼. 버거의 말은 동물을 바라보는 나의 시각에 영향을 미쳤다. 그의 산문을 통해 나는 동물의 시선에서 어떤 특징을 발견할 수 있었다. 농장에서 우리는 매일같이 서로 그런 시선을 나눈다. 버거의 글은 농장일과 가축에 대해 내가 읽은 글 중에서 처음으로 아름다운 글이있다. 농촌을 떠나고 싶은 대학생 시절에 그 글을 읽고서 나는 처음 생각한 것보다 자연과 농부의 삶에 더 의미 있는 무언가가 있음을 알게 되었다. 그 진실을 실감하기까지는 여러 해가 지나야 했지만 말이다.

그날 나는 대장의 깜냥을 알았고 가축을 다루는 내 능력의 깜냥을 알았다. 녀석에게 가까이 가기가 두려웠지만 고통받게 놔둘 수는 없었다. 녀석도 내 마음을 알고 존중했다. 그 뒤로 어떤 황소에게도 '대장'이라는 이름을 붙이지 않았지만, 이번에 올 새 황소가 그 칭호를 얻을지도 모르겠다. 아버지가 어떤 녀석을 데려올지 두고 봐야겠다.

조녀선이 작업복을 입고 내게 초음파 기계를 건넨다. 이 작은 기계가 암소의 몸속으로 들어가 마치 녀석이 임신부인 것처럼 몸을 스캔한다. 작은 화면이 달려 있어서 회색과 흰색의 영상으로 무엇이 생명체이고 무엇이 아닌지 알 수 있다. 조녀선은 결코 틀린 적이 없다. 나는 한 번도 못 봤다.

그가 말한다. "어디 시작해볼까. 얼마나 됐죠, 톰?"

아버지가 대답한다. "몇 주쯤 된 것 같네."

"그렇네요. 6~7주 됐어요."

아버지가 말한다. "잘됐군."

다음 암소로 간다.

아버지가 설명한다. "수소와 교미한 녀석이지만, 한동안 배란이 없었어. 까다로운 녀석이야."

조녀선이 말한다. "좋은 암소예요, 살집도 실팍하고요."

"새끼를 안 뱄으면 우시장 신세지."

아버지는 전에도 그렇게 말했다. 녀석이 좋은 암소여서 새끼를 뱄으면 좋겠지만, 임신 안 한 암소가 너무 많으면 우리 형편으로는 감당할 수 없다. 누군가에게 골칫거리이면 누군가에게는 저녁거리가 될 것이다.

"4개월이네요, 톰."

"좋았어, 이 앙큼한 녀석 같으니."

블랙 화이트헤드만 빼고 전부 새끼를 뱄다. 이번 검사는 성공적
이었다. 인공 수정을 다시 시켜야겠지만 괜찮다. 아직 일러서 반복
할 시간이 있으니까.

암소를 해마다 임신시키고 새끼를 낳게 하는 게 잔인하다고 말
하는 사람들이 있지만, 애초에 그러려고 키우는 것이다. 자연에서
도 다르지 않다. 암소는 생식 능력이 없어질 때까지 해마다 새끼
를 낳으며 늙은 가모장은 포식자에게 죽임을 당한다. 사람들이 소
고기를 원하는 것을 어떡하란 말인가. 암소를 소중히 대접하고 송
아지를 보살피는 한 불평할 일은 거의 없다.

조너선과 아버지가 검사비를 흥정한다. 조너선은 몇 주 뒤에 다
시 와서 다음 암소들을 검사할 것이다. 그가 찾아오면 늘 기분이
상쾌해진다. 게다가 오늘은 좋은 소식까지 가져왔으니.

도허티

•

미키 도허티를 잃은 것은 4년 전이다. 하지만 그의 얘기를 꺼내
지 않고 지나가는 달은 하나도 없다. 그는 아버지의 가장 친한 친
구이자 우리의 이웃이었다. 아일랜드 상원 의원에다 앨버트 레이
놀즈 전 총리의 자문이기도 했다. 도허티는 이 지역의 거물이었으

며 아버지는 그에게 아들과 다름없었다.

도허티는 한 번도 결혼하지 않았으며 평생 독신으로 살았다. 당시에는 이상한 일이 아니었다. 그 세대 남자들은 상당수가 한 번도 연애를 하지 않았기 때문이다. 도허티 말고도 소란의 야인으로 불리는 노총각 농사꾼 형제, 스캔런네, 네드네 등이 있었다. 이제는 전부 이 세상 사람이 아니다. 어떤 면에서 아버지는 그들의 기억과 사연을 간직한 사람이며, 이를 통해 우리를 옛 시대와, 옛 아일랜드와 이어준다.

도허티는 어린 우리에게 할아버지 같았다. 그는 지역 유지이기도 했기에 특별한 일이 있을 때면 다들 그에게 모여들었다. 아일랜드 전통 경기인 축구와 헐링(막대와 공을 이용한 야외 경기. ─옮긴이)을 생각하면 늘 그의 집이 떠오른다. 시합 날 우리가 찾아간 곳은 더블린의 대형 경기장 크로크 파크가 아니라 그의 작은 부엌이었으니까. 그곳에서 우리는 남자들과 팀들의 분투와 승리를 보았다. 벽돌과 회벽의 원형 극장에서 소리쳤으며 우리 편이 패하면 눈물을 흘렸다. 하프 타임이 되면 도허티는 차와 브랙 케이크(과일이 박힌 아일랜드 전통 빵. ─옮긴이)를 내왔다. 그것이 그의 습관이었으며 계속되면서 우리의 의례가 되었다.

말년에 정신이 오락가락해지면서 도허티는 자연과 점점 가까워졌다. 날짜와 사건은 기억하지 못했지만 공중의 새와 대화하기 시작했다. 노망을 가장 잘 표현한 말은 옛 게일어 '디너 르 디어duine le

Dia'이다. 이 구절에는 자상함과 이해심이 담겨 있다. 문자 그대로 '하느님의 사람'이라는 뜻인데, 이젠 그를 지으신 이만이 그를 이해할 수 있기 때문이다. 어쩌면 그는 자신의 일부를 잃으면서 더 많은 것을 얻었는지도 모른다. 매년 여름이면 그의 집에는 늘 칼새와 제비가 찾아왔지만 새들이 그의 친구가 된 것은 최후의 몇 달간이었으니 말이다. 나는 새들이 그의 집 열린 문으로 들어가 부엌을 날아다니는 광경을 종종 보았다. 그는 새들을 반갑게 맞았으며 새들은 답례로 노래를 불러주었다. 그는 새들이 포치에 작은 둥지를 짓도록 내버려두었으며 새들은 그해 두 번 새끼를 키웠다.

그가 자신의 집에서 보낸 마지막 밤도 기억난다. 어느 여름날 저녁이었다. 급수기가 고장 나 우리 소들이 마실 물이 없었다. 이유는 모르겠지만 차를 몰지 않고 걸어서 가기로 마음먹었다. 파란색 들통에 물을 채우는 동안 읽을 책도 한 권 가지고 갔다. 물을 나르는 데는 반 시간가량 걸렸다. 저녁 하늘은 밝고 청명했다. 태양이 우리와 함께할 때는 아일랜드만큼 아름다운 곳이 없다. 민들레가 흩뿌려진 풀밭과 엉겅퀴 꽃밭, 풀을 베고 그루터기만 남은 들판, 그리고 길고 환한 밤.

물을 채우자 소들이 고개를 숙여 허겁지겁 마셨다. 전부 갈증을 달래고 물통이 가득 찬 뒤에 일어서서 돌아왔다.

내게 걸으라고 지시한 그 목소리가 이번에는 집에 가는 길에 도허티네에 들르라고 말했다. 그는 공황 상태에 빠져 있었다. 주문을 읊기 시작하더니 밤새 되뇌고 또 되뇌었다.

"난 안 괜찮아, 난 안 괜찮아."

"누구 불러드릴까요?"

"누가 있어야 해, 난 안 괜찮아."

이런 대화를 간간이 나누다 이웃의 크리스틴과 마이클 리에게 전화를 걸었다. 우리 셋은 어떻게 해야 할지 상의했다. 구급차를 불렀고 도허티는 집에서 실려 나왔다. 그는 다시는 집에 발을 들이지 못했다.

몇 달 뒤에 아버지와 함께 요양원을 찾았다. 아버지는 당신의 두 번째 아버지의 마르고 갈라진 입술을 닦아주었다. 죽어가는 남자는 느리게 쌕쌕거리는 리듬으로 숨을 들이마셨다. 우리 아버지는 그날 밤 한마디도 하지 않았다. 그의 몸짓에는 그때 내가 할 수 있었던, 지금 내가 쓸 수 있는 어떤 말보다 많은 의미가 담겨 있었다. 가장 진실한 사랑과 애정의 행위였으니까. 도허티는 몇 시간 뒤에 죽었다. 그와 더불어 우리 삶의 한 시대도 막을 내렸다.

도허티의 집은 매각되었으며 지금은 새로운 사람들이 들어와 산다. 그들은 집을 새로 칠해서 다시 한번 반짝거리게 했다. 오랫동안 몰랐던 아름다움이 드러났다. 새로 들어온 이웃은 조용하고 좀처럼 만나기 힘들지만, 좋은 사람들인 것은 분명하다. 그래니는 도허티가 없는 것 말고는 모든 것이 그대로라고 말한다. 문고리에는 그의 열쇠들이 매달려 있고 하늘에서는 칼새들이 바람을 맞으며 날아간다.

품평회

·

우리 순종 송아지가 품평회에서 우승하리라는 말이 돈다. 녀석은 자세와 형태가 똑바르고 키가 크며, 뿔을 지지고 나서 한두 주 동안은 비실거렸지만 상처가 낫고는 예전으로 돌아왔다. 로리는 아버지에게 시간이 걸릴 테니 당장 훈련을 시작하라고 재촉하지만, 아버지는 부산 떨지 않고 느긋하게 기다린다.

소 품평회에 출품하려면 특별한 기술이 필요하다. 개 품평회에 대해 잘은 모르지만 비슷하지 않을까 싶다. 소 품평회는 질서를 깨뜨리지 않는 배타적 세계이며 개성과 화려함으로 가득한, 때로는 악행과 비열함도 엿볼 수 있는 세계이다.

우리는 오래전부터 품평회에 소를 출품했다. 로리와 아버지의 대화를 들으니 우리의 자이멘탈 출품우 에릭과 엔보이기 띠오른다. 무엇보다 에릭이 생생하게 기억난다. 내가 여덟 살인가 되었을 무렵, 에릭이 여러 달째 훈련을 받고 있을 때였다. 녀석은 송아지일 때 코를 뚫어 코뚜레를 끼운 뒤에 머리에 고삐를 둘렀다. 코뚜레와 고삐가 해롭지 않다는 걸 이해시키려고 두 주 내내 그렇게 뒀다. 황소를 길들이는 것은 지루한 과정이다. 소는 말만큼 지능이 높지 않아서 인내심이 필요하다.

에릭이 고삐에 익숙해지자 우리는 녀석을 벽에 묶었다. 이것만으로도 녀석이 좋은 황소인지 아닌지 알 수 있다. 체념하고 구속을 받아들이지 못하면 훈련은 어림도 없다. 처음에는 소박하게 10여 분만 묶어두었다. 녀석이 용을 쓰지만 벽을 무너뜨릴 힘은 없었다. 그러면서 밧줄이 강력한 물건이며 우리만이 그 신비한 힘으로부터 자신을 풀어줄 수 있음을 배웠다. 묶여 있는 것을 견디게 하고 이런 식으로 교육하는 데 여러 주가 걸렸다.

황소를 인도하는 것은 위험한 일이다. 자신의 황소를 신뢰하고 묶기 훈련이 완성되었다는 확신이 있어야 한다. 어떤 사람들은 처음에 당나귀로 황소를 길들이는 쪽을 선호하는데, 당나귀를 황소에 묶어 황소를 인도하도록 한다. 당나귀는 한번 마음을 먹으면 자신이 가려는 길에서 벗어나는 법이 없기 때문이다. 이런 식으로 황소는 자신이 따라가야지 이끌어서는 안 된다는 것을 배운다.

에릭은 훌륭한 황소여서 훈련 진도가 빨랐다. 마지막 몇 주 동안 뒷마당에서 녀석을 인도하면서 어머니에게 보여준 기억이 난다. 아버지는 흰색 외투와 모자 차림으로 똑바로 서서 뿌듯한 표정을 지었으며 에릭은 어느 모로 보나 우승소로 손색이 없었다. 녀석은 빨리 배웠다. 지금 생각해보니 간단한 명령은 조금만 가르쳐도 알아들었기에 회초리를 들 필요가 없었다. 품평회에서는 회초리를 남용하면 점수가 깎인다. 훈련이 제대로 되지 않았다는 뜻이기 때문이다.

품평회 날 에릭에게 몸단장을 해줬다. 꼬리를 다듬고 발굽을 청소했다. 털을 반짝거리게 하는 아버지의 비법을 동원하여 비누칠을 하고 헹군 뒤에 특수 드라이어로 말리고 빗질해서 폈다. 마지막으로, 홍분을 가라앉히려고 기네스 맥주 두 잔을 먹였다. 그렇게 해서 황금색에 튼튼한, 장미꽃잎과 히비스커스 향기가 나는 에릭을 데리고 품평회장에 갔다.

형과 나는 아버지와 함께 가려고 학교에 결석했던 것 같다. 전국 자이멘탈 소 품평회는 잉글랜드와 스코틀랜드에서까지 관람객과 바이어가 찾아오는 큰 행사였다. 그곳에서 우리는 신출내기였다. 이 모든 장관에 한껏 들떠 있었다. 아버지는 에릭을 품평회 무대로 데리고 들어갔다. "저게 롱퍼드 코널네 소야"라는 말을 들으며 뿌듯했었다. 그날 번듯한 상을 받지는 못했지만, 에릭은 좋은 사람에게 두둑한 가격에 팔렸으며 아버지는 주목할 만한 젊은 농부로 각인되었다. 그때 아버지의 나이는 지금의 나보다 별로 많지 않았다. 우리는 저녁에 트럭에서 파는 햄버거와 포테이토칩을 먹고 행복하게 집에 돌아갔다.

그 시절을 되살리고 싶다. 순종은 정말로 가망이 있다. 이제 결정의 순간이다. 녀석은 우리가 교배한 황소 중에 최고일 테고 녀석을 팔아치우는 것은 최악의 선택일 수도 있으니까. 품평회용 부드러운 벨벳 밧줄이 아직도 헛간에 있는지 점검했다. 거미줄이 쳐져 있고 해어졌지만 다시 멀쩡하게 만들 수 있다. 흰색 외투와 플라스틱 회초리도 그대로 있다. 이만하면 다시 해볼 만하다. 무대 옆에서 우리 이름이 호명되는 걸 다시 들을 수 있겠지.

이것은 아버지가 내려야 할 결정이다. 나는 희망을 품은 채 밧줄을 닦을 것이다. 종자從者가 늙은 주인의 갑옷을 닦듯.

크로키다일 던디

·

농장일을 하다 보면 아무것도 할 수 없는 때가 있다. 소가 너무 늙고 송아지가 너무 아프고 기력이 바닥나고 상황이 절망적일 때가 있다. 이런 때일수록 냉철한 머리와 굳센 마음이 필요하다.

배 속의 새끼가 너무 크고 어미양은 너무 작고 수의사는 없고 결국 답은 하나였다. 새끼의 목을 베는 수밖에. 이상하게 들릴 수 있겠지만 나는 조금도 주저하지 않았다. 조치를 취하지 않으면 어미까지 죽을 게 뻔했다. 동맥이 터져 출혈이 일어나면 둘 다 죽는다. 3년 전 최초의 양 분만 때 이런 일을 겪었다. 그때도 아버지가 자신감을 잃는 바람에 내가 나서야 했다. 오늘 밤, 칼을 들기로 작정하고는 시작하기 전에 새끼에게 용서를 빌었다.

작은 칼이 하나 있었지만 여기 쓰기에는 알맞지 않아서 한참을 뒤지다가 오래된 푸주용 칼을 찾아내 갈기 시작했다. 아버지는 그동안 내내 감탄스러운 눈빛으로 나를 바라보았다. 나는 동물 가죽을 전에도 벗겨본 적이 있었다. 이래 봬도 몇 해 전에 캥거루 가죽을 벗겨 소금에 절여본 사람이었다.

날카롭고 매끄러운 칼날로 뼈와 살과 힘줄을 썰었고 잠시 뒤에 살린 머리가 내 손에 놓였다.

아버지가 나의 북아메리카 시절에 빗대어 말했다. "캐나다 사람들은 네가 이 일을 할 수 있을 거라 결코 못 믿을 거다."

나는 "그렇죠"라고 대답하며 그 세계에 대한 생각을 머릿속에서 밀어냈다.

어미양의 몸속을 더듬어 나머지 사체도 찾았다. 이제 움직일 공간이 생겨서 금세 다리를 찾아 끄집어냈다. 어미는 악을 쓰고 비명을 질렀지만 통증은 가셨다. 어미는 살 수 있을 것이다.

아버지가 약속했다. "내일 새끼 한 마리 붙여주마."(임신을 했기 때문에 젖이 나와서 젖을 물릴 새끼를 새로 구해다준다는 뜻. – 옮긴이)

"그러면 좋겠네요."

생명을 구하기 위해 생명을 앗아야 할 때도 있는 법이다.

휴전

·

불면의 후유증이 나타나기 시작했다. 지치고 뼈마디가 쑤시고 기분이 오락가락한다. 일어나도 기운이 없고 더 쉬어야 하지만, 도무지 잠을 못 자겠다. 왜 그런지는 모르겠다. 스스로의 가치를 입증해야 하기 때문이거나 침대가 두려워서인지도 모르겠다. 침대에서 하도 오랫동안 앓았으니까.

화요일, 우사를 다시 청소하는 날이다. 오늘은 이 일을 하고 싶지 않다. 무한 루프에 갇힌 기분이다. 청소하고 깔짚 깔고, 아프고 죽어가는 가축을 먹이고 돌보는 일이 끝없이 반복된다. 몇 주째 농장을 벗어난 적이 없다. 호주머니도 비었다. 바깥채를 반쯤 청소했을 때 아버지에게 한마디 쏘아붙인다.

"똥을 던져 넣지 마세요. 저한테 다 튀잖아요."

아버지가 묻는다. "오늘 무슨 일 있냐?"

"아무것도 아니에요. 괜찮다고요."

"분명 기분이 좋아 보이지 않는데?"

"더럽게 지쳤을 뿐이에요. 괜찮아요."

"그럼 들어가 쉬렴."

"싫어요."

"그렇게 뚱해 있지 마라."

"안 뚱해 있어요."

다시 작업을 시작하지만, 얼마 안 가서 트랙터를 벽에 너무 바짝 붙인다고 아버지에게 소리 지른다. 다시 언성이 높아졌다.

내가 내뱉는다. "빌어먹을."

"우사나 치우라니까!"

이제 서로 고함을 지르고 우리의 목소리가 공간을 채운다.

"아버지도 우사도 다 집어치워요! 할 일 제쳐놓고 아버지를 도와주는 건 저라고요."

"진짜 일을 참고 견디는 법은 못 배웠나 보구나."

내가 맞받아친다. "다 집어치워요, 이 지긋지긋한 노인네 같으니!" 예전에는 아버지를 노인네라고 부른 적이 한 번도 없었지만, 이제는 싸우다 보면 나도 모르게 튀어나온다. 아직 50대인 아버지에게 그러는 건 반칙이지만, 우리 둘 다 성질을 이기지 못한다. 언쟁이 한번 시작되면 어쩔 수 없다. 가축들이 우리를 쳐다보며 평소에는 조용하던 사람들이 왜 이렇게 시끄러운지 궁금해한다.

우사에서 나와 집으로 들어가 커피를 마시며 신문에 집중하려고 애쓴다. 스스로가 실망스럽다. 아버지와 싸우지 말았어야 했는데. 피로와 불면증 때문이다. 우리가 남들과 다르지 않다는 것, 농장에서 싸우는 것은 농사일만큼이나 유서 깊다.

아버지는 혼자서 우사를 마저 치운다. 새참 먹고 나서 아버지에게 내 언행을 사과하고 청소를 끝내줘서 고맙다고 말한다.

"그럴 뜻이 아니었어요. 죄송해요."

아버지가 말한다. "괜찮다. 누구나 그러니까."

"밤에 양 돌보는 거 하루 쉬어야 할까 봐요."

"그래라. 내가 돌보마."

한 시간쯤 쉬면서 요크셔를 무대로 한 옛 시대극 〈하트비트〉를 한 편 본다. 나중에 아버지가 당신도 수건을 던지고 싶을 때가 있다고 말한다.

"하지만 100만 유로 넘는 돈이 걸려 있을 때는 포기할 수 없지."

"그럴 수 없죠." 내가 동의한다.

우리는 다시 친구가 되어 하루를 마무리한다. 모든 잘못이 용서받았고 우사가 깨끗해졌고 소들은 편안하다. 내가 몇 시간 없었어도 죽지 않았다. 이렇게 빨리 화해한 것은 우리에겐 엄청난 성공이다. 이것이 앞으로의 방향을 일러주는지도 모르겠다. 어쩌면 서로를 이해할 수도 있지 않을까. 그랬으면 좋겠다. 오늘 밤은 평화롭게 잠자리에 든다.

3월

뗏목

•

오늘 건초 냄새를 맡으니 여름이 생각난다. 이렇게 추운 날에는 여름의 온기가 그립다. 어릴 적에는 여름이 지금보다 길고 날이 더 화창했던 것 같다. 지금은 향수 때문에 그렇게 느끼는 것이며 여름은 예전에도 짧았다는 걸 안다. 하지만 그때는 세상이 더 컸다. 내가 작았으니까.

여름마다 뗏목을 만들어 캠린강을 항해했다. 이 강은 롱퍼드주를 가로지르는 본류이다. 이웃인 리네 아이들도 함께 갔다. 우리는 화물 적재용 팰릿을 가져다 아래쪽에 플라스틱 통 네 개를 부착했다. 그러고는 우리 형의 스케이트보드에 실어 길을 따라 내려가서는 도로를 건너고 미키 도허티네 초지를 가로질러 강굽이에 도착했다.

다들 아홉 살이거나 열한 살이어서 뗏목을 나르는 데 시간이 오래 걸렸다. 우리는 뗏목을 강에 띄운 뒤에 번갈아가면서 탔다. 뗏목에서 다이빙하고 강기슭에서 송어를 낚고 저녁에는 소시지를 구워 먹었다.

더운 저녁이면 어머니는 종종 강둑에 앉아 찬물에 발을 담그고 우리가 마음껏 뛰노는 모습을 흐뭇하게 지켜보았다. 이젠 다들 어른이 되었다. 리네는 호주와 북아일랜드에 이민 가서 산다. 이곳 아이들은 이제 뗏목을 만들지 않으며 우리 모두의 할아버지이던 도허티는 세상을 떠났다. 모든 것은 변한다. 기후 변화 때문에 날씨조차 변한다. 하지만 강은 여전히 흐르고 송어는 낚시꾼 없는 물속을 헤엄친다. 이따금 강가에 앉아 생각에 잠긴다. 그곳은 아름다운 장소이다. 언젠가 다음 세대가 다시 뗏목을 띄우고 급류를 따라 킬나캐로 다리까지 가서 트래피네 과수원의 자두를 서리할지도 모른다.

검사

·

오늘 아침은 대청소를 해야 한다. 식품 품질 검사관이 오기로 했다. 이것은 아일랜드 식품국의 새 정책에 따른 것으로, 아일랜드 내 모든 육류의 이력을 추적하기 위한 것이다. 마당을 치워야 한다는 어머니의 말에 쇳조각과 금속 조각을 치우기 시작한다. 형이 건축일 하다가 내버려둔 것들인데, 목재 팰릿 위에 가지런하게 쌓아 마당 밖으로 내놓는다. 마당이 깨끗해졌으니 발판 소독조에 소독약을 새로 넣는다. 구제역이 마지막으로 발생한 지 15년이 지났지만, 학교를 소독하고 소독약에 발을 담그던 일이 아직도 생각난다. 정부는 구제역 대처에 최선을 다했다. 구제역은 전염성이 매우 강해서 가축을 전멸시킬 수도 있기 때문이다. 우리는 영국이 얼마나 큰 피해를 입는지 똑똑히 보았다. 산더미처럼 쌓인 소 사체가 불타는 광경을 보았으며 우리 가축들에게는 그런 일이 일어나게 하고 싶지 않았다. 결국 영국에서는 30만 마리 가까운 소가 살처분당했으나 아일랜드에서는 발병 사례가 단 한 건에 불과했다. 우리는 오늘날까지도 경계를 늦추지 않고 있다.

아버지는 안에서 서류와 의약품 병을 정리하고 있다. 오래된 정보를 최근 것으로 고쳐야 하기 때문이다. 요즘 기업적 농업인 '애그리비즈니스agribusiness'라는 말이 유행한다. 농장마다 생산 시설을 갖추었으며, 땅의 청지기인 우리 농부들은 이제 '재배'하지 않고 '제조'한다. 우리는 산업이라는 톱니바퀴의 톱니가 되었다.

아버지는 점검을 받는다고 호들갑 떨지 않는다. 결과가 어떻게 나오든 우리가 받는 보조금에는 영향이 없을 것이다. 하지만 아버지 말마따나 승인 도장을 받으면 나쁠 건 없다. 조만간 의무 사항이 될 테니까.

유럽의 농업은 공동농업정책에 따라 유럽연합으로부터 보조금을 받는다. 이 정책은 전쟁으로 식량 부족을 겪고 난 1950년대에 수립되었다. 공동농업정책에 따라 유럽 농부들은 농업 보조금을 받으면서 전체 인구를 위해 식량을 생산한다. 시간이 지나면서 이 정책은 무역 규제와 유럽 차원의 동물 복지 및 환경 보호 기준 준수 등을 포함하도록 확장되었다.

유럽에서도 도시화와 산업화가 진전된 나라들은 농업에 보조금을 지급하는 방안에 대해 늘 이의를 제기했다. 하지만 어느 농부에게나 물어보라. 농사로는 돈 벌기 힘들다고 대답할 것이다. 보조금은 농장 단위로 지급하는 형태이다. 지원 절차는 깐깐하게 운용되는데, 이 제도가 없으면 많은 소규모 농민이 도산할 것이다.

보조금 때문에 유럽의 농업이 현대화되지 못한다고 주장하는 사람들이 있지만, 대다수 유럽인이 미국식 또는 기업형 농업을 바라지는 않을 것이다. 사람들은 지역 농가에서 재배한 음식을 먹고 싶어 한다. 아일랜드인은 대기업이 농장을 경영하도록 하지 않을 것이다. 땅을 소유한다는 관념이 우리 문화 깊숙이 배어 있기 때문이다. 이것이 식민지 경험이나 대기근 때문인지도 모르겠지만, 프랑스와 스페인의 형제자매 농부들도 우리와 똑같이 느낄 것이다. 식량을 남의 손에 맡기는 것은 좋은 생각이 아니다.

한낮에 검사관이 도착한다. 키가 크고 호리호리하며 진짜 관료의 분위기를 풍기는 남자이다. 아버지는 환심을 사려고 내가 동네 상점에서 구입한 티케이크와 커피를 대접한다. 나는 겁이 나서 마당에 못 나가겠다. 클론핀에 가서 소들이나 살펴보련다. 나가는 길에 아버지에게 엄지손가락을 치켜올리지만 아버지는 고개를 돌리지 않는다.

소들은 언덕배기 농장에 있는 풀을 거의 다 먹었다. 띄운꼴 덩어리를 하나 가져다줘야겠다. 그런데 그것도 얼마 안 남았다. 아직 세어보지는 않았지만 기껏해야 마흔 개 정도일 것이다. 머릿속에서 계산을 해보니 사료를 더 사지 않으면 소들을 내보내야 한다. 하지만 아직 풀이 자라고 있지 않아서 소들이 뭘 먹을 수 있을지 모르겠다.

날씨가 흐려져서 클론핀에서 미적거리지 않고 돌아선다. 돌아오는 길에 페기 킹네에 들러서 종이를 사기로 한다. 킹 집안은 이제 페기밖에 안 남았다. 그녀의 가게는 발리날리에서 가장 오래되었으며 우리가 안 지는 몇 년이 되었다. 나는 이따금 종이나 빵을 사면서 그녀와 대화를 나눈다. 페기는 대단한 독서가여서 내가 책과 소설을 빌려주었다. 패트릭 캐버노나 셰익스피어 얘기를 나눌 때도 있다.

"읽기가 수월하진 않지만, 그는 언어의 대가였어요."

"셰익스피어는 아름답죠. 요즘 어떻게 지내요, 페기?"

"잘 지내요. 밤은 지독히 적막하지만요."

페기의 오빠 노엘과 짐은 둘 다 몇 년 전에 죽었다. 그들은 온 가족이 함께 살면서 가게를 운영했다. 이 끈끈한 가족애 때문에 그녀가 결혼하지 않은지도 모르겠다. 이유야 모르지만, 2세는 한 명도 없다. 그래니 말로는 가게가 그들의 아버지가 운영하던 60년 전과 전혀 달라지지 않았다고 한다.

나는 정원 가꾸기나 페인트칠하기 같은 일상으로 페기를 복귀시키려고 애썼지만 그녀는 어떤 제안에도 손사래를 쳤다. 하지만 우리 어머니와는 친해져서 옆 주에 있는 크로버 하우스 호텔에서 이따금 점심을 먹는다. 이렇게 바깥바람을 쐬면 기분도 전환되고 고독에서도 벗어날 수 있다. 그녀는 형편이 넉넉해서 이젠 돈을 벌 필요가 없다. 그래니는 페기에게는 가게 문 닫는 날이 그녀 삶의 마지막 날일 거라고 말한다. 나도 그렇게 생각한다. 일은 그녀의 삶에 목적을 선사한다. 그녀는 아직도 살날이 많이 남아 있다.

우리는 날씨와 정치 얘기를 주고받는다. 이야깃거리가 떨어지자 신문을 둘둘 말고 페기에게 작별 인사를 건네며 조만간 다시 오겠다고 말한다. 고무장화 때문에 바닥에 흙 자국이 남은 것을 사과한다.

그녀가 말한다. "괜찮아요. 일거리가 생겨서 좋죠 뭘."

집에 돌아가니 검사가 끝나 있다. 아버지가 고개를 설레설레 내두르며 검사관을 '연필 모가지 계집'이라고 부른다. 사소한 문제 하나 때문에 검사에 통과하지 못한 것이다.

커피를 마시면서 어머니가 말한다. "다시 신청해야죠."

"그래야겠지."

내가 말한다. "그자가 농장일에 대해 뭘 알겠어요?"

"그렇지. 다음번에는 통과할 거야."

나는 신문을 편다. 과학자들이 아인슈타인의 상대성 이론을 입증했다는 기사가 눈에 띈다. 중력파가 진짜로 존재한다는 것이다. 내가 기사를 소리 내어 읽는다.

어머니가 웃으며 말한다. "그것 때문에 네 아버지한테 끌렸다고 늘 말하지 않았니? 중력이 대단했거든."

나는 새참으로 감자를 먹는다. 검사관의 방문은 곧 잊어버린다.

서부

•

미국 역사는 소가 퍼져나간 역사이다. 정착민들이 서부와 변경을 만들었는지는 모르지만, 그들은 형제인 소들의 발자취를 따랐을 뿐이다. 이렇게 큰 문화적 영향력을 발휘한 동물은 소뿐이다. 그래서 미국에는 카우보이, 웨스턴, 로데오, 햄버거, 스테이크 하우스, 말보로 맨, 변경이라는 개념 자체를 비롯하여 소와 관련된 상징이 많다. 이야기는 600년 전으로 거슬러 올라간다.

1493년 콜럼버스가 두 번째 항해에 나서면서 데리고 간 종種은 아메리카 대륙을 영원히 변화시켰다. 그때까지 이 드넓은 대륙의 남부와 북부 어디에도 그런 동물은 없었다. 북아메리카 원주민들에게는 신기한 경험이었을 것이다. 소는 대평원의 버팔로와 비슷하게 생겼지만 크기가 작고 털이 거의 없었다. 남아메리카인들에게는 외계인처럼 보였으리라.

소는 인간에 뒤이어 신대륙의 서식 가능한 지역을 모조리 식민지로 만들었다. 유럽인들은 자기네 정착지에 소를 가져갔고 땅의 가장 큰 몫을 내어주었으며 소를 위해 숲을 모두 개간하고 다른 동식물을 몰아냈다.

16세기에 스페인의 정복자들이 들어와 캘리포니아에서 텍사스에 이르는 지금의 미국 남부 주들에 목장을 짓기 시작했다. 그들의 소는 이베리아 투우 품종에서 유래했으며 플로리다 크래커(지금은 미국에서 가장 희귀한 혈통 중 하나)와 텍사스 롱혼으로 발전했다. 최근 유전학 연구에서는 텍사스 롱혼이 유럽 종과 인도 종의 교잡종이라는 사실이 밝혀졌다. 롱혼은 거칠고 강인한 품종이다. 남부 주들이 식민지화되던 초창기 내내 소들은 스스로를 지켰다. 그리하여 이 종들은 환경에 맞게 진화하여 강하고 호전적이고 살집이 실팍하며 가뭄에 잘 견뎠다. 이 품종이 어찌나 성공적이었던지 17세기 들머리에 수십만 마리가 남부 주들을 누볐다.

카우보이가 미국식 영웅이지만 미국 최초의 카우보이는 사실 스페인의 '바케로'였다. 그들이 아메리카 원주민과 더불어 처음으로 아메리카의 소 떼를 사육했다.

17세기 초에 영국인들이 아메리카에 정착하면서 더 작고 온순한 잉글랜드 품종을 들여왔다. 1633년이 되자 지금의 매사추세츠에 있는 플리머스 군의 소 마릿수는 약 1500마리에 이르렀다. 이 청교도 정착민들에게 소는 새로운 삶의 상징이자 대서양 너머 자신들의 농업적 뿌리를 일깨우는 연결 고리였다.

소가 아메리카 지형에 적응했지만 아메리카 지형이 소에게 적응했다고도 말할 수 있다. 대평원을 열어젖힌 것은 소였으니 말이다. 지금은 그 시절을, 그 개척지를, 신대륙의 끝없이 확장되는 지평선과 무한한 가능성을 상상하기 힘들지도 모르겠다. 대평원은 종종 아메리카 세렝게티라고 불렸다. 넓고 광활하고 무성한 이 들판은 정착민뿐 아니라 소에게도 경이로웠을 것이다.

1861~1865년의 남북 전쟁이 끝났을 때 텍사스의 소 마릿수는 약 500만 마리로 불어 있었다. 북부에서 소고기 수요가 증가하고 있었기에 텍사스 카우보이들은 비옥한 초지를 가로질러 소 떼를 몰아 식량을 고대하는 양키 주들로 운송하기 시작했다. 한 무리의 카우보이들이 한 번에 3000~4000마리를 옮겼다. 이 일은 고되고 위험하고 냉혹했다. 카우보이는 전설의 소재가 되었으며 쇼니, 오갈랄라, 도지시티 같은 지명이 대중의 상상 속에 자리 잡았다. 이곳들은 모두 카우보이가 철도 종점과 만나는 소✢ 도시였으며 남자들이 돈을 쓰고 주지육림에 탐닉하는 곳이라는 오명을 얻었다.

올드 블루라는 힘센 스티어(소)의 이야기도 신화의 전당에서 한 자리를 차지했다. 올드 블루는 목장주 찰스 굿나잇의 우두머리 황소였다. 소 떼를 지휘하고, 소들이 우르르 몰리는 '쇄도'를 막는 솜씨가 하도 뛰어나서 평원을 오가는 여정에 여러 번 동원되었다. 평생에 걸쳐 올드 블루는 통틀어 1만 마리 넘는 소를 이끌었다. 마지막 종단을 마친 뒤에는 도살되지 않고 은퇴하여 굿나잇의 농장에서 20년을 더 살면서 옛 아피스 황소처럼 작은 암소 하렘을 거느리면서 살았다.

아메리카와 소의 관계에는 영적 요소가 전혀 없었지만 소는 권력의 원천이었다. 아프리카의 풀라니족과 마찬가지로 초창기 텍사스인들은 소 마릿수로 부를 가늠했다. 또한 메드브 여왕과 그녀의 켈트족 병사들처럼 소를 둘러싸고 싸움을 벌였다.

이 서부 이야기에서는 거세우도 중요한 역할을 맡았다. 변경을 가로지르는 대규모 마차대를 끌고 역사를 통틀어 가장 거대한 내부로의 이주를 가능케 한 것은 바로 거세우였다. 거세우는 밭을 갈고 숲을 개간했다. 말이나 노새보다 힘세고 듬직했으며 풀만 먹이면 충분했고 똥은 새로 생긴 농장들에 비료가 되었다.

머지않아 변경까지 가축을 운송할 철로가 부설되었다. 이제 대규모 소 떼를 몰고 다닐 필요가 없었다. 유목의 시대가 끝나고 드넓은 울타리의 시대가 시작되었다. 그와 더불어 가둬 기르기에 적합한 새 품종이 등장했다. 1885년이 되자 미국의 소 마릿수는 약 4500만 마리에 이르렀는데, 풍부하던 텍사스 롱혼 품종은 극소수로 줄었다.

소 수송 열차의 등장은 대평원 인디언의 유목 생활에 종지부를 찍었다. 철로를 따라 '소 도시'가 형성되면서 소와 버팔로는 먹이인 풀을 놓고 경쟁할 수밖에 없었다. 하지만 버팔로는 소 거래업자들의 상대가 될 수 없었다. 버팔로 학살(달리 일컬을 말이 없으니)은 대평원 인디언의 주요 식량 공급원이 사라진다는 것을 의미했다. 그리하여 굶주리고 분열된 대부족들은 변경 밖으로 내몰렸다. 조지프 추장도 그중 하나였다.

다음의 사진(227쪽)에서 보듯 이제껏 보지 못한 대규모 산업적 도살이 당시에 자행되었다. 16세기에 약 3000만 마리로 추정되던 북아메리카의 버팔로는 19세기 들머리가 되자 100마리만 남았다. 하지만 이 사진에는 더 깊고 더 음산한 의미가 담겨 있다. 그것은 우리 내면의 파괴적 본성이다. 사진을 다시 들여다보면 수세기에 걸친 인간 집단 살해가 끔찍하게 겹쳐 보인다. 사진 속 두개골에서 또 다른, 감각 능력이 있는 존재가 연상되지 않는가? 이것이 르완다인이나 원주민, 유대인의 뼈는 아닐까? 굶어 죽은 아일랜드인이나 콩고 고무 노예의 두개골은 아닐까? 무엇보다 이 사진은 우리가 한 종에게 저지르는 짓을 다른 종에게도 저지를 수 있음을 보여준다. 19세기와 20세기 산업적 축산에서 그랬듯 말이다. 어쩌면 우리는 집단 살해의 기술을 동물에게 먼저 연습한 것인지도 모르겠다. 버팔로는 불운하게도 그 대상이 되었을 뿐이고.

버팔로의 절멸을 상징하는 이 사진에 일말의 구원이 있다면, 이 두개골들이 훗날 비료용으로 분쇄되어 대평원의 흙에 뿌려짐으로써 작물의 생장을 촉진했다는 것이다. 그리하여 그들은 적어도 한때 사신이 알던 형태로 돌아갔다.

이 숙녀는 돌아서지 않을 것이다

·

떠운꿀이 잘못이었다. 어딘가에서 읽거나 들은 적이 있다. 떠운꿀을 양에게 먹이면 안 되는 거였다. 이날 아침 암양 한 마리가 병에 걸렸다. 전에 본 적 없는 증상이지만 녀석이 쇠약해질 것임을 직감한다. 녀석은 똑바로 서지도 걷지도 못한 채 고개를 숙이고 빙글빙글 돌기만 한다. 전반적으로 축 처진 기운이 감돈다.

아버지는 나가서 없고 나 혼자이다. 녀석을 무리에서 격리하여 급조한 독사獨舍에 데려간다. 일으켜 세워보지만 이내 주저앉는다. 다시 세워도 또 주저앉는다. 죽을 것이 뻔하다. 어제였다면 살릴 기회가 있었을지도 모르지만, 이제는 병균이 뇌까지 퍼졌다.

리스테리아증은 상한 떠운꿀에 들어 있는 병균 때문에 발병하는데, 무리 전체가 이 떠운꿀에 접촉하면 2~10퍼센트가 병에 걸린다. 휴대폰으로 리스테리아증에 대해 읽다가 중간에 멈춘다. 병을 일으킨 덩어리가 어떤 것이었는지 알겠다. 그 떠운꿀을 녀석에게 준 사람은 바로 나였다. 그 덩어리는 앞쪽에 쌓여 있었는데, 비닐 포장을 찢었을 때 꿀 겉면에 푸르뎅뎅한 곰팡이가 작게 피어

—

버팔로 무덤.

있었다. 나는 그 부분만 제거하고 나머지를 양에게 먹였다. 하지만 병균이 그 속에 남아 있다가 녀석을 감염시킨 것이 틀림없다. 한 마리만 감염된 것이면 천만다행일 것이다.

양 치는 농부들의 페이스북 그룹에 가입되어 있어서 페친들에게 도움을 청하지만 뾰족한 수가 없다.

녀석의 머리를 쓰다듬으며 어제의 일을 하나하나 떠올린다. 녀석과 나는 24시간 전으로 돌아간다. 녀석이 이상하게 걸으며 벽으로 향하던 것이 기억난다. 하지만 그때는 새끼를 낳으려고 그런 줄 알았다. 임신 말기여서 분만이 임박했기 때문이다. 게다가 동작도 분만 때와 다르지 않았다. 이제 새끼들까지 잃게 생겼다. 녀석의 눈이 뿌옇고 멍하다. 눈이 멀지도 모르겠다. 그것도 증상의 하나이니까.

모든 병균에 맞서는 최전선의 의약품인 페니실린을 투약한다. 아버지에게 전화해서 수의사에게 대책을 물어봐달라고 할 것이다. 하지만 지금은 내가 간호사이자 의사가 되어야 한다.

아버지가 수의사에게 전화하지만 예후가 좋지 않다. 나는 한동안 암양 옆에 앉아 주둥이를 어루만진다. 녀석은 급기야 입에 거품이 생긴다. 끈적끈적하고 미지근하다. 먹이와 물을 입에 넣어보지만, 이미 삼키지 못할 지경이 되었다. 양에게 띄운꿀 먹일 때의 주의사항을 제대로 알아보지 않은 것도 잘못이지만, 더 괴로운 것은 상한 꿀을 먹인 것이 바로 나라는 사실이다. 초기의 징후를 알아차리지 못한 것을 자책한다. 입에서 거품을 닦아내자 녀석이 경련을 시작한다. 이제 얼마 안 남았다.

나머지 양들이 상한 띄운꿀을 먹지 않도록 죄다 치웠다. 이제는 말린꿀만 먹일 것이다. 더 사야 하는 한이 있더라도.

녀석을 총으로 쏘아 고통에서 건져주고 싶지만, 수중에 소총이 없고 산탄총은 너무 지저분해진다. 녀석의 호흡이 느려지고 가빠지더니 죽음을 앞두고 목구멍에서 천천히 꺽꺽 소리를 내다 마지막으로 근육과 신경이 움찔한다. 녀석은 오후 5시 정각에 죽었다. 녀석의 최후는 평화롭지 못했다. 눈멀고 섬망의 경련으로 몸을 떨며 이 세상을 떠났다. 병균이 승리했으며 그와 더불어 스스로를 죽였다. 나는 할 수 있는 일을 다 해봤지만 매번 시기를 놓쳤다.

사냥

·

암양의 죽음을 본 것, 총을 생각한 것, 이 사건들은 물소 사냥꾼들과 지낸 시절을 떠올리게 했다.

몇 해 전이었다. 나는 호주 노던준주의 밀림에 있었다. 아넘랜드의 밀림은 크기가 어마어마하다. 넓이가 약 3만 4000제곱킬로미터로 프랑스와 맞먹는데 인구는 1만 6000명밖에 안 된다. 대부분은 욜릉우 구역에 속한 원주민이다.

나는 동쪽 끝 반도에 있는 눌런바이에 도착하여 사냥 가이드를 만났다. 그는 나와 유료 고객인 렌(남아프리카 엽사)을 차에 태우고 내륙으로 다섯 시간가량 떨어진 막사로 갔다. 인원은 다섯 명이었다. 요리사를 합치면 여섯이지만 그는 사냥을 하지 않으므로 제외했다.

아시아물소가 호주에 들어온 것은 약 200년 전 영국인들이 고기를 얻고 일을 시키려고 데려오면서였다. 하지만 물소는 인간의 손을 벗어나 야생화되었으며 그 수가 수천 마리에 이르렀다. 물소는 덩치가 크고 힘이 셌으며 뿔만 빼면 집소를 빼닮았다. 크고 검은 뿔이 물소의 머리를 덮었다.

렌이 걸걸한 목소리로 물소 한 마리를 죽이려고 1만 달러를 지불했다고 말했다. 그 돈은 토지 이용 허가를 내주는 현지 원주민 사회와 사냥을 주관하는 백인 호주인에게 분배된다.

두 번째 날 물소 떼를 발견했다. 수백 마리는 되어 보였다. 이곳에서 물소의 천적은 딩고와 악어뿐이다. 원주민들은 이따금 식용으로 물소를 죽이지만, 나르기가 힘들어 늘 죽인 자리에서 푸주한다.

렌이 원한 것은 물소의 머리와 가죽이었다. 나의 임무는 호주 라디오 방송국을 위해 그의 사냥 일정을 기록하는 것이었다. 막사는 빌라봉-billabong(강이 범람하여 형성된 호수.−옮긴이) 옆에 있었는데, 호수에는 커다란 악어가 있었다. 요리사는 그 악어가 애완용이어서 우리를 해치지 않는다며 녀석에게 내장 덩어리를 던져주었다. 아침이면 악어가 수면에서 아가리를 딱딱 여닫는 소리가 들렸다. 길이가 6미터를 넘었으며 애완견과는 비교할 수도 없었다.

우리는 매일 풀숲을 헤치며 걸었다. 느릿느릿 걸었다. 이 밀림은 태초 이후로 인간의 손이 닿은 적 없는 야생의 처녀림이었기 때문이다. 가이드는 뉴질랜드인이었는데, 여행하는 내내 맨발로 다녔다. 그는 1년 이상 밀림을 떠나 있은 적이 없었다. 몇 주 뒤에 아메리카에서 휴가를 보내면서 퓨마를 사냥할 거라고 말했다. 그가 외국에 가는 것은 죽이러 갈 때뿐이었다.

밤이면 우리는 모닥불가에 앉아 음식을 먹고 위스키를 마셨다. 셋째 날 원주민 장로가 우리를 만나러 찾아왔다. 내가 기자라는 애길 들었기 때문이다. 그는 두 다리를 잃은 나환자였기 때문에 아들들이 트럭에서 모시고 왔다. 나는 악수를 하고 그의 몽당다리를 움켜쥐었다. 그의 몸을 만지지 않는 것은 모욕이었을 것이다. 게다가 환부는 말끔히 말라 있었다. 그는 물소에 대해, 영국인들(백인을 일컫는 그의 표현이었다)이 찾아온 것에 대해 이야기했다. 사냥의 성공을 기원하면서 나중에 자기 집에 찾아오라고 당부했다.

넷째 날 커다란 수컷 물소의 뒤를 밟았다. 렌이 오늘은 물소를 죽이고 말겠다고 말했다. 피를 보려는 욕망은 주변 세상에 지배력을 휘두르려는 나름의 방법인 것 같았다. 마치 어떤 고대의 충동에 사로잡힌 듯했다. 그것은 수렵·채집인의 충동이었지만 근대적 소유욕이기도 했다. 그는 모든 것을 원했다. 죽은 물소, 죽은 임팔라, 죽은 사자, 그의 목록은 계속 이어졌다. 그의 집에 널린 동물 가죽은 과거의 살해를 상기시키는 기념물이었다.

늙은 물소였다. 한 시간 이상 녀석을 따라다니다가 총을 쏠 기회를 잡았다. 우리는 입을 열지 않았다. 이윽고 "탕" 하는 소리가 허공에 울려 퍼지더니 물소가 쓰러졌다. 작은 개울을 건너던 중이었다. 총알이 어깨를 관통하면서 두 앞다리와 심장을 박살 냈다. 물소는 대형 동물이어서 심장이 터졌는데도 한동안 살아 있었다. 녀석이 피를 토하며 마지막 숨을 헐떡거리던 장면이 지금도 기억난다. 녀석은 움직이지 못하고 가슴만 오르락내리락했다. 훗날 암양에게서 본 고통스러운 몸짓과 같았다. 죽음의 고통. 그 속에는 아름다운 것이 전혀 없었다. 느려지고 희미해질 뿐이었다. 녀석이 이세상을 떠나자 우리는 렌에게 축하를 보냈다.

그가 말했다. "크고 나이 많은 물소네요."

내가 물었다. "기분이 어떠세요?"

"만족합니다. 여기 온 것은 물소를 쏘기 위해서니까요. 녀석은 크고 나이 많고 비쩍 마른 수소, 진정한 전사입니다. 바로 제가 원한 것이죠."

사람들은 그 자리에서 녀석을 푸주했다. 맨 먼저 머리를 잘라낸 뒤에 가이드가 가죽을 벗기기 시작했다. 두께가 2.5센티미터를 넘는 부위도 있었다. 물소가 몇 분 안에 사체로 바뀌는 것을 보니 집에 있는 소들이 떠올랐다. 물소의 고기는 딩고와 멧돼지 몫으로 내버려두었다. 가이드는 며칠이면 완전히 없어질 거라고 말했다.

막사에 돌아오자 날이 어둑어둑했다. 우리는 지쳤다. 무거운 짐을 짊어지고 오랫동안 걸었으니까. 숙소에 들어가려면 커다란 악어가 들끓는 호수를 건너야 했다. 나는 공격받지 않을까 두려웠다. 보트가 호수를 건너는 동안 아무도 입을 열지 않았다. 가이드도 이런 상황을 예상하지는 못했을 것이다. 가죽과 잘린 머리의 냄새는 물속에 숨어 있는 악어들의 식탐을 자극하기에 충분했으리라. 물가에 거의 다 왔을 때 모터가 꺼지자 두려움이 부쩍 커졌다. 손전등으로 물을 비추니 수백 개의 눈동자가 우리를 향해 반짝거렸다. 녀석들은 작은 실수도 놓치지 않으려고 끈기 있게 기다리고 있었다. 우리는 소총을 가지고 있었지만 어둠 속에서 총이 무용지물임을 알고 있었다. 거대한 괴수들을 피해 조심조심 마지막 몇 미터를 노 저어 가는 동안 머리 위에서는 별들이 빛났다. 마침내 물가에 닿았다. 땅이 이토록 고마운 적은 없었다.

그날 밤 우리는 잭대니얼스를 마셨다. 물소 가죽은 소금에 절여 펴두었다. 몇 주 뒤에 렌에게 배달될 터였다. 머리는 삶아 표백하여 살을 제거했다. 우리는 욜룽우 원주민 장로가 선물로 준 바다거북 고기를 먹었다. 피처럼 빨간색이었는데, 양고기 맛이 났다.

우리는 새벽 3시까지 마셨다. 렌은 남아프리카에 있는 자신의 사냥터에서 공짜로 사자를 쏘게 해주겠다며 나를 초청했다.

내가 물었다. "왜 저죠?"

"선생을 보면 제 아들이 떠올라서요."

"그도 엽사인가요?"

"죽었습니다."

시드니에 어떻게 돌아왔는지는 기억나지 않는다. 묘한 기분이었다. 며칠간 씻지도 않았다. 사람들은 내게 작별 선물로 사냥칼을 줬다. 도시로 돌아가는 비행기에서 잘 차려입은 나이 지긋한 여인이 내 옆에 앉았다.

그녀가 말했다. "야생에서 막 빠져나온 사람 같군요."

나중에 화장실 거울로 내 모습을 보았다. 물소 피가 머리카락에 엉겨 있었다. 데이비드 애튼버러(영국 BBC 텔레비전의 자연사 프로그램 진행자. – 옮긴이)에게 경의를 표하는 의미에서 파란색 셔츠와 갈색 바지를 입고 있었지만, 그 순간은 그와 전혀 동떨어진 기분이었다.

유기농

·

클론핀에 있는 소들을 못 본 지 일주일이 넘었다. 지프가 정비소에 있기 때문이다. 아버지는 내가 보험에 들지 않은 딴 차를 타고 몇 번 클론핀에 갔다 와서는 녀석들이 괜찮다고 알려준다. 지프를 몰고 그곳에 올라가지 못해서 서운하다. 생각하고 사색에 빠질 좋은 기회인데.

다행히도 리스테리아증은 한 마리로 그쳤으며 암양과 새끼양들이 걸린 오르프도 거의 나았다. 건강을 완전히 회복했는지는 잘 모르겠지만, 몸무게는 불어나고 있으며 새끼양들은 배합 사료를 먹기 시작했다. 힘든 한 해였다. 양들을 다시 우리에 넣고 싶은 유혹을 느꼈지만, 오르프나 딴 질병이 다시 찾아올 위험이 있다. 게다가 이젠 양사가 새로운 새끼양들로 가득 차서 자리가 없다. 밖이 낫다. 어떤 날은 말린꼴을 가져다주는데, 그러면 맛있게 먹는다.

풀은 아직 듬성듬성하고 전혀 자라지 않았지만, 인내심을 가져야 한다. 이 딜레마에 빠진 것은 우리 농장만이 아니다. 많은 사람, 많은 가족이 똑같은 곤경에 처해 있다. 여우들만 기세등등하다. 한 마리 더 쏘아 죽였다.

송아지들은 살이 붙고 있지만, 역시나 날씨 때문에 발육이 부진하다. 씨가 좋지 않다는 아버지의 말이 옳은지도 모르겠다. 아버지와 로리는 새 씨소를 찾아내어 두 번 찾아갔다. 아버지 말로는 어린 황소라고 한다. 주인에게는 딴 사람에게 팔지 말라고 당부해두었다고 한다.

이제는 송아지가 스무 마리 남짓 된다. 깔짚을 깔고 지켜보느라 바쁘다. 병에 걸리지 않았는지 늘 주의를 기울이고 있다. 암양이나 레드의 전철을 또 밟고 싶지는 않다. 어젯밤 꿈에 녀석이 나왔다.

황량한 시골을 차로 달리고 있었다. 유명한 모허 절벽이 있는 클레어주 해안처럼 나무 한 그루 없는 바위투성이 지대였다. 나는 트레일러를 끌고 있었는데, 뒤를 돌아보니 웬일인지 문이 열려 암소 한 마리와 새끼가 떨어졌다. 고속으로 달리고 있어서 멈추는 데 시간이 걸렸다. 녀석들이 어떻게 빠져나갔는지 영문을 알 수 없었다. 녀석들을 발견했을 때 새끼는 얕은 웅덩이에 빠진 채였다. 퀴퀴한 물속에는 연못처럼 작은 식물들이 자라고 있었다. 나는 달려가 녀석을 끌어냈다. 눈이 감긴 채 의식이 없어서 심폐 소생술을 했다.

녀석은 한참 뒤에 깨어났다. 입과 코에서 물이 떨어졌다. 갓 태어난 새끼처럼 젖어 있었으며 눈은 검게 빛났다. 레드였다. 나는 녀석을 구해냈다. 꿈에서나마 여전히 살아 있다. 아버지나 어머니에게는 꿈 얘기를 하지 않았다.

날씨가 궂지만 농장 사정은 양호하다. 다들 생기가 넘친다. 이런 날이면 농사꾼이 천직이라는 생각이 든다. 오랜 세월을 떠나 있다가 마침내 돌아와 나의 소명을 발견한 것 같다. 부모님이 영영 농사를 지을 수는 없으니 언젠가는 내가 이어받아야 할 것이다. 물론 몇 가지 변화는 있을 것이다. 나는 유기농 농부가 될 작정이다. 그게 미래, 적어도 내가 그려보는 미래이니까. 도시에 식량을 공급해야 한다면 최고를 공급하고 싶다.

우리 안을 걸으면서 무엇을 할지, 어떤 소를 먼저 챙길지, 어떤 새끼가 나올지 꿈꾼다. 심심풀이로 소형 덱스터 품종을 몇 마리

키울까 싶다. 덱스터는 귀여운 미니어처 소인데, 앞쪽 풀밭에서 키우면 근사할 것이다. 블랙 화이트헤드도 있었으면 좋겠다. 젖이 잘 나오고 새끼도 잘 낳으니까. 유기농을 하려면 힘이 들겠지만, 나는 각오가 되어 있다.

여자 친구 비비언에게 페이스북으로 꿈 얘길 했더니 웃음을 터뜨린다. 내가 여기 있는 이유인 글쓰기는 어떻게 된 거냐고 묻는다.

글쓰기가 어떻게 되었느냐고? 나도 모르겠다. 송아지가 5분 만에 태어나지 않듯 책도 하룻밤 새 탄생하지 않는다. 당분간은 가축들에겐 내가 필요하고 내겐 가축들이 필요하다.

톱질

·

리무진 암소의 뿔을 자를 때가 되었다. 녀석은 뿔이 하나뿐이다. 뿔은 금세 자라기 때문에 제각은 연중행사가 되었다. 잘라주지 않으면 눈을 찌를 것이다. 녀석은 나이가 들어서 궁둥이가 홀쭉해졌지만, 해마다 좋은 새끼를 낳기 때문에 아직은 팔 생각이 없다.

녀석을 보정틀에 데려가 고정한다. 고삐에 밧줄을 달아 녀석의 머리 뒤쪽에 두른 다음 아래로 내려 코 위에 걸친다. 고삐를 조이는 것은 농부가 숙달해야 할 중요한 기술이다. 그래야 소를 쉽게 다룰 수 있다. 가축은 세월이 지나면 예전처럼 말을 듣지 않고 다

소 사나워진다. 미국에서는 소를 우리에 가두지 않고 반$\ast$야생으로 키우는데 대체 어떻게 그러는지 모르겠다.

밧줄을 조여 보정틀 앞쪽의 금속 기둥에 묶는다. 녀석이 제자리에 단단히 고정되면 아버지에게 고개를 끄덕인다. 아버지는 톱으로 뿔 끄트머리를 자르기 시작한다. 아버지는 톱질을 잘한다. 오랫동안 건축일을 해서 나무도 잘 자른다. 나는 목수 연장을 아버지만큼 잘 다루지 못한다. 여름에 아버지는 어린이집 강당을 설계하고 지었다. 목재는 북아일랜드의 오래된 오렌지단(아일랜드의 신교도 단체. ─ 옮긴이) 건물에서 가져온 200년 묵은 소나무를 대패질하고 사포질하고 잘라서 썼다. 완공된 강당은 아름다웠다.

나는 아버지에게 토로했다. "저는 죽었다 깨어나도 이렇게 못할 거예요."

아버지가 대답했다. "웬걸, 그렇게 어렵진 않아."

학생들도 좋아한다. 아버지는 옛 솜씨를 발휘할 수 있어서 그 주 내내 뿌듯하고 행복해했다.

톱질은 날렵하고 재빠르다. 아버지는 가루나 뼛조각이 소의 눈에 들어가지 않도록 조심한다. 소뿔은 뼈로 되어 있지만, 머리 가까이에는 혈관이 있다.

소뿔 끄트머리가 잘려나가자 녀석을 풀어준다.

아버지가 말한다. "이제 한동안 괜찮겠구나."

나는 녀석을 우사로 데려간다. 녀석이 걸을 때 젖통이 출렁거린다. 분만할 때가 거의 다 됐다. 조만간 새끼를 낳을 것이다.

이웃

•

농사는 고된 삶이며 농부들은 서로의 여정에 공감한다. 우리는 남들과는 다른 방식으로 서로의 실패와 성공을 공유한다. 우리는 이곳에서 하나의 공동체이며, 좋은 농사꾼은 이웃 없이는 힘을 쓰지 못한다. 인정하기 싫더라도 서로를 필요로 하기 때문이다. 어떤 사람도, 어떤 농부도 섬이 아니다. 이따금 이웃들도 우리처럼 문제를 겪는다. 트랙터가 고장 나거나, 소를 날라야 하는데 일손이 부족하거나, 여분의 트레일러가 필요하거나, 아니면 그저 다정하게 푸념을 들어주고 조언해줄 사람이 필요할 수도 있다.

나는 이웃 사람들의 초지와 땅을 우리 것만큼 잘 안다. 일손이 모자랄 때 도와주고 함께 일했으니까.

여름에는 머피네에서 사각형 곤포 쌓는 일을 도왔다. 그 집 아들들은 외국에 나가서 거들 수 없었기 때문이다. 내가 치른 대가는 일할 시간이 한 시간 줄어든 것뿐이었다. 머피네는 내가 곁에서 도와준 것을 고마워했다. 믹 삼촌이 죽었을 때는 이웃들이 띄운꼴 만드는 일을 도와주었다. 누가 말을 꺼냈는지는 모르겠지만 다들 트랙터를 몰고 나타나 풀을 베고 뭉치고 비닐로 싸서 쌓았다. 이 일을 결코 잊지 못할 것이다. 도와준 사람들도.

몇 주 선에는 이웃의 중요성을 새삼 깨달은 일이 있었다. 킬나캐로의 우리 땅 옆에 맥베이네 땅이 있는데, 우리 땅과 맞닿은 이탄지의 수렁에 말이 빠진 것이다.

짐은 아무리 애를 써도 혼자서는 말을 끄집어낼 수 없었다. 그 집 트랙터는 출력이 약했기에 질퍽질퍽한 흙에서 말을 끌어낼 수 없었다.

말을 구하기 위해 우리 트랙터와 사람 넷이 달라붙었다. 말은 우리가 꺼내주는 동안 "히힝" 하고 울었다. 녀석은 이미 투지를 잃었으며 우리에게 보탤 힘이 하나도 남지 않았다. 벨트와 밧줄은 던질 때마다 빗나갔다. 하지만 모든 희망이 사라지려는 찰나, 아버지와 내가 마지막으로 벨트를 던져 말을 끌어냈다.

우리는 그 짧은 순간을 위해 함께 노력한 결실에 한마음으로 기뻐했다. 짐과 그의 이웃인 우리가 아니었다면 말은 그날 죽었을 것이다. 우리 모두 그 일을 뿌듯해한다.

캐나다

•

어젯밤 밖에서 가축을 둘러보는데 눈이 내렸다. 영원한 암흑의 어둠 속에서 눈송이가 떨어졌다. 지금 눈이 오다니 뜻밖이지만, 올

겨울은 아직 끝나지 않았다. 눈은 듬성듬성 내려앉다 축축한 땅에 닿으면 녹아버렸다. 나는 한동안 가만히 서서 눈이 신비롭게 나풀 거리는 광경을 지켜보았다. 그때 캐나다가 떠올랐다.

그곳 겨울은 길었으며 눈은 높고 묵직하게 쌓였다. 우리가 이따 금 머문 호숫가 별장 근처는 물이 얼어붙어서 스노모빌을 타고 건 널 수 있었다. 프렌치강에서 곰을 보고 물가에서 검독수리도 보았 다. 그곳의 자연은 거대하고 웅장하다. 지금도 이따금 그 모든 일 이 꿈에서 떠오른다.

옛 애인과는 대화를 나누지 않은 지 1년이 넘었다. 이젠 무슨 말 을 해야 할지도 모르겠다. 작년 이맘때와는 느낌이 사뭇 다르다. 작년 겨울에도 농장에 와 있었지만 기쁨은 전혀 느끼지 못했다. 작년에는 나 자신을 농사꾼으로 여기지 않았다. 하루 앞을 내다보 지 못하는 한갓 일꾼으로, 집으로 돌아가는 길을 찾는 나그네로만 생각했다. 그 겨울은 이제껏 겪은 것 중에서 가장 어두웠다. 자연 의 날씨가 아니었다.

밤을 들여다보며 혀를 내밀어 눈을 맛본다. 차갑고 신선하다. 우 사에서 소 한 마리가 낮고 청명한 울음소리를 내어 나를 몽상에서 깨운다. 지금은 새벽 서너 시경이다. 박쥐조차 잠든 시간, 나도 자 러 가야겠다. 이제는 토론토와 시차가 얼마인지 기억나지 않는다.

부동산

·

'켈트 호랑이' 시절의 호황은 돈과 꿈을 가져다주었다. 그때 어떤 사람들은 우리 농사꾼들이 시대에 뒤떨어졌다고 생각했다. 땅을 일구는 것보다는 파는 것이 훨씬 짭짤했으니까. 우리는 개발용지를 팔 수 있었다. 도로에 인접한 초지를 팔면 돈을 만질 수 있었다. 하지만 그랬다면 그 돈은 지금쯤 어디론가 사라졌을 테고 초지에는 새 집들이 들어섰을 것이다.

우리 주에는 텅 빈 유령 단지가 아직도 많다. 지금과는 다른 어떤 시대의 기념물로 우뚝 서 있다. 결코 존재하지 않았던, 낯선 미래를 떠올리게 하면서. 불황이 우리 지역에 남긴 것은 빈 건물들만이 아니다. 수천 명이 고향을 등져야 했으며, 금전적 압박에 못이겨 세상을 등진 사람들도 있었다.

어머니는 아버지가 이따금 러스키네 땅을 사느라 진 은행 빚을 갚고 싶어 한다며, 클론핀을 팔면 더 빨리 갚지 않겠느냐고 내게 말한다. 불황이 끝나가면서 건설 경기가 다시 살아나 언덕배기 농장을 팔면 빚은 청산할 수 있겠지만, 그토록 오래 우리와 함께한 땅을 잃게 될 것이다. 호황기에는 그럴 생각이 없었고 지금도 그러고 싶지 않다.

아버지와는 클론핀 매도 건에 대해 이야기한 적이 없다. 아버지는 내가 언젠가 그곳에 집을 짓고 싶어 한다는 것을 안다. 이따금 아버지와 내가 그 땅에서 일하는 것처럼 미래에 나와 아들들이 그곳에서 일하는 상상을 한다. 나의 미래상은 여러 번 바뀌었지만, 그럼에도 언젠가 이뤄질 수도 있다고 생각한다.

차터스네

•

"차터스가 양을 밖에 내놨어요."

아버지가 묻는다. "어떻게 알았지?"

"자전거 타러 나갔다가 봤어요."

"어떻게 보이더냐?"

나는 솔직히 말한다. "좋아 보이던데요."

아버지가 끄덕인다. "그치네 양은 늘 훌륭하지."

차터스 집안은 200년 넘게 이 지역에서 살았다. 이곳에 온 것은 우리만큼 오래되었지만, 우리와는 출신이 다르다. 내가 차터스 노인을 알게 된 것은 불과 몇 년 전이다. 독립 전쟁 때 차터스의 삼촌 윌리가 살해당한 이야기를 쓰면서였다.

영국과의 전쟁은 아일랜드에서 결코 잊히지 않을 사건이다. 1919년부터 1921년까지 계속된 이 전쟁은 옛 아일랜드의 끝이자 새 아일랜드의 시작이었다. 그때 한 아일랜드가 죽었으니, 바로 브리티시 아일랜드였다. 차터스 집안이 개신교이자 영국계 아일랜드인 공동체에 속해 살아갈 때의 아일랜드였다.

월리 차터스가 아이일 때 IRA가 그를 죽이고 시신을 거틴 호수에 버렸다. 차터스 노인은 이 이야기를 들려주면서 눈물을 흘렸다. 그 사건이 벌어진 지 80년 가까운 세월이 흘렀지만 감정은 여전히 생생했다. 차터스는 월리가 결백했다고, 결코 첩자가 아니라며 삼촌이 어쩌다 분쟁에 휘말렸는지 설명했다.

차터스 집안의 두 사람이 땅 문제로 다퉜다. 즉 형제인 윌리엄과 로버트가 땅을 분할하는 문제로 언쟁을 벌인 끝에 새로 설립된 IRA 법원에 가서 판결을 청했다.

IRA 법원은 전쟁 시기에 아일랜드에서 유일하게 제 역할을 하는 사법 기관이었다. 형제는 지방 법원에 가서 자신들의 입장을 진술했다. 판사 빅토리 씨는 땅이 공평하게 분할되어야 한다고 판단하여 다른 IRA 대원들과 차터스 집안 사람들과 함께 땅을 직접 밟으면서 공정하게 측량하기로 했다.

하지만 IRA 대원들이 도착했을 때 윌리엄의 아들인 어린 월리가 영국군에게 가서 자기네 집에 적들이 있다고 알렸다. 빅토리와 부관 바니 킬브라이드는 적 전투원 신분으로 영국군에 체포되었다.

그 지역의 IRA 사령관 숀 매코언은 월리의 행동을 가장 위중한 반역 행위로 치부했다. 그는 월리를 붙잡아 처형하라고 명령했다.

IRA 대원들은 지금의 나보다 어린 월리 차터스에게 안대를 씌우고는 머리에 권총을 쏘았다. 아버지가 말하길 대원들은 월리에게 총살과 익사 중 하나를 선택하라고 했다. 윌리는 호수를 선택했지만, 그들은 어차피 총살할 작정이었다. 이 사건은 지역 내 영국계 아일랜드인 공동체에 충격과 변화를 가져왔다. 지금 마을에는 우리의 전쟁 영웅 매코언의 동상이 세워져 있다. 우리는 윌리를 입에 담지 않는다.

나는 윌리에 대한 단편 소설을 탈고했지만 차터스 노인에게는 아직 보여주지 않았다. 물론 보여주기는 할 것이다. 차터스 노인은 지금 잘 지내고 있으며 윌리가 잊히지 않았음을 알면 마음이 가벼워질 테니 말이다.

나는 윌리에게 진실이 선사하지 못하는 것을 허구로 선사하고자 했다. 그것은 최후의 존엄이었다.

클론핀

·

어머니가 클론핀에서 돌아왔는데 잔뜩 화가 나 있었다. 풀이 하나도 없어서 소들이 비쩍 마른 채 울부짖고 있다는 것이다. 어머니의 분노가 내게 쏟아진다.

"거기 안 가본 지 일주일이 넘었어요. 아버지가 다녀오셨는데 괜찮다고 했다고요."

"내가 다 부끄럽더구나. 이웃들이 뭐라고 말하겠니? 소들에게 띄운꼴과 견과를 갖다줘야 해."

"제가 처리할게요. 일어서 한다고요."

아버지는 시장에 갔는데, 차라리 다행이다. 이 자리에 있었다면 언성만 높아졌을 테니까.

어머니가 고래고래 소리 지르며 말을 잇는다.

"농장을 돌볼 사람이 아무도 없잖니. 팔아버려야겠어. 네 형, 너, 네 아버지 아무도 농부가 아니야. 그 땅이 없는 게 낫겠어. 우리가 기르는 가축조차 안 돌보잖아. 전부 팔아버려야겠다. 신물이 나는 구나."

"제가 지금 가볼게요."

어머니의 말이 내 자부심에 생채기를 냈다. 밤낮으로 일한 보람이 하나도 남지 않았다. 하지만 아버지에게도 화가 난다. 왜 소들이 괜찮다고 말했지? 왜 소들에게 풀이 필요하다고 말하지 않았지? 나는 아무 잘못도 없지만, 다시 한번 이 모든 사태의 중심에 서고 말았다. 침을 뱉으며 고함을 지른다. 비니가 쓰다듬어달라고 다리에 엉겨 붙지만, 녀석에게 앉으라고 소리친다. 녀석이 꼬리를 만 채 달아난다.

"제기랄, 제기랄."

소들을 먹이려면 원형 급사기를 가져가야 한다. 실외에서 가축에게 사료를 먹일 때 쓰는 금속제 통이다. 소들이 띄운꼴을 짓밟지 못하도록 쇠기둥이 둘러쳐져 있다.

우선 클론핀에 가서 조립할 요량으로 커다란 급사기의 절반을 트랙터 뒤에 싣는다. 그런 다음 작두를 로더에 올리고 큼지막한 띄운꼴 곤포를 가져온다. 준비가 다 됐다.

다시 어머니 생각이 떠올라 한숨을 내쉰다. 정말로 내게 화가 난 것은 아니라고 혼잣말을 한다. 속상해서 그랬던 거다. 며칠 지나면 사그라들 것이다. 날씨 때문인지도 모르겠지만, 요즘 들어 다툼이 부쩍 많아지고 집안 분위기가 다시 냉랭해졌다. 밤일, 송아지, 양, 레드의 죽음까지, 농장일이 우리 모두를 갉아먹고 있다. 서로 못 잡아먹어 안달이다. 이런 게 농사라고들 말하지만 나는 싫다. 내 맘대로 하게 되면 다르게 하고 싶다. 아들과 싸우지 않을 것이다. 내친김에 이 모든 현실에 저주를 퍼붓는다. 도시로 돌아가 이 지긋지긋한 꼴을 안 보고 사는 게 낫겠다 싶다.

농로를 따라 클론핀에 가는데 비가 내린다. 트랙터는 속력이 느려 40분을 가야 한다. 그 정도 시간이면 분을 삭이고 마음을 가라앉힐 수 있을 것이다. 어머니도 그럴 테고. 왜 쉬운 일은 없는 걸까.

클론핀에 도착하니 소들이 문간에서 나를 기다리고 있다. "음매" 하고 울지만 상태는 괜찮다. 비를 맞아 몸은 젖었어도 춥거나 굶주려 보이지는 않는다. 아마 어머니도 마음이 급해서 그랬을 것이다. 날씨가 어머니에게도 영향을 끼쳤나 보다.

길고 가파른 언덕을 올라가 급사기를 내려 조립한다. 땅은 축축하고 똥이 장화 위까지 차오른다. 저벅저벅 발걸음을 옮기며 용을 쓰는데, 하늘에서 옅은 안개가 내려와 깔린다. 조만간 전부 제자리를 찾아주고 곤포를 부릴 수 있을 것이다. 비닐을 벗겨 띄운꼴을 급사기에 넣자 소들이 주위에 둘러서서 흡족하게 식사를 한다.

일하면서 미국의 유명 작가 제이 매키너니와의 인터뷰를 듣는다. 그의 말을 듣고 있자니 뉴욕의 대저택들과 이스트 에그의 세계와 피츠제럴드의 재즈 시대가 눈앞에 떠오른다. 인터뷰어가 그에게 젊은 시절의 성공에 대해 묻자 그가 웃음을 터뜨린다. 나는 이제 마음이 누그러져 고뇌는 다 잊었다.

집에 돌아왔을 때 아버지에게는 아무 말도 하지 않는다. 위기 상황은 없었고 나는 며칠마다 소들에게 꿀을 가져다주어 녀석들을 행복하게 해줄 것이다. 띄운꼴이 남아 있는 동안은 녀석들에게 먹일 것이다. 곧 봄이 올 것이고, 녀석들을 클론펀의 이 덤불숲에서 옮길 것이다. 러스키네와 에스커의 초지는 무성하고 푸르를 것이다. 그곳에서는 우리 모두 한결 숨통이 트이겠지. 오늘 한 가지를 배웠다. 누구에게나 휴식이 필요하다는 것을.

히틀러의 오록스

·

오래전에 멸종한 짐승이 나치의 정신을 사로잡았다면 의아할 테지만, 뭐 그들도 평범한 사람은 아니었으니까.

히틀러가 유전학에 매료되었음은 널리 알려져 있다. 그의 나치 이데올로기를 뒷받침한 것은 우생학이었다. 그것은 유전자 풀에서 불순하고 더러운 것을 제거하고 사실상의 선택 교배를 통해 순수한 아리아 인종을 만들어낸다는 발상이었다.

이 망상은 인간뿐 아니라 동물에게까지 확장되었다. 그리하여 위풍당당한 짐승 오록스는 과거로부터 발굴되어 나치 과학자들 손에 부활할 신세가 되었다. 이 이야기는 결코 잊어서는 안 될, 소 역사의 서글픈 한 장면이다.

1930년대에 정치·군사 지도자 헤르만 괴링은 루츠 헤크라는 동물학자와 그의 동생 하인츠 헤크에게 오록스를 무덤에서 살려내는 임무를 맡겼다. 괴링은 이 고대의 짐승을 길러 당 고위 관료들이 사냥하도록 함으로써 옛 게르만 전설을 재현할 작정이었다. 게르만 신화에서 주인공 지크프리트는 엘크와 유럽들소 같은 유럽의 원시 동물과 더불어 오록스를 사냥했다.

이 낭만화된 과거에 대한 집착이 어찌나 크던지, 나치는 폴란드를 정복하기도 전에 소 떼 키울 장소를 폴란드의 숲으로 정했다. 오록스의 미래 보금자리는 유럽 최후의 황무지 비아워비에자 숲이었다. 그곳은 이미 유럽들소와 엘크, 늑대의 서식처였으며 이제 독일 엘리트의 전용 사냥터가 될 터였다.

1941년 마침내 비아워비에자 숲을 점령한 독일군은 주민 2만 명을(상당수는 유대인이었다) 소집하여 죽이거나 내쫓았다. 비아워비에자의 유대인들은 홀로코스트의 첫 희생자 중 하나였다. 그들은 아리아 소에게 자리를 마련해주기 위해 보금자리를 잃었다. 비아워비에자의 유대인 공동체는 괴멸되었다.

헤크 형제는 따로따로 작업했는데, 오록스를 만들어내기 위해 '역교배 육종'이라는 방법을 이용했다. 스페인의 투우, 코르시카와 헝가리의 고지대 소와 원시 품종을 비롯한 유럽의 여러 소 품종을 교배하여 녀석들의 힘과 체격을 뽑아낸다는 것이었다. 원래 오록스의 거대한 몸집을 재현할 수는 없었지만 호전적이고 드세고 위험하고 사나운 성격은 나치가 원한 그대로였다.

마침내 오록스를 폴란드의 숲에 풀어놓았지만, 1945년에 연합군이 승리하면서 대★아리아 사냥은 한 번도 실행되지 못했다. 독일의 패배는 소들에게도 종지부였다. 파르티잔과 주민은 오록스를 혐오스러운 짐승, 악의 상징, 살아 있는 미노타우로스로 여겨 보이는 족족 잡아 죽였다.

오늘날 헤크 오록스(오른쪽)는 2000마리밖에 남지 않았으며 설령 멸종하더라도 아무도 애석해하지 않을 것이다.

헤크 형제는 비아워비에자 숲의 인종 청소를 거들었음에도 전쟁 범죄로 기소되거나 유죄를 선고받지 않았다.

오늘은 안식일이다. 소들을 더 보고 싶지는 않다.

—
스히르모니코흐섬의 헤크 소

운

·

운이 다했다. 달리 표현할 말이 없다. 농사를 주관하는 신들은 우리의 소와 양에게 관대했으나 이제는 등을 돌렸다. 아일랜드인은 여전히 미신을 믿는데 이따금 나도 그럴 때가 있다. 성 프란체스코에게 간구하고 촛불을 밝혔지만, 죽음은 어김없이 찾아왔다. 죽음의 추수가 시작되었고 나는 무력하다.

그 일이 시작된 것은 일주일 전 자명종 소리를 놓쳤을 때였다. 나는 열두 밤 내리 당번을 섰다. 열두 밤을 마당에 나가 끊임없이 어둠을 가로질러 양들을 살피러 왔다 갔다 했다. 다행히도 소들은 새끼 낳을 때가 되지 않았다. 적어도 아직은.

삭신이 느른하여 새벽 3시와 4시의 자명종을 놓치고 계속 자버렸다. 마침내 6시에 일어나 마당에 나가보니 올해 최상의 새끼양이 죽어 있었다. 땅바닥에 널브러져 있었는데, 여전히 양수로 젖은 채였다. 이미 몇 주 지난 다른 새끼들보다 두 배는 컸다. 어미는 울면서 녀석을 일으키려고 땅을 긁었지만 죽은 짐승을 일으킬 수는 없는 법이다. 녀석의 완벽하지만 생명 없는 몸뚱이를 보고 있으니 몸 한 구석이 무너져 내렸다. 생명의 본질, 불꽃, 신성, 영혼 등. 새끼양에게서 사라진 것들에 의문이 들었다. 이 상실은 살면서 겪은 또 다른 상실들을 떠올리게 했다. 문득 가슴이 쓰라려 이젠 내가 누굴 애도하는지도 모를 지경이었다. 그것이 양의 죽음인지, 다른 무언가인지는 모르겠지만, 나도 어미처럼 한 번 더 녀석에게 생명을 불어넣으려고 애를 썼다. 마치 나사로처럼 깔짚에서 일어나길 바라면서. 나는 생각했다. 안 될 게 뭐람? 그리스도도 마구간에서 태어나지 않았던가.

"젠장" 하고 중얼거렸다. 말도 안 되는 생각이었으니까.

녀석을 큰 우리에서 끌어내어 빈 비료 포대에 넣었다. 자명종 소리를 못 들은 것을 자책했다. 그때 여기 있었다면 녀석을 살릴 수도 있었을 텐데. 내가 저지른 모든 실수들, 잃은 사랑들, 떠나보낸 목숨들, 캐나다, 호주, 내가 맡았다가 저버린 기자, 영화감독, 작가 따위의 역할들을 떠올린다. 이제 농사꾼으로서도 실패했다. 이 새끼양에게는 수많은 의미가 담겨 있었다. 녀석의 죽음은 올초에 나 혼자서 멋지게 받아낸 송아지와 극명한 대조를 이뤘다. 빛을 강조하는 어둠처럼.

집에 들어가자 어머니가 말했다. "네 잘못이 아니야."

"제 탓이에요."

"넌 지쳤어. 어쩔 수 없는 일이었잖니. 운이 없었던 거야."

나는 아무 말도 하지 않는다.

어머니가 이렇게 덧붙였다. "넌 할 만큼 했어."

"자러 가야겠어요."

아직 이른 시각이었고 나는 기진맥진했다. 꿈도 꾸지 않은 채 10시까지 내처 잤다.

다시 일어났을 때 아버지는 자명종을 놓친 것에 대해 한마디도 하지 않았다. 그래서 싸울 일도 없었다. 아버지도 죽음에 대한 감정이 어떤지 알며 상실을 이해한다. 양과 소는 우리가 공유하는 대상이니까.

아버지가 말했다. "고작 새끼양 한 마리일 뿐이잖냐."

하지만 우리는 고작 새끼양 한 마리가 아님을 안다.

죽음과 화해

•

이번 주도 나아지지 않았다. 네 마리가 더 죽었다. 처음은 새끼양 쌍둥이였다. 작고 조산이어서 난산이었다. 첫 분만이니 힘들 수밖에. 첫째를 꺼내는 데 30분 넘게 걸렸는데, 나오고 보니 목이 부러져 있었다. 끄집어내는 과정에서 내가 죽였는지도 모른다. 둘째는 잠깐이나마 살아서 젖을 빨았지만 몇 시간 뒤에 죽었다.

이튿날 또 다른 쌍둥이가 죽었을 때는 무감각했다. 녀석들은 다리가 서로 꼬인 채 태어났다. 잘라버려야 하나, 잠깐 고민이 들었다.

비료 포대는 이내 생명 없는 형체들로 가득 찼다. 사체들을 처리장에 가져갔다. 올해 이곳에 너무 자주 왔다.

목요일에는 한 마리도 죽지 않아서 불운이 끝난 줄 알았다. 하지만 금요일 정오에 다시 시작되었다.

젊은 암양 한 마리가 분만을 시작했는데, 이번에도 쌍둥이였다. 녀석은 튼튼한 우량 품종의 서퍽이어서 새끼를 제대로 낳을 거라 기대했다. 하지만 20분이 지났는데도 양막이 나오지 않았다. 양의 분만에는 여러 단계가 있는데, 그중 하나라도 실패하면 뭔가 잘못된 것이다. 절대 방심해선 안 된다. 서퍽은 새끼가 크고 억세서 낳기 힘들기 때문에 더더욱 신경을 곤두세워야 한다.

이 암양은 고리 자궁이었는데, 이 말은 근육이 이완되지 않아 자궁목이 열리지 않았다는 뜻이다. 복부를 조심스럽게 주무르고 분만용 젤을 듬뿍 바르면 대부분의 암양은 자궁목이 확장되어 정상적인 보조 분만이 가능하다. 나는 문지르고 바르고 주무르면서 보조 분만을 시작했다. 시간이 촉박했기에 잽싸게 움직였다. 이 과정을 5분간 시행하고 암양을 5분간 휴식시킨 뒤에 반복했다. 하지만 조치가 끝났는데도 자궁은 여전히 꽉 닫혀 손가락 두 개 들어갈 공간밖에 없었다. 열릴 가망은 없었다.

아버지에게 말했다. "이래선 새끼양이 나올 수 없어요."

"그게 무슨 말이냐?"

"수의사가 필요해요. 제가 할 수 있는 건 없어요. 감옥처럼 단단히 잠겼다고요."

아버지 또한 일주일간의 실패로 심신이 지쳤는지 내게 시비를 걸었다.

"스스로 열릴 거다."

"못 한다고 말씀드렸잖아요. 수의사 안 부르면 새끼들은 죽어요."

내가 더 신경질을 낸 뒤에야 아버지는 수의사에게 연락했다. 이제 어미까지 위험해져 세 마리 다 잃을까 봐 두려웠다.

수의사는 처음 보는 사람이었다. 곰리가 올 수 없어서 북부의 다른 진료소에서 대신 왔다. 그녀는 내게 어미를 모로 누이고 발을 묶으라고 했다. 시키는 대로 하고 옆구리 피부를 깨끗하게 볼 수 있도록 털을 제거하기 시작했다. 사람 같은 분홍색 속살이 드러났다. 양사 바닥에 떨어진 털은 웅덩이처럼 뭉쳐 있었다. 내가 어미의 주둥이를 쓰다듬는 동안 수의사가 시술을 시작했다.

그녀가 말했다. "좋은 암양이네요."

아버지가 대답했다. "그럼요, 썩 나쁘진 않죠."

나는 부정 탈까 봐 아무 말도 하지 않았다. 지난 며칠을 떠올리며 이 순간에 모든 것을 쏟아부었다. 생명을 구하고 불운을 되돌리고 싶었다.

메스가 여러 겹의 피부층을 자르자 첫 번째 새끼양이 보였다. 수의사는 벌어진 자궁으로 새끼를 천천히 꺼내어 아버지에게 건넸다. 아버지는 새끼의 코에서 점액을 닦은 뒤에 폐 속의 액체가 빠져나오도록 세 번 흔들었다. 새끼가 고개를 내두르며 울자 우리는 미소를 지었다. 살았다는 얘기니까. 아버지가 내게 새끼를 건넸다. 나는 귀에 물을 부어 녀석을 이 세상과 생생하게 대면시켰다.

수의사는 하던 작업으로 돌아가 손을 밀어 넣고 불순물을 치우고는 두 번째 새끼를 잡았다. 아까와 같은 과정이 반복되었으나 우리의 미소는 차갑게 굳어버렸다. 첫째가, 그리고 둘째가 의식을 잃기 시작했다. 내가 흉부 마사지를 했지만 둘 다 죽고 말았다.

수의사가 "저런, 톰. 유감이에요"라고 말하며 절개 부위를 봉합하기 시작했다.

우리는 한참 동안 입을 열지 않았다. 나는 수의사를 그녀의 지프까지 바래다주었다. 아버지는 새끼들을 포대에 넣었다. 우리의 머릿속에는 수의사 왕진 비용만 남았다. 우리가 저지른 실수만 남았다. 그날은 더는 싸우지 않았다. 싸워봐야 새끼가 다시 살아올 리 없으니까.

아버지가 말했다. "어미양이 밤을 무사히 넘기면 새끼를 붙여줘야겠다."

내가 대답했다. "그럼요."

우리는 일요일을 기다렸다. 다음 주는 나아질 거라 스스로에게 말했다. 할 수 있는 말은 그것뿐이었다.

밤을 새우다

•

힘든 한 주가 마침내 끝나고 오늘 밤 그래니와 함께 있다. 데이비 삼촌네가 슬라이고에 있는 캠핑카에 하룻밤 묵으러 가면서 내게 그래니 곁에 있어딜라고 부탁했다. 그래니가 걱정되어서는 아니다. 아흔이지만 남의 도움은 전혀 필요 없으니까.

그래니가 저녁거리로 달걀을 부치면서 말한다. "말동무만 있으면 된단다."

"그거야 쉬운 일이죠."

"여기 달걀 먹어라."

"맛있겠어요."

저녁을 먹고 차를 마신 뒤에 한두 시간 세상사를 조목조목 비판한다. 그래니는 1916년 부활절 봉기 기념식에 신물이 났다. 자유를 향한 아일랜드의 여정이 시작된 지도 벌써 100년이 지났다. 그래니는 미망인 전쟁 연금을 받는 최후의 여인이지만 살육이 지나쳤다고 말한다.

"올해가 지나가면 다들 지겨워질 게다"라며 웃음을 터뜨린다.

"그렇겠죠."

며칠 전에 총선이 실시되었는데, 우리 주에서는 의원을 한 명도 배출하지 못했다. 그래니는 이것도 불만이다. 투표한 것은 틀림없는데, 누구를 찍었는지는 아무에게도 알려주지 않는다. 알 필요도 없고. 뉴스가 바닥나자 우리는 이웃들의 근황과 누가 죽었는지를 이야기한다.

그래니는 매일같이 지방 라디오 방송으로 부고를 듣는다. 이것은 그래니에게 삶의 일부이다. 많은 친구들이 이미 세상을 떴기 때문이다. 우리는 그래니의 죽음에 대해 진지하게 이야기하는 법이 없다. 100살까지 사실 거라고 농담하면 그래니는 그러지 않았으면 좋겠다고 말한다. 그날을 생각하고 싶지는 않지만, 그래니가 이미 죽음을 맞을 준비가 되어 있음을 안다.

이야기를 나눈 뒤에 게일어 방송인 TG4에서 전통 음악 프로그램을 시청한다. 치프턴스가 출연하여 민요를 연주한다. 우리는 미소 지으며 아는 연주자를 손가락으로 가리킨다. 〈오설리번스 마치〉와 〈포기 듀〉가 울려 퍼지게 놔둔다. 이럴 때면 자신이 누구인지 알게 된다. 이 음악, 이 언어는 우리 민족의 유산이다. 그래니 쪽 사람들은 다들 음악적 재능이 있었다. 외삼촌 할아버지는 전 아일랜드 하모니카 대회 우승자였다. 그래니에게 연주나 노래를 할 수 있느냐고 물어본 적은 없지만, 할 수 있더라도 놀라지 않을 것이다.

잠자리에 들기 전에 지난날에 대해 이야기한다. 그래니는 내가 우리 가족의 다음 세대를 위해 오래전 기억들을 수집하고 있다는 걸 안다. 우리는 케이트 멀린과 타이태닉호 이야기를 다시 꺼낸다. 그래니에게는 늘 이야깃거리가 있다. 아버지처럼 그래니도 타고난 이야기꾼이다.

"멀린을 아셨어요, 그래니?"

"그녀의 편지와 물건이 고향으로 돌아왔지만, 그녀 자신은 결코 돌아오지 않았단다."

케이트 멀린은 타이태닉호 사고가 일어났을 때 젊은 처녀였다. 뉴욕에서 직장을 얻어 새 삶을 시작하려고 미국으로 가는 길이었다. 1912년이면 그래니가 태어나지도 않았을 때였다.

배가 가라앉을 때 케이트는 철문 뒤에 갇혔다. 그녀를 구한 사람은 제임스 패럴이라는 아일랜드 출신 남자였다. 그는 그 과정에서 목숨을 잃었다. 할리우드 영화의 여러 장면들이 이 순간을 소재로 삼았다. 케이트가 마지막 구명정을 타기 직전에 배가 가라앉았다. 제임스 패럴은 마지막 몸짓으로 자신의 모자를 던지며 "다음 세상에서 만나요"라고 말했다. 그 춥고 캄캄한 밤에 죽은 수많은 사람들과 마찬가지로 제임스의 시신도 발견되지 않았다. 케이트는 롱아일랜드에서 여생을 보냈으며 다시는 바다에 발을 들이지 않았다. 그녀는 천수를 누리고 1970년에 죽었다.

그래니가 말한다. "케이트는 그 이야기를 오랫동안 들려주었단다."

제임스 캐머런의 영화에서 잭 도슨(레오나르도 디카프리오 분)의 아일랜드인 친구 토미 라이언이 패럴을 모델로 삼았다. 우리 교구에서 숀 신부님 사택 바로 옆에 케이트 멀린 기념물을 제막할 때 패럴의 가족도 미국에서 왔다. 좋은 사람들이었다. 그들은 자신의 뿌리를 잊지 않았다.

그래니는 "타이태닉호는 '불가침不可沈의 배'라고 불렸지만 침몰하고 말았단다"라고 마무리 지으며 텔레비전을 끈다.

"일찍 자자꾸나."

"그래요."

아침이 되었을 때 그래니는 벌써 닭들에게 모이를 주고 내 아침 식사를 차려두었다. 우리는 차를 마시며 새로운 하루를 맞이한다. 나는 잠시 생각에 잠긴다. 우리는 간밤의 잠에 대해, 내가 계획한 일에 대해 이야기한다. 그래니 집을 나서면서 당신은 소란의 불가침의 여인이라고 농담을 건넨다. 오래오래 항해하시길.

구름 사이로

•

클론펀에서 소를 몇 마리 데려왔다. 비가 심해져서 야외에서 지내기가 불편했기 때문이다. 녀석들은 이동시키기가 힘들지 않았으며 우리에 들어온 것을 좋아했다. 새끼 낳을 준비가 될 때까지 견과를 추가로 먹일 것이다.

아일랜드 서부의 범람이 잦아들었고 수선화가 길가에 피기 시작했다. 마침내 봄이 왔나 보다.

올해 처음 태어난 송아지들은 잘 자란다. 녀석들을 괴롭히던 병은 떠나갔고 설사 증세는 찾아볼 수 없다. 다행이다. 새끼들은 나이에 걸맞게 대담해져서 마당을 경중경중 뛰어다닌다. 비니와 쫓고 쫓기는 놀이도 한다. 소들이 가만히 있지 못하는 것을 보니 날씨에서 변화의 냄새를 맡은 게 틀림없다. 하지만 들판이 아직 젖어 있어서 밖에 내보낼 땐 조심해야 한다. 조만간 다들 초지에 내보내겠지만 아직은 때가 아니다.

꼴은 아직 남아 있다. 곤포를 세어보니 허비하지만 않으면 한 달은 거뜬히 버틸 수 있겠다. 양 먹일 꼴도 충분하다.

올해 두 번째 태어난 새끼양들도 건강하다. 길 건너 형네 집 앞 작은 울안으로 옮기기로 한다. 그곳은 양들이 달아나지 못하게 목양 울타리가 쳐져 있다. 모든 땅에 목양 울타리가 쳐져 있지는 않다. 처음 양을 방목하려 했던 때가 생생히 기억난다. 몇 해 전, 내가 아직 미숙할 때였다. 나는 목양견 역할을 맡아 들판과 도랑을 가로질러 양들을 몰았다. 결과는 대실패였다.

내가 아버지에게 말한다. "준비가 되면 내보내죠."

아버지가 고개를 끄덕이며 동의한다.

녀석들에게 먹일 꼴을 내온다. 성장 촉진을 위해 견과를 계속 먹일 것이다. 한 포대에 10유로이지만, 변화가 눈에 보이므로 돈을 허투루 쓰는 것은 아니다. 위땅의 양들도 무럭무럭 자란다. 몸무게가 30킬로그램을 넘는다. 며칠마다 급사기를 채워줘야 한다.

우리는 올겨울에 닥친 시련에 맞서 싸웠으며, 피해를 입긴 했지만 쓰러지지는 않았다. 스스로에게 짧은 미소를 허락한다. 일은 힘들고 비는 길었으나 마침내 상황이 호전되기 시작했다.

며칠 지나면 암소들이 새끼를 낳을 테고 올해 세 번째로 양들이 태어날 것이다. 이제 한숨 돌려도 좋다. 일주일 동안은 밤 당번이 없다. 부어오른 눈자위도 가라앉기 시작한다. 이제야 다시 사람 꼴로 보인다.

어머니가 라디오에서 나오는 저항 가요를 따라 부른다. 기분이 좋아 보인다. 어디에나 작은 기적이, 봄의 은총이 있다. 부지런한 꽃과 나무가 천국의 메시지 같은 봉오리를 틔운다. 올해도 생명이 지속될 것임을 보여주듯.

마당에서 안으로 들어와 선 채로 차를 마신다.

"날이 푸근해요."

어머니가 미소 짓는다. "고비는 넘긴 것 같구나. 이제 뭘 할 계획이니?"

할 일 목록을 읊고는 헤슬린네에 가볼 생각이라고 말한다. 그들을 마지막으로 본 건 몇 주 전이다. 소와 양의 분만이 한창 시작되기 전이었다.

"너한테 무슨 일이 생겼나 궁금해하겠구나."

고개를 끄덕이며 집 밖으로 나오는데 〈어 네이션 원스 어게인〉의 후렴부가 힘차게 울려 퍼진다.

헤슬린네

◦

윌리 헤슬린과 디어드리 헤슬린은 나와 친한 사이이다. 두 사람은 내 절친 리엄의 부모이다. 우리가 안 지도 20년이 다 되어간다. 집에 돌아온 뒤로 그 집에 매주 들르다시피 했다. 그러려면 따로 시간을 내야 한다. 두 사람도 농사꾼이다. 우리는 고충을 서로 나눈다. 리엄은 다른 인생행로를 선택하여 배우가 되었다. 아일랜드 농촌 출신이 무대를 밟는 것은 예삿일이 아니다. 하지만 리엄은 어릴 적부터 연기에 뜻을 두었다. 지금은 세계 순회공연 중이다. 내가 지금처럼 행복하고 뿌듯하지 않다면 그에게 질투심을 느꼈을 것이다. 그의 성공은 내 성공 같았다. 우리 둘 다 결정적 기회가 찾아오길 꿈꿨기 때문이다.

내가 지프에서 내리며 인사한다. "날이 근사하네요."

디어드리가 반긴다. "어라, 존. 네가 죽은 줄 알았단다."

윌리가 미소를 지으며 거든다. "양 때문에 정신없을 거라고 이 사람에게 말했거든."

내가 답한다. "그랬죠. 송아지들도 얼마나 힘들었다고요."

"말도 마라. 우리도 지긋지긋하다."

우리는 부엌에 들어간다. 디어드리가 주전자에 커피 물을 끓인다. 우리는 앉아서 그간의 소식을 주고받는다. 헤슬린네는 옆 교구에 살고 다른 축구단을 응원하고 다른 상점을 이용한다. 그들이 전해주는 소식은 처음 듣는 것들이다.

커피를 홀짝이며 묻는다. "소 분만은 어떻게 되어가요?"

디어드리가 담배에 불을 붙이며 말한다. "윌리가 어젯밤에 좋은 새끼를 받았단다."

윌리가 이어서 말한다. "수놈이었지."

"잘됐네요. 송아지 좋아요?"

"우리 씨소가 새끼를 잘 낳는단다. 너희는 어떠냐?"

"괜찮긴 한데 예년만큼은 못해요. 한 마리를 잃었어요."

윌리가 힘주어 말한다. "소 키우다 보면 그럴 수 있지."

디어드리가 덧붙인다. "어린 수컷 하나가 병균이 옮아서 폐렴에 걸렸는데, 다시 괜찮아졌단다."

리엄 소식을 묻고는 내가 아는 얘기를 디어드리에게 해준다. 리엄은 요즘 바빠서 우리 중 누구도 예전만큼 이야기를 많이 나누지 못한다. 하지만 잘해나가고 있다. 디어드리는 행복해한다. 딸 샤론도 리머릭에서 석사 과정을 마치고 있어서 집이 적막하다.

이제 정치 얘기를 나눈다. 디어드리는 정치에 빠삭하지만, 새 정부 구성 협상이 어떤 식으로 전개될지는 확언하지 못한다. 어느 쪽도 압승을 거두지 못했기 때문이다. 아일랜드는 정부가 없는 상태이며 한동안 이럴 것이다. 비스킷과 샌드위치가 나오고 화제는 스포츠로 넘어간다. 클럽 축구는 비시즌이어서 군소 경기만 열리고 있다. 우리는 럭비에 대해, 새 아일랜드 팀의 몰락에 대해 이야기한다. 이젠 예전의 팀이 아니어서 가슴이 아프다. 나는 축구에 문외한이어서 윌리에게 요즘 상황을 전해 듣는다.

한 시간이 후딱 지나가고 이야깃거리도 바닥났다. 윌리가 나를 우사에 데려가 송아지들을 보여준다. 젖 뗀 송아지들은 우시장 갈 준비가 되었다. 나는 소를 잘 키웠다며 치사를 건넨다. 리엄은 농사꾼이 되지 않겠다고 말했으므로, 때가 되면 윌리가 어떻게 할지 모르겠다. 윌리는 아직 기력이 있고 농사밖에 모른다. 그는 리엄을 자랑스러워하며, 아들이 좋아하는 일로 먹고살기를 바란다.

"책은 어떻게 되어가니?"

"소가 더 짭짤해요."

"다 자리를 잡게 될 거다."

"그랬으면 좋겠어요."

작별 인사와 함께 송아지들이 태어나면 더 자주 들르겠노라 약속하고 헤슬린네를 떠난다. 힘든 시기에 두 사람이 내게 좋은 친구가 되어주었음을 똑똑히 기억한다.

소의 혁명

·

미국인들이 대평원을 탐사하고 롱혼과 크래커 품종을 교배하는 동안 영국에서는 세상을 바꿀 농업 혁명이 일어나고 있었다.

이 혁명은 튜더 왕조의 인클로저에서 시작되었는데, 공유지를 나눠 대상 방목(목구牧區를 띠 모양으로 세분하여 목초 생산성과 채식량을 고려하여 면적을 조절하며 실시하는 집약적인 방목법.-옮긴이)과 대상 재배(띠 모양의 조직적 배치로 작물을 재배하는 것.-옮긴이)를 실시하던 중세의 개방 경작 방식은 이로써 종언을 고했다. 개방 경작은 성격상 봉건적이었으며 토지를 최대한 활용하지 못했다. 인클로저는 여러 부수 효과를 낳았는데, 대표적으로 토지가 없는 소작농들이 공유지에서 쫓겨남으로써 새로운 유동적 노동력이 형성되었고 이들은 결국 잉글랜드 북부 도시들에서 산업 혁명의 원동력이 되었다.

토지에 울타리를 쳐서 공유지를 사유지로 바꿈으로써 대규모 농장이 발전할 수 있었으며, 이와 더불어 농사법이 개량되었고 토지를 소유한 농부들은 자유롭게 혁신을 시도했다. 인클로저는 처음에는 반발에 부딪혔으나 농업 생산성이 영국 인구 증가율을 앞지르면서 불만은 잦아들었다.

영국 농업 혁명이 일어날 수 있었던 것은 인클로저만이 아니라 윤작법 발전으로 땅을 놀리는 옛 농법보다 농업 생산성의 증가, 새로운 쟁기와 농기구 개발, 농산물을 내다 팔 전국 규모의 시장 형성(자기조정 시장이라는 개념은 여기에 뿌리를 둔다), 마지막으로 선택 교배의 성공 등 여러 요인이 어우러진 덕이다.

소가 역사의 다음 단계로 나아간 것은 한 사람의 공이다. 오늘날 로버트 베이크웰을 기억하는 사람은 많지 않겠지만, 그가 없었

—

빌럼 롤로프스, 〈소가 있는 목초지 풍경〉(1880년경).

다면 찰스 다윈도 앨프리드 러셀 월리스도 없었을 것이다. 1724년 레스터셔 소작농의 아들로 태어난 베이크웰은 젊을 때 유럽 전역을 여행하면서 다양한 농사법을 연구한 뒤에 고향에 돌아와 아버지가 죽은 1760년까지 함께 일했다. 과학자 베이크웰이 탄생한 것은 이 순간이었다. 그는 농장 전체를 실험 무대로 삼아 토양과 초지를 구획하여 관개하고 선택 교배를 개척했다.

그때까지만 해도 농장에서는 저마다 다른 품종들이 지리적으로 가까이 모여 있었으며 교배는 지역 내에서 이루어졌다. 이런 농법으로는 지역적 변이를 만들어낼 수 있지만 훌륭한 암소나 빼어난 수소의 형질이 다음 세대에서 사라질 가능성이 컸다. 베이크웰은 암수를 분리하기 시작했으며 교배 과정을 직접 관리했다.

이 동종 교배법은 일종의 인위 선택이었다. 베이크웰은 수소를 자신의 맘에 드는 암소와 교배했으며 때로는 수소를 자식과 근친 교배하여 특정 형질을 보존하고 촉진했다. 사실상 어머니 자연에게서 통제권을 빼앗아 자신의 소와 양을 선택적으로 교배한 것이었다.

최초의 고기소를 만들어낸 공은 베이크웰에게 돌아가야 한다. 디실리 롱혼은 잉글리시 롱혼 암소와 웨스트모어랜드 수소를 교배한 결과이다. 이 품종은 산업화가 진행되는 영국 도시들의 소고기 수요 증가를 감당할 수 있었으며, 19세기 초에 약 3200만 명이던 노동자 수가 두 세기 만에 2650만 명 넘게 증가하는 데 한몫했다.

베이크웰의 동종 교배법은 엄청난 영향력을 발휘했다. 그의 품종과 발상은 유럽을 지나 호주와 남북아메리카에까지 전파되었다. 이 새로운 교배법 덕에 소의 크기도 달라졌으니, 소의 평균 몸무게는 20년 만에 두 배로 늘어 380킬로그램이 되었다.

선택 교배라고도 하는 인위 선택은 찰스 다윈이 자연 선택 이론을 확립하는 데 큰 역할을 한다. 다윈은 베이크웰 사후 60년 뒤에 쓴 책에서 이 농업 선구자의 글을 직접 인용하면서 인위 선택이 가축화 조건에서 변이를 만들어낸다고 언급했다. 달리 말하자면 베이크웰은 특정 형질과 속성을 구분하고 교배함으로써 새로운 아종을 만들어냈다는 점에서 진화가 어떻게 작동하는지 보여준 것이다. 자연이 오랜 세월에 걸쳐 이룬 것을 베이크웰은 자신의 일생에 이뤄냈다. 우리가 지금 받아들이는 진화론이 탄생한 것은 다윈이나 러셀 월리스 못지않게 베이크웰과 그의 소들 덕택이기도 하다.

베이크웰의 영향력과 발상이 어찌나 대단했던지 프랑스의 샤롤레와 잉글랜드 북동부의 쇼트혼을 비롯한 새로운 소 품종들이 전 세계에 등장하기 시작했다. 흥미롭게도 한 세기 뒤에 영국 품종인 헤리퍼드와 애버딘앵거스는 시장 수요에 맞게 몸집이 작도록 선택적으로 교배되었다. 다 자란 애버딘앵거스는 키가 성인 남자의 허리 높이에 불과했다. 이 품종들은 그 뒤로 다시 교배되어 이제는 선키가 19세기의 두 배에 이를 정도로 커졌다.

애석하게도 베이크웰의 신품종 소와 양이 모두 계속해서 인기를 끈 것은 아니었다. 디실리 롱혼은 오늘날 찾아보기 힘들다. 이 것은 소고기 생산 못지않게 소 교배의 유행과 취향 변화 때문인 듯하다. 농부들조차 파리의 대형 부티크처럼 유행에 휘둘린다.

어릴 적 우리 농장의 소들은 변화의 조용한 옹호자 베이크웰이 아니었으면 탄생하지 못했을 것이다. 우리 소들을 야생 동물이 단순히 가축화된 것으로 생각하기 쉽지만, 사실 녀석들은 우리의 필요에 맞도록 신중하게 교배되고 사육되었다.

자전거 경주

·

대규모 자선 자전거 경주일이 찾아왔다. 몇 주 동안 훈련한 덕에 힘과 투지가 넘친다. 나는 70킬로미터 코스에 도전한다. 길긴 하지만 이번 기회에 스스로를 시험해볼 작정이다. 아버지는 나와 자전거를 읍내의 출발선까지 실어다 주었다. 농부, 상인, 전문직 등 중부 전역의 사이클 애호가들이 모였다. 모두가 이곳에서 함께 달리는 이유는 자선 행사를 조직하다 세상을 떠난 사람을 추모하기 위해서이다. 도착하자마자 아는 사람을 만나 담소를 나누고 함께 웃고 경주 이야기를 한다.

출발 위치에 선다. 나는 몇 년 만에 만난 옛 학교 친구와 같은 조를 이룬다. 경주가 시작되고 우리는 페달을 밟는다. 전원을 가로질러 옆 리트림주에 진입한다. 날씨는 맑고 화창하다. 공기가 쌀쌀하지만 괜찮다. 좀 있으면 더운 몸을 식혀줄 테니까.

친구가 묻는다. "소들은 어때, 존?"

"잘 있지. 네 소들은?"

"지금은 좋아. 긴 겨울이 끝났으니."

"하긴."

이제 페달을 밟는 발에 힘을 주어 도로에서 농로로 접어든다. 우리는 스포츠와 여자와 역사 이야기를 한다. 대화는 즐겁다.

친구가 다시 말한다. "선술집에서 못 본 지 오래됐군."

내가 말한다. "나 술 끊었거든."

"잘했네. 나도 끊을까 생각은 자주 하는데. 힘들었어?"

"작심하면 그렇게 힘들진 않아."

그가 조심스레 묻는다. "작년 한 해 힘들었지? 지금은 괜찮아?"

"다시 멀쩡해졌어. 다행이지."

"그렇고말고. 네가 허심탄회하게 말해줘서 맘이 놓여."

"우리 집만 그런 건 아니니까."

친구는 괜찮다는 나의 말에 안심하며 화제를 돌린다.

클룬에서 선수들의 일부가 떨어져 나가 마을 회관에서 차를 마신다. 축구장 옆에서는 사람들이 득점판에 행운을 비는 문구를 붙여두었다. 사람들이 길목에 줄지어 서서 손을 흔들고 우리는 미소에 미소로 화답한다. 나는 가져온 비스킷을 주변 사람들과 나눠 먹으며 에너지를 보충한다. 그러고는 다시 페달을 밟는다. 리트림의 모힐 읍에 이르렀을 때 친구가 힘들어한다. 훈련을 많이 하지 않은 탓이다. 보조를 맞추려고 속력을 늦춘다.

그가 숨을 헐떡이며 말한다. "먼저 가. 나 때문에 너까지 뒤처지게 하고 싶지는 않아."

"함께 출발했으니 도착도 함께 하고 싶어."

"그러면 고맙지."

리트림에는 우리의 작은 농장이 있다. 작은 주이고 토질도 메말랐지만 그런 악조건에서도 아일랜드 최고의 소를 길러낸다. 인구가 2만 5000명밖에 안 되는데 우시장은 다섯 곳이나 된다. 아일랜드 공화국과 북아일랜드의 정중앙에 있어서 벨파스트와 데리의 중간상들이 소를 사러 온다.

이제 럭비 회관과 결승선을 향해 방향을 튼다. 기운이 빠져서 말수도 줄었다. 우리를 기다리고 있을 음식을 생각한다. 우리는 테리 이야기를 한다. 이곳에 없는 사람, 이날의 행사를 처음 시작한 사람.

누군가 말한다. "그가 있었다면 뿌듯해했을 텐데."

다른 누군가가 대꾸한다. "선두 그룹에 있었겠지."

"착한 사람들은 왜 그렇게 일찍 데려가시는지 몰라."

우리는 그의 이른 죽음을 애도한다. 애도의 방식은 옛 사람들이 우리에게 보여준 그대로이다. 아이폰을 가지고 다니고 댄스 음악을 듣지만 우리는 여전히 시골의 관습을 간직한 시골 사람이다.

페달질을 할 때마다 떠난 이를 기억한다. 페달질을 할 때마다 삶을 찬미한다. 살아 있어서 기쁘다. 잘살고 있어서 기쁘다.

럭비 회관에 도착하니 선수들로 발 디딜 틈이 없다. 우리는 카레라이스를 두세 그릇 먹고는 마을로 돌아와 서로 작별 인사를 건네고 헤어진다.

내가 말한다. "다음 경주 때 만나요."

그들이 대답한다. "그러자고요."

호주의 원주민 카우보이

•

카우보이를 처음 만났던 일이 생각난다. 호주에서는 농장을 '스테이션'이라고 부르고 카우보이를 '재커루'나 '드로버'라고 부른다. 미국 못지않게 농장이 넓고 지형은 험하며 날씨가 궂다.

늙은 원주민 잭은 은퇴한 드로버인데, 젊은 시절에 호주 북부 전역의 소 스테이션에서 일했다. 그는 사막에 사는 유목 집단 구린지족의 일원이다. 구린지족은 노던준주에 3000제곱킬로미터 넘는 땅을 가지고 있다. 1850년대에 영국의 정착민과 소 사육자가 들어오면서 물을 차지하려는 경쟁이 치열해지고 잔혹한 학살이 벌어졌다. 곤경에 처한 구린지족은 백인이 소유한 소 스테이션에서 일하며 정착하는 길을 선택했다.

잭은 모임에 참석하려고 캐서린 읍내까지 비행기를 타고 왔다. 체크무늬 셔츠와 청바지의 카우보이 복장에 낡은 어큐브라 모자를 썼다. 영어가 모국어가 아니어서 말투가 딱딱하고 뚝뚝 끊어졌다. 우리는 동네 선술집에 앉아 소와 인생과 농사에 대해 이야기했다.

대다수 백인 정착민은 호주 내륙의 열악한 환경에 기가 질렸다. 이 때문에 많은 스테이션에서는 원주민을 목부(목장에서 소, 말, 양 따위를 돌보며 키우는 사람. ―옮긴이)와 하인으로 고용했다. 그들은 값싼 노동력으로, 변변찮은 월급과 최소한의 식량만 받고 일했으며 '험피'라는 함석집에서 살았다. 수돗물도, 위생 설비도 없었다.

잭이 말했다. "힘든 삶이었소."

내가 기억하는 그의 얼굴은 주름지고 삭았으나 미소에는 백인에게서 보지 못한 다정함이 배어 있었다. 이 미소는 그의 과거에서 왔을 것이다. 구린지족 목부와 하인, 그들의 가족 200명이 벌인 1966년 웨이브힐 파업에 그도 참가했기 때문이다. 이 파업은 노던 준주 토지 권리 운동의 시작이었으며 원주민들이 자신의 인권을 내세운 출발점이었다.

웨이브힐 스테이션은 베스티 가문 소유였다. 베스티 남작은 영국인으로 축산과 운송 업계의 거물이었는데, 호주의 넓은 오지가 그의 소유였다. 구린지족을 비롯한 호주 원주민들을 터전에서 몰아내는 일도 그의 몫이었다. 소가 토지 강탈의 수단으로 쓰인 것은 이번이 처음이 아니었다.

맥주가 한두 잔 들어가자 잭은 파업 얘기를 꺼냈다. 그들의 지도자는 빈센트 링기아리라는 목부로, 와티 크리크 근처의 성지로 인부들을 이끌고 가서 7년에 걸친 파업을 시작했다. 처음에는 백인과 동등한 임금을 달라는 운동으로 출발했으나 베스티 가문이 빼앗은 원주민의 땅을 돌려달라는 요구로 발전했다. 베스티 가문과 노던준주 정부는 소고기 뇌물과 임금 인상으로 구린지족을 구워삶으려 했다. 나중에는 괴롭히고 협박하는 전술을 쓰다가 결국 대중의 항의가 거세지자 고프 휘틀럼 호주 총리가 직접 베스티 가문과 협상을 벌여 원주민들에게 땅의 일부를 돌려주도록 했다. 1975년에 토지가 반환되었으며 호주 토지 권리 운동은 최초의 큰 승리를 거뒀다.

이제는 원주민 카우보이가 얼마 남지 않았다. 잭 부류는 구세대이다. 이들은 컨트리 음악을 듣고 사륜구동을 몰며 더운 날 맥주를 들이켜지만 젊은 시절의 위대한 드로버는 옛말이 되었다. 이제 이곳 목장들은 헬리콥터와 오토바이로 관리된다. 많은 원주민은 복지 급여를 무상으로 지원받기에 일할 필요가 없는데, 이 때문에 사회 문제가 생기기도 한다.

잭은 이젠 별종이며 그의 삶은 옛 세계를 엿볼 수 있는 창이다. 그는 소를 감별하는 솜씨가 아직 녹슬지 않았다고 말했으며 우리는 헤리퍼드와 브라만의 교배에 어떤 이점이 있는지 토론했다. 그는 가뭄에 잘 견디는 소가 필요하다고 말했다. 내가 아일랜드에서는 겨울에 소들을 우사에 넣는다고 말하자 그는 웃음을 터뜨렸다.

"여기 호주에서는 그렇게 추워지는 일이 없지."

우리는 스테이크를 먹고(이곳은 스테이크가 값싸고 풍부하다) 작별 인사를 주고받았다.

지금으로부터 오래전 일이다. 그 원주민 카우보이가 지금도 살아 있는지는 모르겠다. 그는 그곳의 붉은 흙과 건조하고 서늘한 밤들처럼 내 기억 속에 남아 있다. 이곳 버치뷰 농장에서 더위 때문에 흙이 마르고 땅이 갈라졌을 때 한두 번 그를 떠올렸다. 아일랜드의 여름 중에서 비가 내리지 않는 짧은 며칠이면 우리도 사막에 있다고 생각해본다.

말벌

•

송아지가 또 태어났다. 다들 건강해서 우리는 드디어 한시름 덜었다고 생각했다.

악운을 겪던 일주일 동안은 다시 악몽을 꿨다. 이번에는 송아지 레드가 아니라 유산된 새끼양들이었다. 녀석들은 기형에다 온전히 자라지도 못했으며 시뻘건 양수를 뒤집어쓰고 앞도 못 보는 채 울어댔다. 그날 밤 겁에 질려 꿈에서 깼다. 새끼양들의 모습은 실제로 잃어버린 양들과 마찬가지로 머릿속에 남았다.

아버지는 탈이 났다. 말벌에 다리를 여러 방 쏘였는데, 상처가 벌겋게 부어오르고 통증이 지독했다. 이틀인가 사흘이 지나서야 병원에 가는 데 동의하여 어머니가 데리고 갔다. 의사는 여왕벌에 쏘인 거라고 말했다. 이맘때까지 살아 있는 말벌은 여왕벌뿐이기 때문이다. 녀석이 어떻게 바지에 들어갔는지는 수수께끼지만, 여왕벌에 잘못 쏘이면 큰일 날 수도 있다. 의사는 감염을 막기 위해 항생제를 놓고 부기가 가라앉도록 연고를 발랐다.

아버지는 상태가 좋아 보이지 않는다. 나는 아버지의 몸이 회복될 때까지 농장일을 도맡겠다고 말한다.

"눈코 뜰 새 없이 바쁜 건 아니니까 제가 할 수 있어요."

아버지가 말한다. "자신 있다면야."

"자신 있어요."

아버지가 이렇게 축 처진 모습을 보는 것은 달갑지 않다. 훗날 늙어서 일을 손에서 놓게 될 때가 떠오르기 때문이다.

아버지가 말한다. "망할 년의 벌 같으니."

"빌어먹을 년 같으니." 내가 말을 잇는다. "아직 못 본 웨스턴 영화가 몇 편 있어요. 하나 골라서 침대에서 보세요."

"그래, 그래. 그렇게 하마."

나는 마당으로 돌아가 하던 일을 계속한다. 혼자 일하는 것은 상관없다. 올겨울에 익숙해졌으니까. 그렇지만, 우리 관계가 삐걱거리기는 해도, 내가 아는 것은, 농부가 되는 데 필요한 것은 모두 아버지에게 배웠다.

사라진 양

　●

　새끼양이 한 마리 모자란다. 월요일에는 열네 마리였는데 지금은 열세 마리뿐이다. 형네 집 앞의 작은 울안을 너댓 번 돌아보았다. 도랑을 수색하고 주변 들판을 살펴보았지만 새끼양은 간 곳이 없다. 여전히 혼자 일하고 있어서 상의할 사람이 없지만, 이틀째 안 보이고 사체의 흔적도 없는 것이 여우에게 당했을 가능성을 배제할 수 없다.

　형에게 전화해서(형은 훌륭한 사냥꾼이다) 소총을 가지고 새끼양들을 감시해달라고 부탁한다. 형은 그러겠노라고 말한다. 잃어버린 새끼양에 대해서는 묻지 않아서, 나도 말하지 않는다. 양을 잃은 것을 인정하고 싶지는 않다. 나 혼자서 농장을 꾸리고 있는 지금은 더더욱.

　다른 녀석들은 잘 지낸다. 매일 견과를 가져다주고 나서 순종 송아지가 있는 언덕 뒤쪽에 간다. 녀석이 튼튼하게 잘 자라는 광경을 보면 기분이 한결 나아진다. 녀석의 새어미와 형제가 나를 반긴다. 둘에게도 먹이를 준다.

　새끼양의 어미는 제 새끼가 사라진 것을 모르는 것 같다. 다들 언덕에 누워 이른 봄볕을 쬐고 있으니 말이다.

　더 유심히 살펴봐야겠다. 여우에게 또 당할 수는 없다.

캔버스 위의 소

•

저녁에 응접실에서 영화를 봤다. 우리 집에서 제일 좋은 방인데, 성탄절이나 부활절 때 말고는 거의 쓰지 않는다. 벽난로 선반에는 전원을 묘사한 풍경화가 놓여 있다. 소들이 강가에서 물을 마시는 장면이 그려져 있다. 화가는 모르겠지만, 농촌 주택에 흔히 걸려 있는 그림이다. 내가 좋아하는 화가는 컨스터블이다. 그의 그림을 가장 아끼는 사람은 잉글랜드와 아일랜드의 농부들이다. 그의 작품에서 우리 자신의 모습을 보기 때문이다. 이곳 소란 타운랜드에만 해도 〈건초 수레〉 복제품이 네 점 이상 된다.

오록스가 프랑스와 스페인의 동굴 벽화에 처음으로 묘사된 뒤로 우리는 소의 웅장함과 힘을 미술로 표현하고 싶어 했다. 소를 묘사한 그림들을 보면 소에 부여되는 의미가 수 세기에 걸쳐 달라졌음을 알 수 있다.

앞에서 이집트와 인도의 소 그림을 설명하면서 소의 신성함은 언급했지만 작품의 미학적 아름다움은 거론하지 않았을 것이다. 이 돌 조각들은 조각가의 시각과 의도가 무언지 알려준다.

유럽 미술에서 소는 성탄화 속 구유 옆에 즐겨 등장하지만, 다른 성화에서도 찾아볼 수 있다. 푸생의 〈금송아지 숭배〉에서는 대좌에 서 있는 소에게 이스라엘인들이 경배를 보내고 있으며 루벤스와 브뤼헐의 〈에덴동산과 인간의 타락〉에서는 소 한 마리가 오른쪽에서 몸을 들이밀고 있다.

르네상스 이후로 소는 역축役畜이자 유럽 북부 프로테스탄트 윤리의 상징으로 묘사된다. 반 고흐의 작품에서 소들은 색다른 짐을 짊어지고 있는 것처럼 보이는데, 아마도 죄책감이나 극심한 탈진일 것이다.

20세기에 소의 힘을 가장 훌륭히 포착한 사람은 피카소일 것이다. 그는 황소에 푹 빠졌다. 피카소의 1940년대 초중엽 작품으로만 채운 전시실을 관람한 적이 있는데, 그는 황소를 힘과 무모함의 상징으로 보았다. 그 속에는 죽음, 축제, 파시즘의 그림자가 있었다. 실제로 오브제 트루베의 1942년 작품 〈황소 머리〉는 자전거 안장과 손잡이로만 만들었지만 이 인공적 물건들과 인공적 작품을 통해 피카소는 자연 자체가 밀려나던 시기에 자연 세계를 찬미했다.

스페인 내전을 다룬 걸작 〈게르니카〉에도 황소가 나온다. 나는 중등학교 5년 내내 학교 구내식당에 있는 〈게르니카〉 복제품 밑에서 밥을 먹었다. 그때는 피카소의 작품인 줄 모르고 내가 아는 동물이 나온다고만 생각했다. 말, 소, 심지어 조명 불빛까지 내게 친근하게 느껴졌다. 내 눈에는 축사에서 벌어지는 혼란을 묘사한 것 같았다. 열세 살짜리가 상상하기에는 너무 큰 싸움이었으니까.

이제 와 돌이켜보면 나의 창조적 삶은 소들에게 둘러싸여 있던 것 같다.

우리 집 복도에는 밀레의 〈이삭줍기〉의 낡은 인쇄본이 걸려 있다. 오래전 텔레비전에서 보기 전에는 유명한 작품인지 전혀 몰랐다. 어머니는 오래전 농장일을 떠올리게 해서 그 그림을 샀다고 말했다.

　이런 궁금증이 든다. 우리 집 소들을 그려줄 사람이 있을까? 어릴 적에 송아지를 종이에 담으려고 해봤지만, 손이 날렵하지 못하고 인내심이 너무 짧아서 실패했다. 하지만 응접실 그림만으로 충분할 것이다. 그림 속 소들은 평화로워 보이니까.

4월

돌고 돌고

•

이제 아침부터 밤까지 농장일로 하루가 다 간다. 아버지는 아직도 편찮다. 침실과 거실은 왔다 갔다 하지만 밖에 나올 만큼 회복되지는 않았다. 낮은 괜찮은데 밤이 문제다. 밤일이 다시 시작됐기 때문이다.

올해 세 번째 양 분만이 얼마 안 남았다. 이제 자정에 새끼를 받고 새벽 3시에 우유를 먹여야 한다. 갓 태어난 새끼양은 아기와 같아서 챙기고 돌보고 먹이고 들여다봐야 한다. 송아지도 한 마리 태어났다. 어미가 혼자 힘으로 낳았는데, 얼마나 고마운지 모르겠다. 그날 밤은 도무지 기운이 나지 않았기 때문이다. 새끼는 흰색에 빨간 얼룩이 있으며 건강하고 튼튼해 보인다. 젖을 물리려고 갔는데, 녀석은 관심이 없었다. 혼자 힘으로 젖을 무는지 지켜봤지만 한 번도 못 봤다. 하지만 녀석은 살아 있고 이제 이틀째이니, 올바른 본능을 타고났으리라 짐작해본다.

이젠 오전 순찰이 더 길어졌다. 우선 클론핀에 가서 남은 소들이 먹을 사료가 충분한지 살핀다. 녀석들은 일주일에 곤포를 두 덩이씩 해치우고 있다. 그런 다음 믹 삼촌의 옛 집 근처에 있는 위땅의 양들과 형네 옆에 있는 두 번째 무리를 들여다본다. 순종 송아지와 그의 가족도 먹여야 한다. 오전 일을 끝내면 오후 1시가 다 되어 우리 가족 먹을 점심도 차려야 한다.

눈자위가 다시 부었지만 지금의 질서와 목적의식이 좋다. 나는 늘 반듯한 사람은 아니었지만, 지금의 모습이 내게 맞고 질서 속에서 많은 성과를 거둘 수 있었다.

팟캐스트가 지겨워져서 이젠 오디오북을 듣는다. 이번 주는 헤밍웨이 차례이다. 그는 이미 나를 킬리만자로 산꼭대기로 데려갔다. 비니가 짖는 소리를 들으면서 하이에나가 울고 있다고 상상했다. 오늘은 《노인과 바다》를 듣는다. 전에도 들었지만, 이곳에서 뭍에 갇혀 지내다 보니 바다 풍경이 머릿속에 떠오른다. 이맘때 농장을 운영하는 일이 늙은 쿠바인 어부가 커다란 청새치와 사투를 벌이는 것과 비슷하다고 상상한다. 우리 앞에 어떤 일이 닥칠지 모르는 채 오래도록 힘겹게 노력해야 하니까. 바다에 가본 지 여러 달이 지났다. 일을 다 끝내고 아버지가 건강하게 복귀하면 해변에 갈 작정이다.

우사를 청소하고 깔짚을 간다. 청소를 몇 번 했는지 세다가 이젠 잊어버렸다. 그래봐야 의미가 없기 때문이다. 똥은 영원하다. 언제나 쏟아진다. 얼마나 많은 똥을 옮겨야 했는지 헤아리다가는 지쳐 나가떨어질 것이다. 매일 순간순간을 맞닥뜨리는 게 낫다.

클론펀에서 데려온 소들이 새끼 낳을 때가 다 돼서 새로운 생명이 더 태어날 예정이다.

곤포가 하루하루 줄어든다. 아직 충분히 남았지만, 사료를 사야 할지도 모르겠다. 어머니에게 얘기했더니 그러라고 한다. 꼴이 부족한 건 우리만이 아니다. 딴 농장들도 겨울비 때문에 애를 먹는다.

오후 5시가 되니 캄캄하다. 낮 시간은 종일 농장에서 보냈다. 친구 팀에게 전화를 걸어 수다를 떨면서 잠시 휴식을 취한다.

패배자

·

농장에서 혼자 일한 지 일주일이 넘었다. 요 며칠은 버거웠다. 새끼양이 한 마리 더 없어졌고 송아지 한 마리는 폐렴이 의심된다. 날씨는 다시 습해졌고 몸은 계속 피곤하다. 아버지는 말벌에 쏘인 게 아직도 안 나았다는데, 나는 시비를 걸지 않았다. 떨어져 있으면 싸울 일도 없기 때문이다.

아버지는 걸핏하면 병석에서 이것저것 요구하고 나는 아버지가 시키는 대로 한다. 오늘도 다르지 않았다. 아버지는 세 번째 새끼 양 무리를 어미들과 함께 내보낼 때가 됐다고 생각했다. 나는 고개를 끄덕이며 그러겠노라고 말했다. 처음에는 수월했지만 끝은 아수라장이었다.

새끼양을 내보내기 전에 기생충 주사를 놓고 몸무게를 쟀다. 다들 튼튼하고 건강했다. 울타리 문과 정문을 열어 새끼들과 어미들을 데리고 강변길을 따라 나머지 양들이 있는 위땅으로 갔다. 예전에 교훈을 얻었기에 조심스레 천천히 양들을 풀어주었다. 한 마리도 잃고 싶지 않았다. 몇몇이 앞뒤로 왔다 갔다 했지만, 조금씩 어르고 달래가며 새 무리를 다른 무리들에 합류시켰다. 10~15분 뒤에 녀석들이 큰 무리와 합쳐졌으며 전체 마릿수가 130마리나 그 이상에 이르렀다.

한참 동안 비가 와서, 양사에 돌아왔을 때는 몸이 푹 젖어 있었다. 그때 아버지가 나오더니 왜 양들을 풀어줬느냐고 물었다.

"그러라고 하셨잖아요."

"여기 집 옆에 있는 작은 울안에 풀어놓으라는 얘기였어. 그 새끼양들은 너무 작아."

"절대 그렇게 말씀하지 않으셨어요."

아버지가 투덜거렸다. "녀석들을 위땅에 데려가지 말아야 한다는 건 천치도 알아. 아직 그럴 때가 안 됐다고."

내가 냉랭하게 말했다. "아버지께서 시키신 대로 했다고요."

그 순간 새로 풀려난 암양 한 마리가 양사로 돌아왔다. 어떻게 왔는지는 모르겠지만 새끼들도 함께 있었다. 녀석이 "매" 하고 울었다. 아버지는 침을 뱉더니 양들을 모조리 데려와 별도의 울안에 넣으라고 소리 질렀다.

그렇게 일이 시작되었다. 비는 더 세차게 쏟아졌으며 우리는 새로 풀려난 무리를 조금씩 조금씩 작은 울안으로 데려왔다. 말은 한마디도 하지 않았다. 아버지가 화가 잔뜩 나 있어서 말을 걸었다가는 화만 돋울 터였다.

아래땅에 혼자 있는데 전화가 왔다.

"이리 와, 멍청아! 양 한 마리가 누워 있어. 어떻게 이걸 못 볼 수가 있지? 죽기 직전이야."

"뭐라고요? 어디 계세요? 트랙터 가지고 갈게요."

"여기 위땅이다!" 아버지는 성질이 났을 때 으레 그러듯 전화를 냅다 끊었다.

아버지가 정확히 어디 있는지 몰라서 다시 전화를 걸었지만 받지 않았다. 이제는 나도 화가 치밀었다. 트랙터에 시동을 걸고 아픈 양을 나를 상자를 로더에 실었다. 그날 아침 초지에 나갔을 때는 아픈 녀석이 하나도 없었지만, 내가 놓쳤을 수도 있다. 양은 소만큼 억세지 못해서 불쑥 병에 걸리기도 한다. 병이 난 것이 아니길 바랐다. 암양 또 한 마리를 그런 식으로 잃고 싶지는 않았다.

아버지가 길에서 기다리다가 트랙터에서 내리라고 고함을 질렀다. 나는 부아가 치밀었지만 꾹 참고 아버지를 트랙터 운전석에 앉힌 뒤에 아래로 내려가 울타리 문을 열었다.

아버지가 중얼거리는 소리가 들렸다. "어떤 바보가 그걸 놓칠 수 있지?"

문득 더는 참을 수 없었다. 몇 달간 쌓인 분노가 울컥 치밀어 올랐다. 이번에는 잠자코 있지 않고 대들었다. 나는 트랙터 앞에 버티고 서서 얘기 좀 하자고 말했다. 하지만 아버지는 나를 외면했다. 나는 그대로 선 채 얘기 좀 하자고 재차 말했다. 그래도 아버지는 꿈쩍하지 않았다. 오히려 내 쪽으로 트랙터를 몰기 시작했다. 하지만 나는 비키지 않고 가만히 서 있었다. 서로 고함을 지르지 않고 오늘 대화를 나누고야 말겠다고 다짐했다. 이 싸움을 끝내야 했다. 아버지가 나를 밀어붙이려 했지만 나는 버티고 선 채 소리를 지르기 시작했다.

"대체 뭐가 문제예요? 두 주 동안 밤낮으로 여길 관리했는데 나오셔서 꼬치꼬치 흠만 잡고 계시잖아요. 우리 얘기 좀 하자고요."

"관리했다고? 엉망이잖냐. 양들을 엉뚱한 곳에 풀어놓질 않나, 아픈 녀석이 있질 않나."

"그동안 우리 둘은 잘 지내고 있었잖아요. 도대체 무엇 때문에 그러세요?"

아버지가 내 말을 받아쳤다. "잘 지내지 않았다. 엉망이었지."

"그렇지 않아요. 저는 아버지를 도우러 왔어요. 나이가 들고 계시잖아요. 혼자서는 벅차시다고요."

"아무도 네게 도와달라고 부탁한 적 없다."

"어머니가 했어요."

"그렇다면 분명히 말하는데, 난 네가 필요 없다."

비가 트랙터를 때리고 내 등과 다리를 적셨다. 아버지의 말이, 내가 했던 모든 일이, 우리가 함께 맞닥뜨린 삶들과 질병이 가슴을 후벼 팠다. 나는 트랙터에 올라가 다짜고짜 시동을 껐다.

"넉 달간 여기서 일했는데, 제가 필요 없다고요? 그 시간에 딴 일을 할 수도 있었어요. 글을 쓸 수도 있었다고요."

"글쓰기라고? 책 네 권을 썼지만 하나도 성공 못 했잖냐. 일자리도 없어, 돈도 없어, 네 삶은 엉망이야. 넌 실패자라고. 나이 서른에 보여줄 게 아무것도 없잖아. 모든 게 작년과 그대로인데, 거기서 얻은 게 뭐냐? 아무것도 없어. 네 엄마는 아직도 네 걱정을 한다. 남들 걱정은 하나도 안 하는 사람이 말이다. 너는 언젠가 나이를 먹어서 육십이 되더라도 아무것도 이룬 게 없을 거다. 책과 이 농장에 네 삶을 허비한 꼴이 될 테니까. 농사짓느라 네 목표를 이루지 못했다는 비난을 듣고 싶지는 않다. 난 네가 필요 없어."

우리는 한참 동안 침묵을 지키며 서로 노려보기만 했다.

내가 차분하게 말했다. "그러면 더 할 말은 없네요."

"없지."

삶이 나를 강하게 만들지 않았다면 그때 울음을 터뜨렸을 것이다. 아버지에게 악수를 건네며 작별 인사를 해야겠다는 생각이 들었다. 다 끝난 것 같았기 때문이다. 하지만 그러지 않았다. 용서하기에는, 용서에 이르는 길을 찾기에는 너무 많은 말을 내뱉었다.

나는 쏟아지는 빗속을 걸어 집에 돌아갔다. 모자가 없어져서 머리카락이 얼굴에 달라붙었으며 억수로 퍼붓는 겨울비에 안경이 뿌예졌다. 뒤를 돌아보니 아버지는 트랙터로 안개 속을 달려오고 있었다. 고개를 내저으며.

과거

•

W. G. 제발트는 그것을 '개 같은 날들'(《토성의 고리》한국어판에서는 '다소 방대한 작업'으로 번역되었음. ─ 옮긴이)이라고 불렀고 윈스턴 처칠은 '검은 개'라고 불렀으며, 그보다 오래전에는 흑담즙으로 알려졌다. 내가 이름을 붙인 것은 오로지 그 이후이다. 나는 단순히 '과거'라고 부른다. 그것은 내 삶을 빚었다. 그때 나는 삶을 사랑하지 않았다. 달리기도 수영도 자전거 타기도 하지 않았다. 송아지의 탄생에서 기쁨을 알지도, 새끼양의 보송보송한 머리에 입을 맞추지도 않았다.

나는 싸늘한 침실에서 6개월을 보냈다. 벗어날 수 없었다. 벗어나는 게 두려웠다. 나는 삶의 개념 자체와 씨름하고 있었다. 이전에는 괜찮았지만. 물론 우울증만 없으면 늘 괜찮다.

호주를 떠난 뒤에는 당시 애인과 캐나다에서 살았다. 우리는 펜트하우스에서 살았으며 나는 돈이나 물건이 궁한 적이 없었다. 그녀가 부자였고 나도 작가이자 영화감독으로 명성을 얻기 시작했기 때문이다. 추락 이전의 삶은 그리도 달랐다.

정확히 언제 '과거'가 찾아왔는지는 모르겠다. 그것은 무거운 물의 망토처럼 내려와 내가 익사할 지경이 될 때까지 몸과 영혼 위로 쏟아졌다.

10대 때 알브레히트 뒤러의 작품인 〈멜랑콜리아 I〉 인쇄본에 매료되었다(294쪽).

1514년에 제작된 이 동판화가 열여섯 살짜리 농사꾼 아들의 눈길을 사로잡은 것은 이상한 일이었다. 그 작품을 왜 좋아했는지는 모르겠다. 제목이 무슨 뜻인지조차 몰랐으니까. 하지만 나는 그 그림을 여러 번 그리고 베꼈으며 고등학교 미술 시간에는 직접 실크스크린으로 재현하려고 시도했다. 다양한 형태의 창의적 천재에 대한 영화를 보고 자랐기에 나는 위대한 인물이 모두 재능 때문에 고통을 겪는다는 사실을 알고 있었으며, 그림 속 이 인물을, 심오한 고뇌의 사색을 무언가 가치 있는 성취와 연관 지었다.

뒤러는 이 작품을 만들기 전에 이렇게 말했다고 한다.

"아름다움이 무엇인지 나는 알지 못한다."

2년 전에 이 동판화의 이미지가 내게 되살아나 꿈에 나타났다.

—

알브레히트 뒤러, 〈멜랑콜리아 I〉(1514).

그때 비로소 뒤러의 말이 무슨 뜻인지 이해되었다.

우리의 관계는 끝장났고 결혼은 취소되었다. 우리가 계획한 삶은 무너졌고 나는 아일랜드 촌구석으로 돌아왔다.

지독한 불안과 슬픔이 나를 짓눌렀고, 나는 무엇에서도 아름다움을 볼 수 없었다. 미치광이처럼 모든 것을 내게서 밀어냈다. 삶과 사랑을 비난했으며 어둠의 폭풍우와 싸웠다.

침실에 처박힌 채, 이따금 양 분만하느라 바쁘거나 송아지를 받아야 할 때만 농장일을 거들러 나갔다. 그때는 농장이 감옥 같았다. 달아나고 싶었다. 누구에게도 말을 걸거나 귀를 기울이지 않았다. 그 농촌풍 성탄절을 얼마나 혐오했는지 아직도 기억난다. 나는 혼자였고 두려웠으며 죽음만 생각했고 이 세상을 떠나고 싶었다. 깊고 병적인 슬픔에 사로잡혀 있었다.

찰리라는 친구가 있었는데, 신앙 치유사였다. 그와 현대 의학이 나를 살렸다. 옛 세계와 새 세계를 치유 방법들과 조합하자 여섯 달 만에 어둠이 물러났으며 나는 다시 태어났다. 나는 자신을 잃기 전에는 자신을 진정으로 발견할 수 없으며, 그런 뒤에야 사람들이 '삶'과 '살아감'이라고 부르는 것을 이해하고 그 평범한 풍요로움을 받아들일 수 있음을 깨달았다.

나의 경험을 글로 쓰고 농민 신문에 발표했다. 그러다 전국 라디오 방송에 출연하여 '과거'에 대해, 나의 추락에 대해, 우울증과 조증에 대해, 필멸성 자체에 대해 이야기하게 되었다. 왜 목소리를 내기로 마음먹었느냐고? 이제는 그럴 수 있다고 생각했으니까. 나는 '과거'가 엽서라고, 반대편에서 온 편지라고 상상했다. 여전히 고통받는 사람들에게 삶이 나아질 수 있다고 말해주는 메시지라고 생각했다.

방송 며칠 뒤에 어떤 사람이 방송국에 편지를 보내서 자신이 목숨을 끊으려던 차에 내 이야기를 들었다고 말했다. 밧줄과 약물을 뒷좌석에 싣고 자살할 각오로 차를 몰고 있었는데 내 목소리가 전파를 탄 것이다. 나의 말을 듣고 그는 최종적 행위를 중단했다. 그가 편지를 보낸 것은 목숨을 구해준 것에 감사하기 위해서였다.

나는 울음을 터뜨렸다. 이 모든 것에 이유가 있었으리라는 확신이 들었다. 내가 슬픔과 우울, 정신적 문제를 겪으며 그 길을 걷지 않았다면 그의 삶은 그날 끝났을 것이다. 그렇게 이 세상은 서로 얽혀 있다.

그 뒤로 몇 년 지나지 않아 비비언을 다시 만났다. 전혀 예상치 못한 사건이었다. 하지만 이런 옛말도 있지 않은가. "범사에 기한이 있고 천하만사가 다 때가 있나니."

이제 나는 이 농장으로, 나를 그토록 괴롭히고 아프게 한 곳으로, 글을 쓰려고 돌아왔다. 이곳은 더는 감옥이 아니다.

뒤러는 이탈리아 대가들에게 원근법의 비밀을 배운 뒤에 북부의 모든 동시대인들이 읽고 이해할 수 있도록 그 비밀을 책으로 썼다. 나도 마찬가지였다. 나는 원근법에 대해, 우울증에 대해 이야기하고 글을 쓰고 그 비밀을 밝혔다. 나의 행동은 사람들에게 도움이 되었다. 내게도 도움이 되었다.

이제 뒤러의 물음으로 돌아간다. 아름다움이란 무엇인가? 그것은 '삶' 자체이고 '살아감'이라고 생각한다. 나는 이 농장에서 나의 월든을, 나의 생업을 찾았다. 나는 농장의 초지를 걸으며 내가 살아 있음을 안다.

친구인 치유사 찰리는 내가 글을 쓰고 위대한 작품을 창조할 운명이라고 말하지만, 10대 때 뒤러의 동판화를 베끼며 꿈꾼 위대한 작품은 오히려 단순한 것, 내가 아는 자연에 대한 애가가 아닐까.

규모

·

농부들은 세상에서 가장 오래된 직업에 종사하지만 신기술을 일찌감치 받아들일 때도 많다. 농부들이 새로운 농법과 육종법을 도입하고 짐승 대신 증기 기관을 이용하여 땅을 경작하기 시작하면서 농업이 산업화되었다. 산출이 늘면서 세계 인구가 증가했고 소고기 수요도 늘어났다.

이 이야기를 하려면 다시 한번 미국으로 눈을 돌려야 한다. 그곳에서 현대의 소 이야기가 시작되었기 때문이다.

전 세계에는 16억 마리의 소가 있다. 인구 다섯 명당 한 마리꼴이다. 인간은 선택 교배를 통해 자신이 바라는 소고기나 우유를 생산하기 시작했으나, 이 과정이 완벽해진 것은 과학 덕이다.

20세기 첫 20년에 백신과 항생제가 개발되면서 세균 감염이나 질병 확산을 걱정하지 않고 동물을 실내에서 대규모로 밀집 사육할 수 있게 되었다. 덩치가 가장 큰 가축인 소를 작은 공간에 가두어 기르는 것에는 커다란 이점이 있다. 사육 시간이 절감되었으며 통제 급사를 통해 몸집을 불리고 목표 체중을 더 일찍 달성할 수 있었다. 1960년대 후반이 되자 기계가 발전하여 급사용 우사를 지을 수 있게 되었으며 그와 더불어 공장식 축산이 시작되었다.

얼마 지나지 않아 미국의 축산은 가족 기업보다는 산업을 닮아갔다. 2000년이 되자 미국 소고기의 80퍼센트가 단 네 곳의 거대 기업에서 생산되었다. 대평원과 목장은 콘크리트와 철골에 자리를 내줬다.

밀집형 축산이라고도 하는 공장식 축산의 기본 원리는 가능한 한 최소 비용을 투입하여 최대 산출을 달성한다는 것이다. 이 방법으로 요 몇 년간 전 세계인에게 충분한(품질은 낮은 경우가 많지만) 양의 소고기를 생산할 수 있었으나 여기에는 동물 복지의 저하라는 대가가 따랐다. 밀집 사육되는 동물은 행복하지 않지만, 선택 교배와 인공 수정 덕에 산업농들은 더 온순하고 축산 친화적인 가축을 만들어낼 수 있었다.

이 점에서 소는 운이 좋았다. 가련한 동료 닭만큼 고통스러운 실험이나 극단적인 신체 변형을 겪지 않았으니 말이다. 닭의 삶은 상자형 닭장에 갇히고 부리를 잘리고 도살되는 고난의 연속이다. 공장식 축산의 현실을 잘 보여주는 가축이 바로 비쩍 마르고 부리를 잘린 닭이다.

얼마 전 축산업 학회에서 통계학자와 연구자가 집약적 축산의 향후 발전에 대해 이야기하는 것을 들었다. 그들은 농업이 기술 부문의 마지막 미개척지이며 농업에 종사하는 것은 흥미진진한 일이라고 말했다.

몇 년 지나면 품질은 더는 문제가 되지 않을 것이다. 모두가 똑같은 종류의 가축을 생산할 테니 말이다. 소비자는 값싼 고기를 찾는다. 그런 고기를 만들어내고 가난한 사람들의 배까지 채워주는 것은 우리의 할 일이다. 기계가 사료를 측정하고 공급할 것이며 육체노동은 저임금 노동자 몫이 될 것이다. 가축과 가장 가까운 사람은 농민이 아니라 조립 라인 노동자일 것이다.

아일랜드에는 아직 소의 공장식 축산이 자리 잡지 않았다. 이곳의 소는 대체로 초지에서 풀을 뜯으며, 풀을 자연적으로 구할 수 없는 겨울에만 우사에서 사육된다. 산업적 축산이 미래라고 생각하는 기술 기업인들이 보기에 나와 동료 농부들은 러다이트주의자요 과거의 유물이다. 그래도 나는 대다수 유럽 농부들처럼 옛 방식을 지키는 게 좋다. 유럽연합 축산법에서는 생산 과정에서의 성장 호르몬 주입을 금지했으며 항생제 사용도 추적되고 기록되어야 한다. 이런 식으로 우리는 가축 항생제가 인간의 식단과 먹이 사슬에 흘러드는 것을 방지한다.

산업적 축산의 문제는 성장 호르몬만이 아니다. 1980년대와 1990년대에 우뇌 해면증이 발병하면서 골분 사료의 문제가 대두되었다. 유럽의 많은 농민들이 집약적 사육을 위해 골분 사료를 이용했는데, 여기에는 소와 양의 도살 과정에서 발생한 부산물이 단백질 공급원으로 포함되었다. 미국 농민들은 전통적으로 대두박 사료를 썼으나 유럽에서는 콩이 잘 자라지 않아서 유럽 농민들은 골분 사료로 돌아섰다. 물론 소는 초식 동물이며, 소에게 동족을 먹이는 행위에 대해 자연은 우뇌 해면증, 즉 광우병이라는 질병으로 반격했다.

광우병에 걸린 가축은 뇌와 척수가 망가져 결국은 걷지 못하고 미쳐버린다. 소의 고통은 집약적 축산의 위험을 알리는 예고편에 불과했다. 이 질병이 가축에게서 인간으로 종간 장벽을 넘어와 변종 크로이츠펠트 야코프병vCJD이 되었기 때문이다. 이 질병에 걸리면 기억 상실, 치매, 우울, 환각을 겪으며 끝내는 사망에 이른다. 광우병이 극성이던 1980년대에는 감염된 소 40만 마리 이상이 인간 먹이 사슬에 들어온 것으로 밝혀졌다. 광우병을 근절하려고 소 수백만 마리를 도살했지만, 안타깝게도 vCJD는 이미 인간에게 전파되었으며 지금까지 영국에서만 177명이 목숨을 잃었다. 영국의 소고기 시장이 가장 큰 타격을 입었는데, 10년간 수출이 중단되었으며 금수 조처가 끝난 지금도 일부 시장에서는 영국산 소고기를 꺼린다.

집약적 축산은 아직 1세대여서 장기적 위험이 아직 알려지지 않았지만, 광우병 파동은 주의가 필요하다는 경고였다. 미래에는 산업적으로 생산된 소고기에 담배처럼 "공장식 축산 제품: 건강을 해칠 수 있습니다" 같은 경고 문구가 붙을지도 모르겠다.

소 축산의 산업화는 소고기만이 아니라 몸 전체의 귀중한 부산물에도 영향을 미친다. 사실 소의 진짜 가치는 내장과 가죽 같은 부산물fifth quarter에 있다. 도축업자가 진짜로 돈을 버는 것은 부산물에서이다. 소의 내장은 인슐린에서 화장품에 이르는 200여 가지 제품에 쓰인다. 현대 산업적 축산에서는 버리는 부위가 하나도 없다. 도축장에서는 농민들에게 부산물 가격을 쳐주지 않고 소의 진짜 가치를 대부분 가로챈다.

한편 비육장은 수가 증가하여 현재 미국에서만 8만 2000곳에 이르며, 미국인 소비자들에게 공급되는 소고기의 대부분이 여기서 생산된다. 심지어 전통 방식을 고집하는 축산의 요새 유럽마저도 남아메리카의 소고기 거물 브라질에서 수입되는 소고기 때문에 위협받고 있다. 브라질의 축산은 고집약적 산업이다. 외래종 가축을 키우려고 거대한 우림 지대를 개간하는데, 그 과정에서 토양과 환경이 파괴되고 원주민이 자기네 터전에서 쫓겨나며 드넓고 푸른 산림이 사막으로 바뀐다.

전 세계적으로 소 사육 두수의 증가와 대기 중 메탄가스 증가는 기후 변화와 지구 기온 상승의 한 가지 요인이다. 소가 늘면 물 사용량이나 오용량도 커진다. 소고기 1킬로그램을 생산하려면 약 1만 5400리터의 물이 필요한데, 어떤 나라들은 물 부족에 시달리고 있다. 어쩌면 미노타우로스가 오랜 잠에서 깨어 미로를 탈출하여 주변을 쑥대밭으로 만드는 것 같기도 하다.

소는 오래도록 인간과 관계를 맺으면서 신화적 동물이요 신의 수레요 은하수의 기원에서 정교하게 관리되는 먹이 사슬 내 '제품'으로 전락했다. 한때 소는 자연 세계에서 인간의 가장 귀한 동반자였지만, 현재 일부 나라에서 소의 가치는 소를 이 세계에서 완전히 몰아내는 데 달렸다. 산업적 축산에 종사하는 사람들은 소를 더는 감각 능력을 가진 동물로 여기지 않는 것 같다.

한계

아버지와 나는 일주일 내내 대화를 나누지 않았다. 다음 차례의 송아지와 새끼양이 태어날 때가 되었다. 아버지가 내게 새끼양을 받으러 오라고 했지만 거절했다. 아직 사과를 받지 못해 앙금이 풀리지 않았다. 어머니는 이 긴장을 누구보다 뼈저리게 느끼지만, 내가 물러설 수 없으며 아버지의 말을 흘려 넘길 수 없음을 이해한다. 이해하면서도 걱정한다.

어머니가 말한다. "농장은 어떻게 돌아가고 있니?"

"몰라요. 관심 없어요."

"관심 있잖니."

"무슨 말씀을 하고 싶으신 거예요? 저는 여기서 필요 없는 존재예요. 제 모든 일이 삽질이었다고요."

"이 농장을 맡을 사람이 아무도 없겠구나. 팔아버려야겠다. 다 팔아버려야겠어."

이 말을 들으니 죄책감이 들지만, 농장을 버린 건 내가 아니다.

"아버지가 미안하다고 하시면 도와드릴 거예요."

"네 아버지는 절대 미안하다고 안 해. 결코 잘못했다고 인정하지도 않아."

"그러면 저도 못 도와드려요."

"농장일을 할 사람이 아무도 없구나. 어쩌다 이렇게 된 거니?"

어머니가 탄식한다.

어머니는 집에서 나가 일터로 돌아간다.

양 분만이 순조롭게 진행되지 않는다. 어머니가 밤 당번을 맡아야 했다.

중재

•

열흘이 지났고 나는 딴 일을 찾았다. 친구에게 아버지와의 다툼에 대해서는 말하지 않고 일이 필요하다고만 해두었다. 이젠 저녁이면 내 방에서 시간을 보내고 밥도 따로 먹는다. 아버지는 새끼양을 여러 마리 잃었다. 여전히 내게 도움을 청하려 들지 않고 나도 도와줄 생각이 없다. 너무 깊은 상처를 받았으니까.

화요일 저녁에 아버지를 맞닥뜨렸는데, 주머니칼을 손에 들고 있었다. 분만 중에 낀 새끼양의 머리를 잘라내려던 참이었다. 한편으로는 안됐다는 생각이 들면서도 다른 한편으로는 고소하다는 생각도 든다. 내가 농장에서 맡은 역할을 실감했으면 좋겠다.

곤포가 다 떨어져간다. 하고한 날 소들이 굶주림에 울부짖는 소리가 들린다. 송아지 한 마리가 폐렴을 심하게 앓는다. 아버지는 녀석을 살리려고 경관으로 액상 사료를 주입한다. 하지만 녀석은 너무 쇠약해서 빨아들이지 못한다. 아마도 죽을 것이다. 안타깝다. 가축들에게 미안하다. 인간의 다툼 때문에 녀석들이 고통받는 게 서글프다. 비는 여전히 내린다. 밤 당번은 어머니에게 벅차다. 누군가는 양보해야 한다.

"넌 마음이 다정하잖니, 존. 너그럽잖아."

"하지만 용서할 수 없는 것도 있다고요. 주님께서도 인내심을 잃으신 적이 있잖아요."

당시의 예수를 생각한다. 우리에 걸려 있는 성 프란체스코 그림을, 내가 엮은 브리지다 십자가를, 마당과 집 주변의 신성한 존재에게 드리는 기도를 생각한다. 그리고 사색에 잠긴다.

"가축 키우다 다퉜을 뿐이잖니, 존. 아버지와 아들은 다들 다투는 법이란다."

나는 고개를 끄덕인다. 농사일이 원래 그런 것이니까. 수세기 동안 그래왔으니까. 하지만 아직 가슴이 쓰라리다.

존 맥개헌은 그의 아버지와 문제가 있었다. 잘 알려진 이야기이다. 맥개헌이 자기 아버지를 변덕쟁이라고 부르는 걸 들은 적이 있다. 그는 어쩌다 아버지와 주먹다짐을 하고 다시는 말을 하지 않게 되었는지 이야기했다. 우리도 주먹다짐까지 갈 수 있었다. 그랬다면 모든 것이 돌이킬 수 없을 만큼 엉망진창이 되었을 것이다.

궁금한 게 있다. 소들은 내가 없는 걸 알까? 자기네 주인 생각을 할까? 잘 모르겠다. 조지 오웰의 《동물농장》처럼 나를 위해 회의를 열어 동물의 언어로 나의 복귀를 요구하려나.

글쓰기

•

그 일은 내가 희망을 버렸을 때 일어났다. 어두운 고미다락에서, 단열재와 땀 사이에서 일어났다. 내 작품이 문학잡지에 실리게 된 것이다. 이미 한 출판사에서 단행본 출간을 제안한 상태였다. 나는 손과 얼굴에서 흙을 털어내고 한번 더 이메일을 읽었다. 그날 일이 끝나고 현금이 손에 들어왔을 때 어머니에게 알렸다.

"잘됐어. 이제야 네가 자리를 잡기 시작하는구나."

"그렇네요."

아버지에게는 말하지 않았다. 어떻게 말할 수 있겠는가?

사진사가 잡지에 실을 내 사진을 찍으러 왔을 때 아버지는 사진사를 마당에 들이지 말라고 우겼다. 거의 2주 만에 처음 내게 한 말이었다.

곤포는 거의 다 떨어졌다. 어머니가 곤포를 더 장만하라기에 그러겠노라고 대답했다. 아버지와 나 사이에 아무리 불화가 있더라도 그 때문에 가축들이 고통받아서는 안 된다. 나는 날을 잡아 클론펀에 차를 몰고 가서 소들에게 사료를 줬다. 아버지를 위해 일을 덜어주려는 것이 아니라, 늘 하던 대로 가축들을 다시 보려고 간 것이었다.

새 황소가 와 있었다. 녀석은 젊고 튼튼하다. 새하얀 바탕에 머리 둘레에 짙은 얼룩이 있었다. 종류는 아직 모르겠다. 머리가 특이하다. 샤롤레는 맞지만, 늙은 황소들과 다르게 생겼다. 성질도 고약해 보인다. 못된 황소는 농장에 아무 쓸모가 없지만, 어쩌면 두려워서 그런 건지도 모른다. 새 보금자리를 알아가는 중일 수도 있다. 이런 일은 시간이 걸린다.

아버지가 늙은 황소를 우시장에 데려갔다. 어머니 말로는 값을 잘 받았다고 한다.

문학잡지 출간 행사는 골웨이에서 열릴 예정이다. 친구 던컨이 나와 함께 가려고 런던에서 온다. 그를 못 본 지 오랜 시간이 지났다. 우리는 나중에 해안을 따라 여행할 생각이다. 이곳에서 벗어나 휴식을 취할 수 있을 것이다. 마침내 다시 바다를 볼 수 있으리라.

어머니가 묻는다. "네 아버지를 문학잡지 행사에 초대하는 게 어떻겠니, 존?"

"아버지가 오시는 거 싫어요."

"아버지가 부끄럽니?"

"그런 거 아니에요. 서로 무슨 할 말이 있겠어요?"

어머니가 수긍한다. "그건 나도 모르겠구나."

마침내 작가의 길에 들어선다. 내가 늘 바라던 일이다. 하지만 나는 농사꾼일까? 가축들을 보면 가슴이 아프다. 내가 한 일과 내가 쏟은 감정을 아는 것은 녀석들뿐이니까. 농장이, 나의 승리와 패배의 현장이 금기의 땅처럼 느껴진다. 내가 이곳에 여전히 속해 있는지, 축사와 들판에, 양과 소에 내 몫이 하나라도 있는지 잘 모르겠다.

던컨

•

날씨가 좋아지고 있다. 곤포가 아직 네 덩이 남았다. 아버지는 곤포를 더 사지 않고 소들을 전부 초지에 내보낼 작정이다. 내게 도움을 청하지는 않았다. 비는 그쳤지만 들판은 여전히 젖어 있다. 소들이 풀을 찾을 순 있겠지만, 그 과정에서 땅이 망가질 것이다. 날씨가 어떻게 될지 여전히 장담할 수 없으니 우리 안에서 한두 주 더 있어도 나쁠 건 없다.

어쨌든 나는 마당으로 돌아왔다. 우리는 나란히 일하지는 않는다. 나는 양과 소에게 내가 해줄 일을 한다. 겨울부터 여기 널브러져 있던 금속 조각과 쓰레기를 치웠다. 폐렴 걸린 송아지는 여전히 아팠다. 녀석은 털이 빠지고 혀가 축 늘어졌다. 죽을지도 모른다는 생각이 들었다. 나는 아버지가 경관 넣는 것을 도왔지만 대화를 주고받지는 않았다. 송아지가 가여웠다. 경관으로 사료 먹이는 일을 그만두지 않으면 목에 흉터가 생기고 빨기 근육이 약해질 터였다. 약으로 할 수 있는 것에는 한계가 있다. 그다음은 자연의 몫이다. 닷새째가 되자 녀석이 어미에게서 젖을 먹었다. 내가 이모든 일을 하는 건 아버지 때문이 아니라 어머니를 위해서이다. 어머니가 요즘 스트레스가 이만저만이 아니기 때문이다. 어머니가 여기 휘말리는 건 부당하다.

행사날이 찾아왔다. 나는 양복 차림에 몸단장을 했다. 어머니는 골웨이까지 타고 가라며 당신 차를 빌려줬다. 거울을 들여다보니 양복을 입고 안경을 쓴 모습은 어느 모로 보나 작가이지만 그런 느낌이 들지 않는다. 이게 다 가식인 것만 같다. 나는 배우에 불과하다. 하루 휴가를 낸 농사꾼, 농장 없는 농사꾼.

아일랜드 서부는 아름다운 곳이다. 중부의 산울타리가 돌담으로 바뀌고 소가 말로 바뀐다. 이곳은 아일랜드 말의 본고장이다. 서부의 흙은 메말랐지만 우리 문화는 이곳에서 가장 많이 살아남았다. 1600년대 중엽의 종교 전쟁과 집단 살해가 벌어진 뒤에 피정복자 아일랜드인들이 올리버 크롬웰에게 쫓겨 들어온 곳도 바로 이곳이었다. 크롬웰은 패배한 아일랜드인 5만여 명을 카리브해 지역에 고용살이로 보내기도 했다. 아일랜드인들은 이것을 일종의 노예제로 기억한다. 오늘날 바베이도스와 몬트세라트에는 머리카락이 붉고 이름이 아일랜드식인 아프리카계 카리브해인이 산다. 그들은 우리의 잃어버린 종족, 잃어버린 주州이다.

도심에 차를 주차하는데 던컨이 "안녕, 친구"라고 말을 건넨다. 우리는 포옹을 나눈다. 서로 못 본 지 2년이 넘었다. 던컨은 호주에서 만났는데, 그 뒤로 흉금을 터놓을 수 있는 좋은 친구로 지냈다. 그도 작가이다. 한때는 수습 의사였지만. 아일랜드식 말투의 바다에서 그의 호주식 말투가 더 억세게 들린다.

던컨이 묻는다. "점심 먹을 준비됐어?"

"언제나처럼 준비됐지."

"가족들은 안 와?"

"어, 바빠서"라며 나는 얼버무린다.

그날 밤 행사는 성공적이다. 나는 농부 작가로 소개된다. 사람들과 대화를 주고받으며 이 문단에서 평생을 보내면 어떨까 싶었다. 시인 패트릭 캐버노는 농장을 떠나서야 위대한 작가가 될 수 있었고 셰이머스 히니는 자신이 아끼던 데리의 농장을 떠났다. 심지어 헨리 데이비드 소로의 월든 실험도 얼마 지나지 않아 끝났다. 던컨에게 맥주 한잔 대접한다. 우리는 아침에 도시를 떠나 남쪽으로 버런에 가기로 한다. 날씨가 도와줘서 내일은 화창할 것이다.

그가 말한다. "농장을 벗어나 며칠 지내면 좋을 거야, 친구."

나는 고개를 끄덕인다.

바다

·

바다가 무척 보고 싶었다. 우리는 소형 렌터카를 몰고 골웨이에서 남쪽으로 클레어주를 향했다. 도로는 해안선을 끼고 나 있으며 우리는 이윽고 달 표면을 닮은 버런의 지형에 진입한다. 이곳은 회색의 돌밭으로, 이제껏 본 어떤 지역과도 다르다. 라디오에서 빌리 조엘이 흘러나와 우리도 따라 부른다.

던컨은 달리기 애호가이다. 우리는 어디에 차를 세우고 운동화

끈을 묶으면 좋을지 둘러보기로 한다. 우리는 파노아 마을에 주차했다. 땅거미가 지고 있다. 피곤하지만 달리기를 시작한다. 농로는 조용하고 저녁은 아름답다. 티셔츠와 러닝 타이츠를 입으니 영락없는 미국인 관광객이다.

4~5킬로미터쯤 갔을 때 던컨이 입을 연다.

"부모님은 어떠셔, 존?"

"어, 잘 지내셔. 한바탕 다투긴 했지만." 나는 사실대로 시시콜콜 털어놓는다.

"그럴 줄 알았어. 좀 우울해 보이더니."

"감당하기 힘들었어."

"뭐, 조만간 이겨낼 테니까."

그때 우리 옆으로 소들이 보였다. 소 떼는 돌담 너머로 호기심 어린 눈길을 던졌다.

내가 소를 가리키며 설명한다. "저게 레드 리무진이야. 사납지만 새끼를 쉽게 낳지. 저건 벨지언 블루야. 육질이 좋고 기름기가 적어."

소들이 "음매" 울며 우리를 쳐다본다. 나는 던컨에게 소의 품종과 성질을 하나하나 알려준다.

던컨이 말한다. "근데 말이지, 여기 정말 아름답다."

내가 동의한다. "그리 나쁘진 않지."

"호주에는 언제 돌아갈 생각이야?"

"잘 모르겠어. 농장일이 재미있어졌거든."

"하지만 아버지와 그런 일을 겪었으면 거기서 지내고 싶지 않을 텐데. 넌 도시에 있는 게 훨씬 나아."

"그럴지도……. 하지만 돌아와보니 내가 아는 건 농사일이라는 걸 깨닫게 돼. 내가 언제나 알았던 것 말이야."

우리는 한참을 말없이 달렸다. 모퉁이를 돌아 속력을 줄인 채 바닷가를 따라 달렸다. 암소와 송아지가 왼쪽에서 단풀을 뜯는 것을 보자 미소가 떠올랐다. 평화롭고 한가로워 보였다.

우리는 석양을 향해 달렸다. 지치고 행복했다. 운동화와 농로가 맞부딪치는 소리가 들린다. 그날 밤 모허 절벽 옆에서 저녁을 먹고는 대서양의 파도 소리를 들으며 잠들었다.

소란의 야인

.

던컨과 나는 수평선에서 작은 섬들을 여러 곳 보았다. 몇 군데에는 아직도 사람이 산다고 던컨에게 말한다. 그때 소란을 찾은 왕에 대한 기억이 떠올랐다.

도니골 연안에 토리라는 작은 섬이 있는데, 내가 어릴 적에 그곳 왕이 자기 섬에 있는 암소의 배필을 찾는 사업을 벌였다. 암소는 쇼트혼 중에서 멸종하다시피 한 품종의 마지막 개체였다. 녀석이 죽으면 옛 혈통이 끊어질 터였다.

여섯 달을 찾아다닌 끝에 유전적으로 가장 가까운 짝을 찾았다. 펠릭스라는 젊은 쇼트혼 황소였다. 황소의 주인은 소란의 야인이라 불리는 노총각 형제 토미 브래디와 잭 브래디였다. 두 사람은 소란힐 등성이에서 살았다. 농사꾼이자 가게 주인이었으며 우리의 친구였다.

브래디 형제가 펠릭스를 팔겠다고 하자 섬사람들이 사려고 몰려들었다. 이 일은 롱퍼드주의 이야깃거리였다. 텔레비전 카메라와 신문 기자들이 행사를 취재하려고 더블린에서 찾아왔다. 토리 사람들은 소의 혈통을 재확립하는 것이 자기네 생계와 관광업에 필수적이라고 여겼다. 신선한 우유를 얻고 광우병 걱정 없는 소고기를 수출할 수 있을 테니 말이다.

섬사람들은 소 두 마리가 결혼한다고 여겨 황소 펠릭스에게 야생화로 엮은 월계관 고삐를 씌워주었다. 토미는 펠릭스가 귀향하는 거라고 말했다. 녀석의 할아버지 레터케니 이글이 북부 출신이었기 때문이다.

황소와 암소는 행복하게 살았으며 소란의 야인은 훌륭한 황소의 육종가로 명성을 얻었다.

던컨이 이야기를 듣고 나서 웃음을 터뜨린다. 내가 소의 이야기를 알고 있어서 기쁘다.

5~6월

작가 겸 농부

•

숲을 힘차게 내달리는 것으로 달리기를 끝냈다. 던컨은 나보다 빨라서 훌쩍 앞서갔다. 나는 다시 혼자였고 우리가 함께 지낸 시간이 끝나가고 있었으므로 이제 결단을 내릴 때가 되었다. 친구는 런던으로 돌아갈 테지만 나는 어디로, 어디로 가야 하나?

달리기를 하면서 소 이야기를 했지만 집으로 갈 수는 없다. 던컨이 아일랜드를 떠났을 때 나도 팀을 만나러 스페인에 갔다.

나는 제 발로 찾아간 유배지에서 다시 글을 쓰기 시작했다. 1년 내내 이 순간을 기다렸지만, 드디어 자리에 앉아 쓰기 시작한 것은 웨스턴도, 내가 구상한 소설도 아닌 평생 내 안에 있던 것이었다. 나는 어린 블랙에게서 레드까지, 대장에게서 새 황소까지 우리의 소들에 대해 썼다. 수많은 이야깃거리의 출발점인 아버지와 어머니에 대해서도 썼다.

이 이야기를 쓰며 기억 속으로 파고들어 내게 일어난 일을 들여다보는 것은 낯선 경험이었다. 어떤 면에서는 그 덕에 지난 일들을 이해할 수 있게 되었다.

일전에 숀 신부님이 "허구는 한 번도 일어나지 않은 진실이요, 진실은 일어난 허구"라고 말한 적이 있다. 그 말을 오랫동안 곱씹었다. 이제 나는 그 사이 어디에선가 서사가 태어나고 그와 더불어 의미가 생겨난다고 생각한다. 글을 쓰면서 삶이 그저 사건의 연쇄가 아니며 우리가 스스로에게 설명하기 위해 삶을 빚어낸다는 사실을 깨닫기 시작했다. 송아지들은 내게 단순한 동물이 아닌 훨씬 중요한 존재가 되었다. 녀석들은 의지의 전투에서, 아버지와 아들의 오래된 이야기에서 나름의 배역을 맡았다. 비를 맞던 그날과 아버지의 뼈아픈 말들을 떠올리면서 아버지의 말이 나쁜 아니라 당신을 향한 것은 아니었을까 생각했다. 아버지도 당신이 다른 선택을 하길 바랐을 테니까. 또는 아들이 홀가분하게 농장을 떠나 다른 일을 하기를 바랐는지도 모르겠다. 아버지가 그토록 힘겹게 일한 것은, 건설 현장에서 그 오랜 세월을 보낸 것은, 그 모든 늦은 밤과 뼈 빠지는 노동을 감내한 것은 그 때문 아니었을까? 내게, 우리에게 다른 삶을 살아갈 기회를 주기 위해서 아니었을까? 학식 있는 사람이 되어, 삶이 당신에게는 주지 않은 기회를 얻길 바란 건 아닐까? 아버지는 오래전에 교사가 되고 싶었지만 먹고살기 위해 학문의 세계가 아니라 노동의 세계를 선택했다. 나를 향한 아버지의 말들은 분노보다는 사랑에서 비롯했을지도 모른다. 아버지는 당신이 못 가진 모든 것을 내게 주었다. 스페인의 아침 햇살 속을 걸으면서 이 모든 일을 곰곰이 생각했다.

어머니는 나와 전화 통화를 하면서도 아버지나 우리의 다툼을 입에 올리지 않았다. 마지막 암소가 새끼를 낳았는데 근사한 수소라고 말한다.

함께 지내는 스페인과 이탈리아 사람들은 양이나 소의 새끼를 받아본 적이 없어서 내게 어떤 느낌인지 묻는다.

나는 이렇게 대답한다. "어미가 분만을 하고 있었고 내가 도우러 갔어. 느낄 것은 아무것도 없어. 그럴 여유가 없어. 본능에 따를 뿐이지."

던컨과 이야기를 나누면서 이 사실이, 이 지식이 어떤 책의 글만큼이나 내게 친숙하게 느껴진다는 사실을 깨달았다.

나는 어릴 적에 땅을 떠났으니 전형적인 농사꾼 아들은 아니지만, 그 이별이 아니었다면 나의 문화와 타고난 권리를 결코 있는 그대로 보지 못했을 것이다.

나는 가축을 단순한 짐승이 아닌 훨씬 소중한 존재로 여긴다. 가축은 역사의 피조물이요, 과거를, 우리의 과거를 담는 그릇이다. 나는 가축의 유전자와 몸에서 소뿐 아니라 주인인 농부들의 경주를 본다. 그 속에서 이야기들에 얹힌 이야기들을 본다.

작가와 농사꾼 중 어느 하나를 택할 필요는 없다. 둘 다 될 수 있다. 나는 농사꾼이자 작가이다.

미래

서양에서는 축사와 도축장의 분리가 거의 완성되었다. 소비자들은 우리가 생산한 고기를 대부분 슈퍼마켓에서 포장된 채로 구입한다. 때로는 맛있어 보이게 하려고 붉은 색소로 물들이기도 하고, 때로는 포장업자가 무게를 증가시켜 이윤을 늘리려고 물을 주입하기도 한다. 많은 아이들은 소고기가 소의 고기라는 사실을 모른다. 텔레비전이나 동화책에서 말고는 축사를 본 아이도 드물다. 대다수 사람들은 도축장이나 소 사체를 한 번도 본 적이 없다. 우리 식량의 살아 있는 원천으로부터 이토록 소외되어 있으니 다음 단계가 소를 송두리째 없애버리는 것임은 불가피할 것이다.

2016년에 보야라이프 그룹이 중국에 복제 소고기 생산 시설을 설립했다. 그들은 티벳마스티프 개를 복제한 전력이 있다. 소와 개에서 멈추지 않고 고양이, 경주마, 심지어 필요하다면 사람까지 복제하겠다는 게 그들의 계획이다.

그들은 중국 시장에서 소고기를 비롯한 육류 수요의 증가에 대처하려면 이 기술적 해법에 의지해야 한다고 말한다. 이렇게 되면 새로운 윤리적 물음들이 제기된다. 복제 동물에게 영혼이 있을까? 실험실에서 고기를 배양하는 것은 자연을 거스르는 일 아닐까? 농부들이 일자리를 잃는 것을 우리가 감당할 수 있을까? 인간과 소의 1만 년 역사를 이렇게 끝내도 괜찮을까?

하지만 일부 기업들이 인공적 미래를 향한 이런 극단적 시도를 벌이는 와중에도 다른 농부들은 대안적 경로를 걷고 있다. 소농과 소규모 축산농이 기업과 재벌, 복제 회사에 맞서 생존할 수 있었던 것은 유기농과 목초 사육 운동 덕이다. 유기농 소고기나 목초 사육 소고기가 가격이 더 비쌀지는 모르지만 이런 소는 평생 갇혀 지내면서 스트레스를 받지 않고 더 나은 삶을 살 수 있다. 어차피 도살되기 위해 사육되는 것이지만, 그래도 평화롭고 자연적으로 살아가는 것이다. 이곳 아일랜드의 농법, 버치뷰 우리 가족의 농법이 퇴행으로 비칠 수도 있다. 하지만 이것은 동물이 존엄하게 살 수 있는 길이요, 농민이 땅과 환경을 다음 세대에 물려주는 오래되고 존경받는 청지기의 역할을 다시 자임하는 길이다.

실험실에서 줄기세포로 스테이크를 시험관 배양하여 런던의 슈퍼마켓과 뉴욕의 정육점에서 복제 고기를 살 날이 올지도 모르겠지만, 이것이 정말 우리가 원하는 미래인지 따져봐야 한다. 소가 없는 세상을 바라는가?

귀향

·

한 달이 지나 나의 태양의 나날이 끝나간다. 내 여정의 다음 행선지를 찾아야 한다. 비행기를 타면 아일랜드까지는 금방이다. 집을 떠나 있은 지 4주밖에 안 됐지만, 상처와 미움을 잊기에는, 아니 덮기에는 충분한 기간이다. 공항에서 집으로 가는 버스를 탄다.

날씨는 아름답고 주위에는 초록이 만발했다. 어디에나 생명이 있다. 가축들이 전부 초지로 나가서 마당은 고요하다. 비니만 남아서 빈 우리를 지키고 있다. 내가 없는 몇 주 동안 부쩍 자랐다. 날 보고 반가워한다.

이날 저녁에 교구를 가로질러 달리기하러 간다. 북부의 여름이 찾아와 해가 길고 오래간다. 다행이다. 이웃과 친구에게 손을 흔든다. 에스커에 있는 도허티의 집을 지나치는데 먼 초지에서 목초가 자라는 게 보인다. 왼쪽으로 틀어 프랑스 길을 올라가 러스키네와 킬나캐로를 지난다. 소들, 우리 소들이 들판에 있다. 풀을 뜯으며 서로에게 노래를 부른다. 1798년 반란 세력이 목매달린 라일리의 언덕에서 방향을 돌려 차터스의 땅을 지난다. 어린 윌리와 그의 짧디짧은 삶을 생각한다. 그의 기억을 떠올리며 거틴 호수로 올라가 유리 같은 물을 지나친다. 저녁인데도 더위서 읍내에 도착하여 티셔츠를 벗고 가슴을 드러낸 채 달린다. 묘지에서 성호를 긋고 믹 삼촌, 할아버지, 소란의 야인, 붉은 가슴의 로빈을 비롯하여 모든 떠나간 이를 추모한다. 속도를 올려 언덕을 내려가다 페기에게 손을 흔든다. 그녀는 가게 문을 닫다가 반쯤 벌거벗은 내 모습을 보고 미소 짓는다. 숀 매코언의 동상이 석양에 반짝인다. 우리의 전쟁 영웅 옆을 돌아 집으로 향한다. 귀신이 출몰한다는 발리날리 다리를 건너다, 뗏목을 만들어 여름을 보내던 캠린강을 내려다본다. 이제 거의 다 왔다. 소란 타운랜드에 들어선다. 오늘 먼 거리를 달려서 숨이 차고 다리가 뻐근하다. 땀이 등에서 흘러내리고 눈에 들어간다. 그래도 계속 달린다. 그러니 집 앞에서 미소를 지으며 걸음을 재촉한다. 코널 집안의 땅, 우리 집의 은하, 우리 가족의 우주에 돌아왔다. 오른쪽으로 틀어 우리 길을 내달린다. 곧장 버치뷰 농장으로 간다.

8시에 침실 문을 두드리는 소리가 난다.

아버지가 말한다. "늪지에 갈 거다. 같이 갈 테냐?"

한 달 남짓 만에 처음 들은 말이다. 이것이 화해의 제스처임을 안다. 내 안의 일부는 퇴짜를 놓을, 아버지와 완전히 갈라설 핑계를 찾는다. 나는 숨을 깊이 들이마신다.

"좋아요, 갈게요."

토탄 뜨기는 오래된 관습이다. 토탄은 식물의 잔해가 화석화된 것으로, 한때 섬 전체를 덮은 고대 숲의 흔적이다. 늪에서 토탄을 떠내어 햇볕에 마르도록 놔둔다. 그런 다음 겨울에 땔감으로 쓴다. 이 일은 이 나라보다, 그 누가 아는 것보다 오래되었다. 켈트족은 늪에, 신들에게 희생 제사를 지냈으며 토탄 속에서는 가죽처럼 보존된 시신들이 발견된다. 검고 썬득한 덩어리 속에시 미라기 된 고대인의 얼굴은 회한에 잠긴, 마치 기도하는 듯한 표정이다.

토탄을 떠 올려 트레일러에 싣는다. 토탄은 검고 차갑다. 아버지가 천천히 말을 걸기 시작한다. 그동안 있었던 일을 이야기하고 내 글쓰기에 대해, 스페인에서 어땠는지 묻는다. 스페인에는 소가 없지만 양은 많다고 대답한다. 우리는 축구와 럭비에 대해, 로리와 데이비 삼촌에 대해 이야기한다. 나는 새 황소와 새끼양들이 어떤지 묻는다. 우리는 오랜만에 만난 사람들처럼 이야기한다. 하긴 오랜만이다.

아버지의 행동은 당신이 할 수 있는 최대한의 '미안하다'와 '사랑한다'이다. 우리는 이마를 닦고 더위에 욕을 퍼붓지만 진심은 아니다. 실은 태양이, 계절의 변화가 반갑다. 저 높은 곳에서 새들이 노래하고 찌르레기의 종알대는 소리는 검고 거대한 하늘의 여울처럼 오르락내리락한다. 자연의 패턴은 변하지 않지만 우리는 변할 수 있다.

아버지가 말한다. "여름이 왔구나."

내가 대답한다. "하느님께 감사할 일이죠."

소 분만 철이 끝났다. 가축은 모두 우리 곁에 있고 가족도 모두 서로 곁에 있다. 우리에게 필요한 것은 이것뿐이다. 우리가 바라는 것도.

감사의 글

우리 가족의 도움과 뒷바라지가 없었다면 이 책을 쓸 수 없었을 것이다. 나와 형제들, 친척들이 인생을 순조롭게 시작할 수 있도록 많은 것을 희생하신 아버지, 어머니께 감사한다. 이 책 속에는 살아 계시지만 이젠 이 세상을 떠나신 할머니 메리에게 특별히 감사한다. 할머니께서 이 책을 좋아하셨으면 좋겠다. 숀 신부님, 리엄과 헤슬린 가족을 비롯하여 작가가 되는 길을 나와 함께 걸은 모든 사람에게 진심으로 감사한다. www.writing.ie의 바네사, 그리고 셰이머스 필린, 힐러리 화이트, 로스 로런스, 제이미 존스와 팀 존스, 엘리엇 제임스 쇼에게 감사한다. 내 저작권 대리인 사이먼 트레윈, 기회를 놓치지 않고 경이로운 편집 실력과 우정을 발휘한 그랜타의 로라 바버, 내 짧은 이야기들을 믿고 실어준 시그리드 라우싱에게 매우 특별한 감사를 보낸다. 던컨, 사랑하는 옛 친구 라메시, 재미있는 친구 타르, 모든 것이 고마워. 마지막으로 내가 아는 최고의 여인이자 연인 비비언 후인에게 감사한다.

소의 역사를 조사하는 일은 결코 쉽지 않았다. 교과서적 저작을 하나도 찾을 수 없었기 때문이다. 여러 다큐멘터리, 기사, 영화 등이 도움이 되었지만 데니스 헤이스와 게일 보이어 헤이스가 쓴 《9300만 마리 소가 미국의 건강, 경제, 정치, 문화, 환경에 미치는 숨은 영향Cowed: The hidden impact of 93 Million cows on America's Health, Economy, Politics, Culture and Environment》은 미국 특유의 현대 축산을 이해하는 데 훌륭한 실마리와 통찰을 제시했다.

켄 번스의 다큐멘터리 중에 PBS에서 처음 방영된 〈서부The West〉 또한 미국 서부의 초기 정착 시대와 이제는 잘 알려진 19세기의 소 수송에 대해 놀라운 경험을 선사했다. 내셔널 지오그래픽의 다큐멘터리 〈히틀러의 메가프로젝트 – 나치의 유토피아Hitler's Jurrasic Monsters〉도 루츠 헤크의 역교배 계획을 더 뚜렷이 이해하는 데 도움이 되었다.

물론 헨리 데이비드 소로의 작품들은 내 독서 생활을 이끈 결정적 계기가 되었다.

그림 출처

031쪽 라스코 동굴 벽화(유네스코 세계 문화 유산, 1979), 프랑스 베제르강 유역. 사진 제공: Shutterstock, image ID 659932630.

034쪽 지그문트 폰 헤르베르슈타인이 그린 오록스. 위키미디어 공용에 의한 공유 저작물.

055쪽 황소와 '영원한 생명'을 상징하는 앙크를 표현한 이집트의 돌 을새김, 룩소르 신전(테베). 사진 제공: Shutterstock, image ID 1084961.

227쪽 버팔로 두개골 더미 옆에 서 있는 사람들, 미시간 카본 워크스. 사진 제공: Burton Historical Collection, Detroit Public Library.

251쪽 스히르모니코흐섬의 헤크 소. 사진 제공: Shutterstock, image ID 741750736.

268쪽 빌럼 룰로프스, 〈소가 있는 목초지 풍경〉(1880년경), 네덜란드 회화, 캔버스에 유화. 평탄한 들판에서 농부가 소젖을 짜고 한 여인이 멍에와 들통을 들고 소젖을 나른다. 사진 제공: Shutterstock, image ID 379005490.

294쪽 알브레히트 뒤러, 〈멜랑콜리아 I〉. 위키미디어 공용에 의한 공유 저작물.

328~329쪽 버치뷰에 있는 저자. Copyright © Eamonn Doyle/ Neutral Grey.

THE COW BOOK

소를 생각한다

2019년 12월 26일 초판 1쇄 발행

지은이 · 존 코널
옮긴이 · 노승영

펴낸이 · 김상현, 최세현 | 경영고문 · 박시형

책임편집 · 정상태 | 디자인 · 최윤선
마케팅 · 양근모, 권금숙, 양봉호, 최의범, 임지윤, 조히라, 유미정
경영지원 · 김현우, 문경국 | 해외기획 · 우정민, 배혜림 | 디지털 콘텐츠 · 김명래
펴낸곳 · (주)쌤앤파커스 | 출판신고 · 2006년 9월 25일 제406 - 2012 - 000063호
주소 · 서울특별시 마포구 월드컵북로 396, 누리꿈스퀘어 비즈니스센터 18층
전화 · 02 - 6712 - 9800 | 팩스 · 02 - 6712 - 9810 | 이메일 · info@smpk.kr
ⓒ 존 코널 (저작권자와 맺은 특약에 따라 검인을 생략합니다)
ISBN 978-89-6570-984-8 03840

쌤앤파커스(Sam&Parkers)는 독자 여러분의 책에 관한 아이디어와 원고 투고를 설레는 마음으로 기다리고 있습니다. 책으로 엮기를 원하는 아이디어가 있으신 분은 이메일 book@smpk.kr로 간단한 개요와 취지, 연락처 등을 보내주세요. 머뭇거리지 말고 문을 두드리세요. 길이 열립니다.